· 飞羽文库 ·

秦颖 | 主编

Gilbert White

塞耳彭自然史

[英] 吉尔伯特·怀特 / 著
张和声 / 译

南方出版传媒
花城出版社
中国·广州

图书在版编目（CIP）数据

塞耳彭自然史 /（英）吉尔伯特·怀特著；张和声译. -- 广州：花城出版社，2021.2
（飞羽文库 / 秦颖主编）
ISBN 978-7-5360-9249-5

Ⅰ. ①塞… Ⅱ. ①吉… ②张… Ⅲ. ①书信集－英国－近代 Ⅳ. ①I561.64

中国版本图书馆CIP数据核字(2020)第205367号

出 版 人：肖延兵
责任编辑：黎　萍　蔡　宇
技术编辑：凌春梅
封面设计：介　桑
插画修复：姚泰延

书　　名	塞耳彭自然史 SAIERPENG ZIRAN SHI
出版发行	花城出版社 （广州市环市东路水荫路11号）
经　　销	全国新华书店
印　　刷	佛山市浩文彩色印刷有限公司 （广东省佛山市南海区狮山科技工业园A区）
开　　本	880毫米×1230毫米　32开
印　　张	11.875　1插页
字　　数	298,000字
版　　次	2021年2月第1版　2021年2月第1次印刷
定　　价	68.00元

如发现印装质量问题，请直接与印刷厂联系调换。
购书热线：020-37604658　37602954
花城出版社网站：http://www.fcph.com.cn

《塞耳彭自然史》[1]

周作人

《塞耳彭自然史》——这个名称一看有点生硬，仿佛是乡土志里讲博物的一部分，虽然或者写得明细，可以多识鸟兽草木之名，总之未必是文艺部类的佳作罢。然而不然。我们如写出他的原名来，*The Natural History of Selborne*，再加上著者的姓名Gilbert White，大家就立刻明白，这是18世纪英国文学中的一异彩，出版150年来流传不绝，收入各种丛书中，老老小小，爱读不厌。这是一小册子，用的是尺牍体，所说的却是草木虫鱼，这在我觉得是很有兴味的事。英国戈斯（Edmund Gosse）所著《十八世纪文学史》第九章中有一节讲这书及其著者，文云：

"自吉尔伯特·怀特（Gilbert White 1720—1793）的不朽的《塞耳彭自然史》出现后，世上遂有此一类愉快的书籍发生，此书刊行于1789年，实乃其一生结集的成绩。怀特初同华顿一家在巴辛斯托克受业，后乃升入牛津大学奥里尔学院，在1747年受圣职，1751年顷即被任为塞耳彭副牧师，此系罕布什尔地方一个多林木的美丽的教区，怀特即生于此地。次年他回到奥里尔，在学校内任监院之职，但至1755年回塞耳

---

[1] 此文于1934年6月发表在《青年界》6卷1期上，后收入周作人自编文集《夜读抄》。特置于此作为代前言。

彭去，以后终身住在那里，1758年任为牧师。他谢绝了好几次的牧师职务，俾得留在他所爱的故乡，只受了一两回学院赠予的副牧师职，因为他可以当作闲职管领。怀特很爱过穆耳索女士，后来大家所知道的却淳夫人者即是，她却拒绝了他的请求，他也就不再去求别人了。他与那时活跃的两个博物家通信，一云彭南特（Thomas Pennant），一云巴林顿（Daines Barrington），他的观察对于此二人盖都非常有用。1767年怀特起首写他的故乡的自然史，到1771年我们才看出他略有刊行之意，三年以后他说起或可成功的小册。但是因为种种的顾虑与小心之故，他的计划久被阻碍，直至1789年春天那美丽的四开本才离开印字人的手而出现于世。这书的形式是以写给友人的信集成的，还有较短的第二部分，用另外的题页，也用同样的方法来讲塞耳彭的古物。其第一部分却最为世人所欢迎，在有百十册讲英国各地自然史的书出现之后，怀特的书仍旧保存着他那不变的姿媚与最初的新鲜。这是18世纪所留给我们的最愉快的遗产之一。在每一页上总有些独得的观察使我们注意：

  鹭鸶身子很轻，却有那大翅膀，似乎有点不方便，但那大而空的翼实在却是必要，在带着重荷的时候，如大鱼及其他。鸽子，特别是那一种叫作拍翼的，常把两翼在背上相击，拍拍有声，又一种叫作斤斗的，在空中翻转。有些鸟类在交尾期有特别的动作，如斑鸠在别的时候虽然飞得强而快，在春天却摊着翼像是游戏似的。雄的翠鸟生育期间忘记了他从前飞法，像鹞子那样在空中老扇着翅膀。金雀特别显出困倦飞不动的神气，看了像是受伤的或是垂死的鸟。鱼狗直飞好像一支箭，怪鸱黄昏中在树顶闪过，正如一颗流星，白头翁像是游泳着，画眉则乱七八糟的飞。燕子在地面水面上掠着飞，又很快的拐弯打圈，显他的本领，雨燕团团的急转，岩燕常常的左右动摇，有如一只蝴蝶。许多小鸟都一抖一抖的飞，一上一下的向前进。（按：此系与巴林顿第四十二书中的一部分。）

"怀特无意于作文，而其文章精密生动，美妙如画，世间殆少有小说家，能够保持读者的兴味如此成功也。"

戈斯著书在1888年，关于怀特生平的事实不无小误，如任牧师一事今已知非真，不过在本乡有时代理副牧师之职则是实在耳。戈斯的批评眼乃了无问题，至今论者仍不能出其范围，1928年琼孙（Walter Johnson）新著评传云"吉尔伯特·怀特，先驱，诗人与文章家"，大旨亦复如是，唯其中间论动植各章自更有所发明。赫特孙（W. H. Hudson，旧曾译作合信）在文集《鸟与人》（*Birds and Man*）中有一篇《塞耳彭》，记1896年访此教区事，末尾说明《自然史》的特色云：

"文体优美而清明。但一本书并不能生存，单因为写得好。这里塞满着事实。但事实都被试过筛过了，所有值得保留的已全被收进到若干种自然史的标准著作里去了。我想很谦卑地提议，在这里毫无一点神秘，著者的个性乃是这些尺牍的主要的妙处，因为他虽是很谦逊极静默，他的精神却在每页上都照耀着。那世间所以不肯让这小书死灭的缘故，不单是因为它小，写得好，充满着有趣味的事情，主要的还是因为此乃一种很有意思的人生文献（Human document）也。"同文中又有两节可以引用在这里：

"假如怀特不曾存在，或者不曾与彭南特及巴林顿通信，塞耳彭在我看来还是一个很愉快的村子，位置在多变化而美丽的景色中间，我要长久记忆着他，算作我在英国南部漫游中所遇到的最佳妙的地方之一。但是我现在却不绝的想念着怀特。那村子本身，四周景色的种种相，种种事物有生或无生的，种种音声，在我的心里都与那想念相联结，我想那默默无闻的乡村副牧师，他是毫无野心的，是一个沉静安详的人，没有恶意，不，一点都没有，如他的一个教区民所说。在那里，在塞耳彭，把那古派的老人喀耳沛伯（Nicholas Culpepper）的一句诗略改变其意义，正是——

他的影像是捺印在各株草上。

"带了一种新的深切的兴趣我看那些雨燕在空中飞翔,听他们尖利的叫声。这统是一样,在那一切的鸟,就是那些最普通的,那知更鸟,山雀,岩燕,以及麻雀。傍晚时候我很久的站着不动,用心看着一小群的金雀,停在榛树篱上将要栖宿了。因为我在那里,他们时时惊动,飞到顶高的小枝上去,他们在上边映着浅琥珀色的天空看去几乎变成黑色了,发出他们拉长的金丝雀似的惊惶的叫声。这还是一种美妙柔和的音调,现今却加多了一点东西在里边——从远的过去里来的东西——对于一个人的想念,他的记忆是与活的形状和音声交织在一起的。

"这个感情的力量与执着有了一种奇异的效果。这使我渐渐觉得,在一百多年前早已不在了的那人,他的尺牍集曾成为几代的博物家的爱读书,虽然已经死了去了,却是仿佛有点神秘地还是活着。我花费了许多工夫,在墓地的细长的草里摸索,想搜出一种纪念物来,这个后来找到了,乃是一块不很大的墓石。我须得跪了下去,把那一半遮着墓石的细草分开,好像我们看小孩的脸的时候拂开他额上的乱发。在石上刻着姓名的头字,下面一行云一七九三,是他死去的年份。"

赫特孙自己也是个文人兼博物学家,所以对于怀特的了解要比别人较深,他大约像及茀利思(Richard Jefferies),略有点神秘的倾向,这篇塞耳彭游记写得多倾于瞑想的,在这一点上与怀特的文章却很是不相同了。

《塞耳彭自然史》的印本很多,好的要值一几尼以至三镑,我都没有能买到,现在所有的只是司各得丛书、万人丛书、奥斯福的世界名著各本,大抵只有本文或加上一篇简单的引言而已。近来新得亚伦(Grant Allen)编订本,小注颇多,又有纽氏插图百八十幅,为大本中最可喜的一册。亚伦亦是生物学者,又曾居塞耳彭村,熟知其地之自然者也。伍特华德(Marcus Woodward)编少年少女用本,本文稍改简略,而说明极多,甚便幼学,中国惜无此种书。李慈铭《灯下读〈尔雅〉偶题》三绝句之一云:

"理学须从识字成,学僮遗法在西京。何当南戒栽花暇,细校虫鱼过一生。"末二句的意境尚佳,可是目的在于说经便是大误,至于讲风雅还在其次,若对于这事物有兴趣,能客观的去观察者,已绝无仅有了。郝兰皋或可以算是一个,在他与孙渊如的信里说,"少爱山泽,流观鱼鸟,旁涉夭条,靡不覃研钻极,积岁经年,故尝自谓《尔雅》下卷之疏几欲追踪元恪",确非过言,只可惜他的《记海错》与《蜂衙》《燕子》诸篇仍不免文胜,持与怀特相比终觉有间耳。

《自然史》二卷,计与彭南特书四十四,与巴林顿书六十六,共一百十通,后来编者或依年月次第合为一卷,似反凌乱不便于读,不及二卷本善也。卷首有书数通,叙村中地理等,似皆后来补作,当初通信时本无成书计划,随意记述,后始加以整理,但增补的信文词终缺自然之趣,与其他稍不同。书中所说虽以生物为主,却亦涉及他事,如地质气候风俗,其写村中制造苇烛及迫希流人诸篇均有名。生物中又以鸟类为主,兽及虫鱼草木次之,这些事情读了都有趣味,但我个人所喜的还是在昆虫,而其中尤以讲田蟋蟀即油胡卢,家蟋蟀,土拨鼠蟋蟀即蝼蛄的三篇为佳,即下卷第四六至四八也。琼孙在所著《怀特评传》第七章中说:

"在《自然史》中我们看见三篇美妙的小论文,虽然原来只是三章书,这是讲蟋蟀的三种的,即油胡卢,蛐蛐,蝼蛄是也。要单独的引用几段,这有如拿一块砖头来当作房屋的样本。一句巧妙的话却须得抄引一下。炉边的蟋蟀说是主妇的风雨表,会预告下雨的时候(巴林顿四七)。怀特的方法,用了去检视钻洞的虫而不毁坏他的住屋,这就是现代昆虫学家所用方法的前驱。一根软的草茎轻轻地通到洞里去,便能顺着弯曲一直到底,把里边住着的赶出来,这样那仁慈的研究者可以满足了他的好奇心而不伤害那目的物(同四六)。

"蝼蛄的故事对于有些博物学家特别有用,他们像鄙人一样都不曾见过一个活的标本。罕布什尔还是顶运气的地方,离开那里人就少有遇见这虫子的希望。但是因为不知什么缘故,就是在罕布什尔现在蝼蛄也很少了,派克拉夫德在1926年曾经说过他想得这标本是多么困难。可是怀特却列举了三个土名,说是行于国内各地的,曰泥塘蟋蟀,啾啾虫,晚啾。这些俗名大抵似与他的飞声有关,既然各处有此名称,那么似乎证明从前蟋蟀分布颇广了。"

这样说来,我的计划很受了影响,原来我想介绍那蟋蟀三章的,但是现在全译既不可能,节译又只是搬出一块砖头来代表房子,只好罢休。那么还是另外找罢。关于苍蝇臧螂等的小文也都有意思,可是末了我还是选中了这篇《蜗牛与蛞蝓》,别无什么理由,不过因为较短罢了。这本是怀特日记的一部分,1802年马克微克(W. markwick)编选为一卷,名曰《关于自然各部之观察》,内分鸟兽虫豸植物气象五部,附在《自然史》后面,以后各本多仍之,或称之曰《杂观察》。其文云:

"无壳的蜗牛叫做蛞蝓的在冬季气候稍温和的日子便出来活动,对于园中植物大加损伤,青麦亦大受害,这平常总说是蚯蚓所做的。其有壳的蜗牛,即所谓带屋的(Phereoikos),则非到四月十日左右不出来,他不但一到秋天便老早的隐藏到没有寒气的地方去,还用了唾沫做成一层厚盖挡住他的壳口,所以他是很安全的封了起来,可以抵当一切酷烈的天气了。蛞蝓比起蜗牛来很能忍耐寒冷,这原因盖由于蛞蝓身上有那粘涎,正如鲸鱼之有脂肪包着。

"蜗牛大约在中夏交尾,以后把头和身子都钻到地下去产卵。所以除灭的方法是在生殖以前把他弄死愈多愈好。

"大而灰色的无壳的地窖蜗牛与那在外边的蜗牛同时候隐藏起来,因此可以知道,温度的减少并不是使他们蛰居的唯一原因。"

【附记】

关于怀特与其《自然史》,李广田君有一文,登在三月十七日天津《大公报》的《文艺周刊》第五十号上,可以参照。

"带屋的"是希腊人称蜗牛的名字,又亦以称乌龟,怀特讲龟的那篇文中曾说及。

导　言

[英] 格兰特·艾伦

　　1755年某日,吉尔伯特·怀特先生迁居汉普郡的塞耳彭村。他是牛津奥里尔学院的评议员,在旁人眼中,这位牧师性格沉稳,为人低调。然而,正是此人将塞耳彭这个僻静的小山村提升为自然爱好者的朝圣地,声名远播大西洋两岸。大多数人误以为怀特是教区的专职牧师,其实他只是在当地或其他地方偶尔做一些助理牧师的工作,而且他一直保留着奥里尔学院评议员的职位。此行并非怀特首次造访塞耳彭,而是叶落归根,因为这位绅士意欲远离尘世的喧嚣,在故乡悠闲度日。怀特先生不求闻达,实乃谦谦君子,固无任何画像存世,有关他的身世经历,人们只能从其书信中略窥一二。怀特的书信多次重版,影响之大,非侪辈所能望其项背。

　　怀特家族与塞耳彭的缘分可上溯两代,博物学家怀特的祖父老吉尔伯特·怀特曾为马格达伦学院的评议员,经学院引荐,于1681年成为塞耳彭教区的牧师,这种职位在当时并不十分起眼。塞耳彭教堂中还保留着老吉尔伯特的墓表,他的孙子的墓碑上也刻有"本教区已故牧师"的字样,不过那是指祖父老吉尔伯特,而不是他的孙子。但人们一错再错，总是将博物学家怀特误称为"塞耳彭的田园牧师"。老牧师去世的年份为1727年，当时他那将来大名鼎鼎的孙子年方7岁。约翰是老牧师的独生子，曾任"出庭律师"，约翰的儿子才是博物学家，正是他，为后人留下了这卷引人入胜的书信集。

1720年7月18日，小吉尔伯特·怀特在塞耳彭出生，直到1793年去世，共计73年之久。他的一生涵盖18世纪大部分岁月，亲历三代乔治国王的统治时期。时至今日，塞耳彭依旧远离铁路，地处僻乡，当年更是交通不便，与世隔绝。它位于通往朴次茅斯和温彻斯特的两条驿道之间，只有一条坑坑洼洼的小径可通向村子。言及这条小路，怀特的笔端常带柔情，为了让这条路便于通行，怀特的老牧师祖父曾留下一大笔专款。终其一生，怀特在塞耳彭生活的时间最长，几代人守土一方，对当地自然风物积年累月的倾心关注，使他的相关描述价值极高。虽然身处乡曲，怀特却学有所成，谈吐不俗，往来同道皆一时之选。他在巴辛斯托克就学时，与托马斯·华顿是同窗好友。华顿后来成为著名的教士，却因其子而闻名遐迩，他的两个儿子青出于蓝，约瑟夫荣膺温彻斯特学院院长，托马斯为牛津大学诗学教授。中学毕业后，少年怀特顺理成章步入大学。1739年，怀特被牛津大学奥里尔学院录取，年方19岁。4年以后，也就是1743年，他获得文学士学位。1744年3月，他当选为该学院学术评议员。此后，他在大学里至少待了3年。他第一次成为助理牧师是在老奥莱斯福附近的斯沃拉顿。不过，在1752年怀特出任牛津大学的初级学监，由此推测，助理牧师似乎只是一个虚衔。不久以后，他退隐故里，于1755年在塞耳彭定居。1763年，他的伯父去世，家族产业由怀特继承。塞耳彭是他亲自选定的终老之地，从此以后，虽有各种诱惑，他却再未动过离乡之心。他不止一次婉拒来自学院的就职邀请，不愿为那些琐碎的事务烦心，宁可在法灵顿当一名谦卑的助理牧师，格物致知，陶冶性情，做一个悠闲自在的博物学家。不过，从《塞耳彭古事古物记》中一段有趣的描述看，在汉普郡定居之前，作为一个"乡绅"，他曾在埃利岛度过一段时光。

这位汉普郡教区牧师的生平事迹大致如上所述。不过,怀特对自己日常生活的描述更为形象生动,远远胜过刻板的人物传记,其价值也超出细枝末节式的拾遗补阙。诚如其侄所言,怀特的人生之路"并无大起大落,岁月静好,安详悠闲,唯见雁去燕来,四季变迁"。托马斯·彭南特[①]是一位博物学者,家道殷富,著有《不列颠动物志》。大约在1767年某时,怀特开始与托马斯·彭南特互通信函,探讨某些鸟类和动物的习性,于是便有了这些文风清新的信札。估计怀特起初并不曾预想到日后会结集出版,从那些早期的信件中可以看出,他下笔并不讲究章法,只是信笔所至,随意记下日常见闻,录以备忘而已。参照现今的编排,书信集中的第10封信,很可能正是两位博物学家鸿雁传书的首发。或可推测,彭南特先予叩问,怀特按次序逐一答复。就这样随意的一次问答,引发了频繁的书信往来。在很长一段时间,作者从未起念要将这些信件付梓。随着时光的推移,怀特的另一位通信者丹尼尔·巴林顿[②]先生建议,这些私信颇有价值,不该一直锁入抽屉,不见天日。打那以后,怀特似乎下笔更加注重章法,行文更为有板有眼。从1771年致彭南特的一封信中可以看出,这位威尔士的博物学家也曾劝他将信发表。若是我没搞错的话,可以推测,正是从这时起,信中的遣词造句逐渐变得更为考究,更富有文学性。致巴林顿先生的那些信,起始的时间略迟于给彭南特的首封信,大部分信函写就的时间与致辞彭南特的差不多在同一时期。从给巴林顿的信中看,也能察觉到前后文风的调整。

早在1767年,在彭南特与怀特的通信中,曾谈及将书信结集出版的

---

① 译者注:托马斯·彭南特(1726—1798),英国博物家,著有《不列颠动物志》《四足动物志》《北极动物志》《印度动物志》等。1767年与怀特相识,此后经常书信往来,对怀特的工作颇为赞许。

② 译者注:丹尼尔·巴林顿(1727—1800),历史学家、博物学家,著有《杂论集》,1768年与怀特相识。曾建议怀特编一部塞耳彭动物志,并邀请怀特与他合作编纂一部自然史。

设想。1784年，法国和美洲发生动乱，大约也正是在这一年，他才最终计划将两组信函刻版印行。我猜想卷中前九封信是怀特当时以书信的形式补写的，并非真实的信件。不过，其中有一封也许从致彭南特的信中，摘引一些片段，重新编排而成。这九封信主要起导读的作用，并非真实的邮件，主要描述塞耳彭的地理位置、土质状况和周边环境之类的内容。也许出于过分的谦逊，为了表示原本无意文名，怀特才如此行事，否则这些内容还不如组成一篇导言，显得更加顺理成章。第9封信中有一句话提到1784年春，由此可知，为了便于读者理解后面的内容，这几封引言般的书信是事后虚拟的，后面有一两封信，内容面面俱到，估计也是当时增补的。

1789年，正值法国大革命爆发，经由怀特的兄弟本杰明之手，书信集首次问世。本杰明是伦敦的出版商，他曾赠送给塞耳彭教堂一幅古老精美的日耳曼祭坛雕屏，至今仍陈设在那里。书信集出版刚过四年，怀特便去世了，那年正是1793年，恰逢巴黎的大革命恐怖陷入举国癫狂之时。略举一下当时发生的事件，或将有助于了解怀特所处的时代背景。

生活在塞耳彭的这位牧师依然气定神闲，对自己的著作日后能否传世并无一丝担忧。这些细述虫鸟的文字后来一版再版，日趋风行。在此，我们不妨探讨一下，究竟是哪些特殊的因素，营造出这些书信特有的魅力。

怀特从事文学创作和科学研究的时段，与法国大革命前乔治三世当政时期大致契合，简言之，即老威廉·皮特时代。在这个时期，英国知识界的进步显得缓慢而稳健。查理二世在不列颠创立皇家学会，为欧洲的科学浪潮推波助澜。19世纪末20世纪初，学者对自然现象，尤其是对动植物的研究兴趣日增，对欧洲动植物区系的考察也开始步入更为精细的阶段，对亚洲和美洲的探险旅行，使欧洲敏锐的博物学家大开眼界，他们开始接纳全新的物种知识。动物学和植物学的形成恰逢其时，这犹如哥白尼时代标志着天文学的崛起，莱尔时代象征近代地质学的发轫。

《自然体系》是林奈的皇皇巨著，它的出版推进了植物学的长足发展，其影响之广泛深远，无论怎么高估也不为过。怀特观察自然，倾心研究，时间长达40年之久。在此期间，生命科学的理论体系开始形成，人们更加注重以精益求精的科学态度来从事这项事业。

作为奥里尔学院的评议员，怀特的学养自然非同泛泛。当时的科学文献几乎全用拉丁文撰写，他精通古典，能轻松自如地加以研读。从他所著的《塞耳彭古事古物记》亦可看出，此人学问渊博，对中世纪文化情有独钟，造诣之深在当时罕有其匹。他性近自然，勤于实践，对身边的野生动植物敏于观察。他单身一人到塞耳彭定居，过着宁静的生活。他的住所坐落在村子的大路边上，那栋人称"威克斯"的房子后经扩建保存至今。单身汉的生活无甚牵挂，故能从己所好，倾心考察家乡的虫鱼鸟兽。当今之世，要在不列颠发现新物种绝非易事，除非全身心投入微生物的研究。怀特所处的时代可不一样，人们对英伦三岛动植物的了解相当有限，更谈不上去研究动植物的习性。而且，当时流行的自然文献充斥着中世纪的寓言和残存的民间传说，内容荒诞不经，如"燕子在水底冬眠""蛤蟆煎药可治癌"等。怀特这一代人的当务之急，就是要以严谨的治学态度，用第一手考察的结论来取代早期作者模糊不清的描述、毫无根据的推断和荒唐可笑的传言。

正是由于上述诸多因素，致使这些信函显得轻松自然，令人愉悦，体现了作者独特的个性，具有永恒的魅力。读其言，如临其境，读者仿佛又穿越到了动物学的草创时期，有幸目击科学的演进。孜孜不倦地观察自然，实事求是地著书立说，当时像怀特这样的人在欧洲并不鲜见，正是基于他们的开拓，才最终成就了居维叶、欧文和达尔文这些大师的鸿篇巨制。怀特同时代的人，大多并没有将自己的观察所得付印出版，作为个人，那些人的大名之所以没有被遗忘，只是因为被保留在了学会的记录中。凭借怀特的《塞耳彭自然史》，世人则能了解到科学求真之途是如何层层展开的，怀特用文笔将这个过程具体而细致地刻录了下来，人们仿佛在和早期的生物学家一起思索探求，目睹他们对物种进行比较鉴别，发现他们为维护或反对某些古已有之却难以稽实的传统而争辩不休。求真，充满热忱；求知，一丝不苟，对他们火样般的激情我们感同身受。在否定某些自己偏爱的传说时，他们也会表现出片刻的犹豫，尽管在今人眼里，那类传说太小儿科了，根本不值得他们费心劳神。由此可见，《塞耳彭自然史》最为迷人之处，正在于它是一部具有划时代意义的历史文献，它告诉后人，在18世纪下半叶，科学是如何一步步摸索前行的。

必须指出的是，这组信札的魅力尤其体现在它的文学性上。时至今日，那个时代的科学著作实际上均已湮没无闻，如果它们的内容和结论都真实可靠，经得起时间的检验，也已被吸收到现代的论著中，那些书本身终究乏人问津，正如斯科波利和林奈一样，早已故去。原因何在？道理很简单，因为科学在不断地进步，再好的论著，也会随着时光的流逝沦为明日黄花。今天若要认识草木鸟兽，了解岩层化石，掌握自然法则，恐怕没有人会指望从18世纪作家的论著中寻找答案。他们的重要论述，经过后世的吸收厘正，增补归纳，已经融入19世纪科学家更为精确的著作中。当我们止步回首，披阅上一个世纪的科学论著时，并非为了从中求教，只因它们是现代科学的垫脚石，在科学发展史上自有其一席之地。

然而，怀特的行文别具一格，我们读这些书信，固然是为了解某一特定时期生物思想的发展状况，但更吸引人的，则是因为它将当时的情景栩栩如生地展现在人们面前。若要完全读懂《塞耳彭自然史》，不妨亲临其地。面对塞耳彭的大道，你将看到一座老宅静静地临街而立，普普通通，毫不张扬。正是在这里，怀特将观察所得付诸笔端，悠然自得地谱写出不朽的华章。宅前伫立，临街而望，难免令人纳闷，鳏居于此的一介书生，怎么可能在这种环境下观察鸟兽隐秘的生活习性，并在信中言之凿凿。不过，如果好客的房东邀你进屋，看到花园，你马上就会疑团尽释。前窗外面，沿街紧挨着18世纪的民居老宅。推开后窗，一片开阔的草坪和花园映入眼帘，沿着斜坡通往垂林，那里古木葱郁，想必不少为怀特亲手所植。当年就在此地，这位生性恬淡的奥里尔学院评议员、法灵顿副牧师，清晨即起，安坐在一把粗糙结实的老椅上，整日潜心观察不请自来的飞禽走兽。集腋成裘，书信一卷，今人有幸借此重温久违的生活情趣。乡绅的生活何等安宁：家道无忧，唯多闲情逸致，文质彬彬，尤爱格物致知。身居小屋一隅，心系大地万物。远离火车喧嚣，且避电报打扰，既无债务纠缠，也没家事烦恼。甘倾十年光阴，细究鸟类琐事，偶有所得，便付之于信笺。彭南特学问渊博，巴林顿禀赋过人，若能博得两位绅士的赞许，便欣然自喜，报以会心一笑。

怀特所处的时代，已一去不复返。如今，科学研究细分为各个专业，业余爱好者的用武之地日趋逼仄。如要指望在科学上铸新淘旧，著书立说，必须受过专门的培训，还得借助大量的图书、丰富的资料、精密的仪器和同行的协作。往日的生活是那般宁静轻松，抚今追昔，更觉怀特笔下的情景弥足珍贵。拜读书信，每每令人联想起达斯廷·道伯逊优美的诗句。诗人以凝练的笔触，刻画了18世纪理想的绅士生活：

> 他爱听水车吱吱作响
> 和那枝头歌鸫的鸣唱，
> 他爱看嗡嗡的青蝇
> 在茂密的桃林中飞翔，
> 他喜爱西天的晚霞，
> 映照着绿叶红墙。
> 驻足聆听杜鹃的呼唤，
> 声声传自榉林那厢。

这样的境界，自然也是怀特的情之所钟。"他以闲暇名世"，道伯逊的诗句恰如怀特其人的真实写照。那个时代，时间不是金钱，而是用来陶冶性情、享乐人生的。领悟生命的真谛，秉持为人的尊严，高情雅致，舍怀特而其谁？当代社会，举世嚣嚣，那样的情怀，早已烟消云散。

　　信笔所至，娓娓道来，这些书信堪称文学园林中的一座丰碑，它将一位业余博物学家日常生活的点点滴滴，升华到令人神往的境界。在那个时代，牧师、猎手、乡绅、学者，可以一身兼而有之。在我看来，只有本着这样的精神，从这个视角出发，才能编好这卷迷人的书信集。万万不可"与时俱进"，将怀特的生物学等同于现代的专业知识。否则就得加上许多无用的注释，令人不堪重负，而且还会让读者误入歧途，忽略原作者所处的时代和环境，偏离作品的主旨。林奈的命名法以统一的术语进行物种分类，简便易行。不过在怀特执笔写信的时候，林奈命名法尚未完全通行于世，老办法注重描述性，显得较为笨拙。怀特在说鸟类和哺乳动物时，经常沿袭约翰·雷和早期博物学家的做法，致使冠名略显冗长，定义不够明晰。在处理这些问题时，我并不刻意以现今的专业术语全部重新厘定。这样做的部分原因是，有些地方尚多疑义，更主要的还在于，读其书，须体察成书时的历史背景，不宜用所谓的科学精神加以苛求，让思想穿越时代，方能有如临其境之感。另一方面，为了方便年轻人和非专业读者，我在注释中对某些最不可靠或明显错误的陈述和结论做了更正。因为我也不愿让这些谬误和已被驳倒的论点继续误人，更不愿让本书成为舛错流传的源头。有些问题，怀特疑而未决，而现代科学已有权威性的定论，我仅举结论，个中原委则略而不谈。凡是现代科学明言怀特的推测有误，我就会对新观点加以详述。只有在绝对有把握的情况下，我才会用公认的现代术语取而代之。怀特对当地一些地名的处理较为粗疏，我已根据当代地理学家的命名加以校订，使之归于统一。我将现在通行的村名加入括号，原文仍保留怀特的拼法。怀特原文中有个别词汇过于冷僻，我代之以现代相应的词汇。我只是将自己的工作严格限定在经典的校勘，绝不会不自量力，以现代科学的标准来裁断书中所有的论点。文中凡是加括号的是我补充的资料，以便读者能够分清哪些是作者的原文，哪些是编者看法。凡是标以ED的均为编者所做的注释，未标的则是作者原注。

上述说明，并无丝毫贬低之意。高山仰止，怀特以毕生精力铸就的杰作无疑具有坚实的科学价值，必将传之久远。怀特的观察大多相当精确，在有关大不列颠动物，尤其是鸟类的考察方面，至今仍堪称翘楚。以锲而不舍的精神，亲临沼泽森林观察野生动物的生活习性，在这方面能与怀特比肩的当代学者，仅有沃尔德·福勒先生和赫德逊先生等两三同道。怀特的不少观点经得起后人的质疑，已成学界定论。今天的读者翻阅这些书信，仍能从每一页中学到许多有用的知识。怀特先生知识渊博，对动物习性的观察细致入微，描述精准无误。他心无杂念，时刻关注着祖国这片乡野上的生灵。本人也曾在怀特的村子里生活过几年，时常出入于沃尔墨林地，每天饱看塞耳彭景色。清澈的池塘泛出金光，飞禽走兽忽来忽往，亲历其境，重温其书，对先贤的敬佩与日俱增。

由此可见，怀特的著作可谓开卷有益，其价值是普遍而永恒的。他所演示的方法，甚至比他的结论更重要。他以活生生的事例教人如何观察，告诉人们在考察自然的时候，该如何做到"既保持警觉又不急不躁"。怀特所处的时代，百废待兴，大有可为。当今之世，至少在欧洲，多数领域均已有人涉足，成就可观。如要了解家乡的草木山水、虫鱼鸟兽，今天的少年或成人通常先去买一本"参考书"。当然，他也会收集标本，然后按图索骥，分门别类识别物种，往往以所获的书本知识为满足，沾沾自喜地以为已经掌握了相关的动植物知识。我们的教科书日臻完美，我们与实物的距离却渐行渐远，人与自然的亲密接触已越来越被书斋生活所取代。怀特先生或许能给我们有益的启迪。为求真相，他经年累月深入实地考察鸟兽的习性，他的经历表明，书本知识与实地考察的价值根本不可同日而语。如今，若想要像怀特当年那样观察动植物,除非到那些荒僻的地方去旅游才有可能。今日欧洲,人们往往亲近书本,却不亲近书本所描述的实物,世风相靡,已成常态。

怀特的意义不止于此,他的成就可谓别树一帜,象征着科学哲学精神的曙光。大而言之,他是莱尔、达尔文、斯宾塞和赫胥黎这一代思想巨擘的先驱。

我经常会想,16世纪的学者看似虚掷一生心血,却为后来人文学科的发展做好了铺垫。为了研讨西塞罗时代的拉丁文和伯里克利时代的希腊文,他们反复辩驳,将平生的精力都耗于饾饤之学。他们积累的知识显得相当琐碎,几无可用之处。他们搜集的资料却成全了吉本和法兰西百科全书学派,对学术向更高层次演进功不可没,当今有关古代文学和历史的观念也因此而发生了革命性的变化。这些人就像生产砖瓦的工人,只顾埋头制砖,不问所用何途。日后或有大师出世,按其设计,将这些砖瓦垒成宏伟的建筑。虽道如此,我仍为18世纪的学人感到惋惜,他们耗尽毕生的精力,只是为科学未来的发展作嫁。在现代读者看来,他们虽然搜集了大量的资料,却互不关联,单调乏味,未经归纳,难成系统。为了物种的性质和特征,他们争辩不休。他们小心翼翼,不厌其烦地对物种进行主观的分类,但目光短浅,只究细节,无视功能。最主要的是,他们苦苦钻研,却不善于概括总结,使之上升到理论高度。时至今日,仍有某些动植物家,囿于一隅之地,汲汲于对物种进行细枝末叶的划分,一旦发现蝴蝶翅膀上的新斑点,能用自己的姓氏来命名某种普通的尖叶植物或蠼螋的细微变种,他们都会沾沾自喜,引以为荣。若不是已经知道过去确有其事,我们根本想象不出居然会有这样的做法。

像怀特那样能对生物学的发展定下基调的学者,在18世纪的博物学家中屈指可数。在很多方面,他是达尔文和穆勒的先行者。他的书信言简旨远,富有哲理,在同时代的著作中,堪称出类拔萃。怀特对生命现象的研究切中肯綮,为后人探索大自然的隐秘指明了路径。例如,他注意到小石䳭喜欢躲在燧石地的乱石堆中,"那里最安全,因为鸟羽的色彩与燧石上灰色的斑点非常相似，除非能瞄到幼鸟的眼睛，否则，哪怕你的目光再敏锐，也会视而不见，受其迷惑"。"保护性拟态"说由此发端。再如，在致彭南特第15封信中有关鸟食对毛色的影响，致巴林顿第22封信中有关普通雨燕的习性。诸如此类的高见所在多有，由此可见，他对生物学的发展前景具有先见之明。通过观察，怀特揭示了蚯蚓在自然体系中的作用，这个预见对后人富有启发性。拙作《查尔斯·达尔文》曾提请读者注意，怀特的远见卓识，正是伟大的生物学家达尔文的理论和实验的先导。"微因素累积效应"是现代生物学和地质学的理论基础，能认识这个理论重要性的早期博物学家寥寥无几，怀特当可跻身其列。作为一个动物学家、植物学家、气象学家和社会学家，在现代科学精神的各个方面，怀特可谓得风气之先。他在科学方面的才干确实比不上同时代的查尔斯·罗伯特·达尔文，不过，查尔斯·罗伯特·达尔文留下的伟大学说虽然为科学史家和哲学史家所重视，普通读者却不感兴趣。作为观察自然的典范，作为一个人、一个地方、一个时代的写照，怀特的著述为广大读者所喜爱，并将代代流传。

怀特之可亲，在于他是性情中人。怀特曾在垂林开辟过一条小路，至今仍叫作"巴斯陶"。我们将他视为知己，仿佛可以和他一起在垂林的斜坡上随意聊天，谈谈英国有多少种柳莺；成双作对的苍头燕雀，为何入冬后会劳燕分飞；如何用一根柔软的草梗，将田蟋蟀慢慢地诱出洞口。他的行文娓娓道来，似叙家常，令人如沐春风，倍感亲切。他的书信能让读者神游于18世纪，亲炙那个时代的神韵，具有这等天分的作者真是寥若晨星。这位乡村牧师健谈好奇，文质彬彬，总能在不经意中流露出真性情。在这些方面，连鲍斯威尔的《约翰逊传》也不无逊色。我们看着他骑着矮马穿越苏塞克斯冈的崇山峻岭；听着他以惊叹的口吻描述斯诺顿和普林里蒙的险峻；我们笑他竟如此天真，居然称西班牙为"几乎无人所知的遥远王国"；每当提及欧洲以外的国度，甚至欧洲界内较远的地方，他总会显得那么不知远近，懵头懵脑的窘态令人忍俊不禁。不过，他那迷人的画卷并不会因此而有丝毫的减色，这些离奇而有趣的陈年旧事，反而大大增加了它的可读性。"真该感谢您告诉我有关克莱西府的事情，1746年6月，我曾造访斯伯丁，在那里待了整整一个星期，如此奇观近在咫尺，可惜无人告知。"在那个时候，谁又知道莫雷和比代克是何许人也。现在我们可以说，"我这就去林肯郡调查一下"。但这点距离对于怀特来说，等于今人要远赴莫斯科或摩洛哥。山村静谧，宜人遐思，乡野情趣，自在悠闲，怀特的书信宛如一幅从容的画卷，与之相比，那些三流的学术著作何足道哉！

怀特时代的有识之士，处世为人，自有标树，高情远致，令人心折。当今之世，"推进科学"几乎已经异化为愚顽的偶像。它成了所有科学教育的终极目标，它尽力打造出发明家、发现者、新化合物的制造者和以研究绿蚜虫为业的专家，却没法造就心智健全、博学多才的男男女女。推进科学本身无可厚非，但恕我直言，切不可将它视为科学教育的唯一目的，甚至也不应成为主要的目的。我们的世界并不需要这么多的"科学推进者"，却需要大批高素质的公民，他们具有通识，不乏情怀，关注世间万物，并能衡其轻重，明断事理。读毕《塞耳彭自然史》，打开《塞耳彭古事古物记》，着实令人获益匪浅。怀特先生视野开阔，兴趣广泛，而现在的专家往往囿于一曲，目光狭窄，两者相较，高下自有天壤之别。毋庸讳言，芸芸众生中真正能"推进科学"的寥寥无几，欲以科研为由骗取浮名者却不乏其人。其根源就在于现行的教育体制过于刻板，学风则趋于浮夸。热爱自然，观察自然，人人可以做到。在这方面，人人都能从怀特的言行中受到教益。让人生更为充实，让学问更为通达，让心胸更为开阔，铸就健全的人格，那才是我们的终极目标。仰慕怀特，效其德行，宁为通人，不当偏狭之士。叩问自然，谛听她的解答，不将一己武断强加于她。凭诚心待物，以率真处世，求真爱美，拥抱自然，无论你是否"推进了科学"，至少你已经推进了普遍的人性。

目录 - CONTENTS

致托马斯·彭南特先生 ……… 001
/ 第1封 / ……002
/ 第2封 / ……007
/ 第3封 / ……010
/ 第4封 / ……012
/ 第5封 / ……015
/ 第6封 / ……018
/ 第7封 / ……021
/ 第8封 / ……023
/ 第9封 / ……026
/ 第10封 / ……028
/ 第11封 / ……031
/ 第12封 / ……034
/ 第13封 / ……037
/ 第14封 / ……040

/ 第15封 / ……042
/ 第16封 / ……044
/ 第17封 / ……048
/ 第18封 / ……052
/ 第19封 / ……056
/ 第20封 / ……057
/ 第21封 / ……059
/ 第22封 / ……061
/ 第23封 / ……064
/ 第24封 / ……067

博物学者的夏夜漫步　......069

/ 第25封 /　......072
/ 第26封 /　......074
/ 第27封 /　......077
/ 第28封 /　......079
/ 第29封 /　......081
/ 第30封 /　......083
/ 第31封 /　......085
/ 第32封 /　......087
/ 第33封 /　......088
/ 第34封 /　......090
/ 第35封 /　......092
/ 第36封 /　......093
/ 第37封 /　......094
/ 第38封 /　......095
/ 第39封 /　......097
/ 第40封 /　......100
/ 第41封 /　......104
/ 第42封 /　......106
/ 第43封 /　......108
/ 第44封 /　......110

致丹尼斯·巴林顿先生　..........115

/ 第1封 /　......116
/ 第2封 /　......122
/ 第3封 /　......127
/ 第4封 /　......129
/ 第5封 /　......131
/ 第6封 /　......135
/ 第7封 /　......138
/ 第8封 /　......142
/ 第9封 /　......144
/ 第10封 /　......148
/ 第11封 /　......150
/ 第12封 /　......152
/ 第13封 /　......153
/ 第14封 /　......155

/ 第15封 / 158
/ 附录 / 160
/ 第16封 / 162
/ 第17封 / 167
/ 第18封 / 171
/ 第19封 / 176
/ 第20封 / 178
/ 第21封 / 182
/ 第22封 / 188
/ 第23封 / 191
/ 第24封 / 193
/ 第25封 / 195
/ 第26封 / 197
/ 第27封 / 200
/ 第28封 / 202
/ 第29封 / 205
/ 第30封 / 208
/ 第31封 / 210
/ 第32封 / 211

/ 第33封 / 212
/ 第34封 / 213
/ 第35封 / 215
/ 第36封 / 217
/ 第37封 / 219
/ 第38封 / 222
/ 第39封 / 229
/ 第40封 / 231
/ 第41封 / 233
/ 第42封 / 237
/ 第43封 / 240
/ 第44封 / 244
/ 第45封 / 247
/ 第46封 / 250
/ 第47封 / 253
/ 第48封 / 255

/ 第49封 / 257

/ 第50封 / 259

/ 第51封 / 262

/ 第52封 / 263

/ 第53封 / 264

/ 第54封 / 267

/ 第55封 / 269

/ 第56封 / 271

/ 第57封 / 274

/ 第58封 / 276

/ 第59封 / 278

/ 第60封 / 280

/ 第61封 / 282

/ 第62封 / 285

/ 第63封 / 289

/ 第64封 / 292

/ 第65封 / 294

/ 第66封 / 296

附录：手稿摘录 299

/ 观鸟手记 / 299

/ 记四足动物 / 312

/ 关于昆虫和蠕虫 / 314

/ 关于植物 / 325

/ 气象记 / 332

他的魂，捺印在草木鸟兽上 邹崝华/339

致托马斯·彭南特先生

怀特的住宅

/第1封[①]/

塞耳彭教区在汉普郡东端,距离伦敦西南约50英里,位于北纬51度,与苏塞克斯郡相邻,紧靠苏雷郡,地处奥顿镇和彼得菲尔德镇中间。塞耳彭地域广阔,毗邻的教区多达12个。特罗顿教区和罗盖特教区属于苏塞克斯郡。这些教区从南到西依次为:埃姆肖特、牛顿·瓦伦斯、法灵顿、哈特利·毛堆特、沃德勒罕、金斯莱、海德利、博拉姆肖特、特罗顿、罗盖特、理斯和格雷特翰。这里的土壤品质复杂,恰如其景色之多姿多态,面貌各异。在教区的西南角,有一片白垩的坡地,比村庄高出约300英尺。那里地势开阔,有一面山坡可以放羊,还有高高

[①] 艾伦注:这封信以及随后数信均非真正写给彭南特的,而是后来为了出版书信而添加上去的,起导言的作用。怀特为人谦逊,显然不愿以作家的身份示人,所以便以书信的形式代替导言。

的森林和一片被称为"垂林"的山毛榉林。高地上长满山榉树,这种树皮质光滑、树叶油亮、树冠随风摇曳,姿态优美,形象最为可人。那片可供放羊的山坡如同一座可爱的花园,长约1英里,宽为半英里,向下延伸至山坡边缘,再往前便是一片开阔的平原。站在山坡的边上极目远望,山丘、溪谷、林地、荒野、河流,各色美景尽入眼底。东面和东南面群山绵亘,是为苏塞克斯冈。面向东北,靠近吉尔福德镇的山地为吉尔福德冈。苏雷郡的多金冈和拉伊盖特冈环绕苏塞克斯冈而行。连绵起伏的山峦与奥顿镇和法汉姆镇外的乡野浑然一体,景色极为壮观。

村庄坐落在山脚下,离高地仅差一个台阶的距离。村中只有一条大街,七弯八拐的,长约3/4英里。这条路与垂林并向而行,两边的山谷上绿树遮天蔽日。村舍与山坡之间虽然隔着长长的一片黏土地(适宜种植小麦),房子却全是坐落在白色的岩石上。这种岩石看起来很像白垩,却非石灰质,因为这种岩石能耐高温。[①]然而不难看出,它的质地多少还是与白垩有点相似,因为上面生长的榉树与白垩地里的榉树一般茂盛。山坡地形陡峭,榉树与石地一起向下延伸到尽头。

村里那条大街两边的土质差异甚大。西南面是黏土[②],需经多年耕作打理,才能成为良田。东北面多为园圃,其后有一些占地不大的围场。园圃和围场均属泥灰岩,土质松软成熟,利于保温,好像含有充分的绿肥和动物粪便。这里或许就是小镇塞耳彭的发祥地,否则草木早就蔓延到对面的山坡了。

在村子的东南和西北两端各有一条小溪。西北处的那条小溪经常干涸,东南处的那条小溪则无论旱涝,四季长流,人称"井头"。溪流从与诺尔山相连的高地喷涌而出,白垩质的小山形若岬角,危然耸立,引人注目,两条河流从那里各自奔向方向不同的海洋。朝南的一条汇入阿

---

① 艾伦注:怀特与彭南特通信间,地理学几乎尚未步入草创时期。现在人们称这种石头为"地表层海绿石砂"。

② 艾伦注:现在称为"重黏土"。

由垂林看塞耳彭

伦河,流经阿伦戴尔镇,最终注入英吉利海峡。朝北的一条就是塞耳彭河,它成为魏河的支流,与黑冈河相汇于海德利镇,流经提尔福桥时与奥顿河和法恩翰河汇合成一条大河。自格达尔明镇起,河面开阔,可供船只航行。从那里再经过吉尔福德镇,至魏桥与泰晤士河汇聚,最终在诺尔注入日耳曼海。

村内水井一般深达63英尺,井深处从不干涸,井水清澈润口,饮过这种纯净水的人常常赞不绝口,不过,肥皂溶入这种水里搅不起泡沫。①

在村庄的西北、正北和东面是一些平整的围场,那里的乱石多为白垩,历经霜打雨蚀,早已风化成碎末,可以用来肥田。②

由此地再往东北方,有一片白土地,地势比村子低一个台阶。那里的土质既不是白垩,也不是黏土,既不适宜放牧,也不适宜耕作,倒是适宜蛇麻草的生长。蛇麻的根能深深地扎入软石地,方便村民就近用它的茎秆充当柴火。这片白土地出产上佳的蛇麻草。

通往沃尔墨林地③一带的地势越来越低,在黏土和沙地的过渡带,有一片湿润肥沃的沙壤。这种沙壤不宜修筑道路,却以出产上好的木材而名声在外。坦普尔和黑沼地出产的橡木最为木材商人所称道,主要用来制造船舰。软石地上的树木虽然长得高大,但质地松脆,锯起来往往会裂成碎片,所以被工匠称为"沙木"。从这片肥沃的沙壤再往前,沙地就显得十分贫瘠,若不借助石灰和芜菁,那里就会变成不毛之地。再往前,又见树林。

---

① 怀特注:由于白垩的石灰质大量渗入水中,所以这里的水很硬。
② 怀特注:这种土地能种出优质小麦和三叶草。
③ 译者注:怀特所谓的"林地",有时泛指沼泽和荒野,未必就是指森林。

塞耳彭街景

/ 第2封① /

　　诺顿农庄坐落在村西北的那块白垩地上。20年前，农庄大宅的园中央，长着一棵阔叶榆，这种树也被叫作榛树，雷②称其为"叶片宽大粗糙的榆树"。这棵榆树主枝硕大，相当于一棵中等大小的树。1703年的那场大风暴吹断了榆树的主枝，倒地的树枝整整装了八大车。树干太大，为了便于运载，人们从粗大的一端往上7英尺处将其锯断，横截面的直径约有8英尺之宽。我特别要提及这棵榆树，主要是想说明栽种的榆树居然可以长到这么大，从周围的环境看，这棵树显然是前人栽种的。

　　村庄中央靠近教堂处，有一片正方形的空地，四周围绕着民居。村民将这块场地称为"娱乐场"。过去场地中间有一棵大橡树，个头虽然不高，但主干粗壮，枝繁叶茂，亭亭如盖，四展的树梢一直延伸到广场的边缘。橡树垂垂老矣，四周石阶环绕，阶上安置座位。夏日黄昏，此地便成老少相聚的乐园。老者说长论短，像煞有介事；幼者嬉戏闹腾，载歌载舞。若不是1703年那场可怕的大风暴将它猛地吹倒，想必老树还能屹立至今。村民一直对此难以释怀，牧师便出资请人将树原地重栽。但是在冒出几棵新芽后，古树最终还是枯萎而死，辜负了牧师的一片苦心。我之所以要提起这棵老橡树，无非是要表明，手植橡树也能长得这么大。这棵橡树想必也是前人栽培的，我在后面论及塞耳彭古迹时，自然还会谈及这棵树。

---

　　① 艾伦注：此信可能摘自怀特致彭南特的某封真实的信件，也可能由多封信摘录而成。
　　② 译者注：约翰·雷，英国博物学家，著有《英国谚语集》《造物中展现的神的智慧》《植物志》。

黑沼农庄有一小片叫作罗塞尔的林地，面积仅区区数英亩。曾经引进了一批橡树，这些树品种优良，身价不菲。树干高大，很像树形呈锥状的冷杉，由于间距太窄，树枝太细，树冠长不大，竖在上面就像一把毛刷。大约20年前，汉普顿宫附近，地处托伊的一座木桥烂坏了，若要修复，所需木材长约50英尺，细的一端直径须达12英寸。承包商在这小片林子中找到20棵中意的树，许多长达60英尺，每棵售价20英镑。

林地中间曾长有一棵橡树，这棵树长得高高大大，看上去像模像样，但主干中间长了个大瘤。多年来，一对渡鸦在树上搭了个窝，它也成了远近皆知的"鸦窝树"，这就吸引了邻近的少年纷纷前来掏鸟窝。树高难攀，反而刺激他们更想一试身手，个个信心十足，自以为能一举成功。可每次攀到大树中间，总是遇到巨瘤挡路，根本无从着手。胆大包天的小伙儿也只能心存畏惧，知难而退。渡鸦窝上架窝，高高在上，越发安枕无忧，直到有一天祸从天降，整片林子都被夷为平地。早春二月，正是渡鸦孵卵的时节。人们从大树的底部开锯，钢锯深入切口，林中回响起锤子的敲击声，橡树摇摇欲坠，母鸦却依然不忍离巢。大树终于倒地，母鸦被猛地抛出鸟窝，撞上折落的树枝，坠地而亡。母爱本当有善报，怎奈不得善终。

1776年的娱乐场

井头

/ **第3封**① /

    我曾留意过本地的贝壳化石和数种石头,理应在此略书几句。先得说说一件标本,那可称得上是珍品。人们在牧羊坡附近的白垩地耕作时发现了这个稀罕物。因为它的外表不同寻常,便拿来给我看。在兴趣不大的平常人眼里,那不过是4英寸左右的一块鱼化石而已,轴节是鱼头和鱼嘴。实际上这是一种双壳贝,林奈②分类法将它归为贻贝属③下的鸡冠贝;李斯特将它命名为耙齿贝;鲁姆菲乌斯则称其为小褶皱牡蛎;达尔让维莱把它叫作猪耳贝或鸡冠贝;收藏家就称之为鸡冠。我曾咨询

---

① 艾伦注:这封有关塞耳彭化石的信,显然是后来插入的。
② 译者注:卡尔·冯·林奈(1707—1778),瑞典博物学家,著有《自然体系》《瑞典植物志》《瑞典动物志》《植物种志》等。怀特称他为"欧洲最伟大的博物学家"。
③ 艾伦注:怀特误将这块化石归为林奈的"贻贝属",应为海绿石砂。

过伦敦的几位收藏家，但从未看到过完整的标本，书中的插图也画得难以尽如人意。我曾有幸前往莱塞斯特家的大收藏室，在那里核查这种贝壳化石，结果还是大失所望。不过另外几种品相完美的贝壳藏品倒是让我大饱眼福。鸡冠贝产于印度洋，寄生在一种名为柳珊瑚的植物形动物身上。我的这块贝壳化石形状奇异，啮合处显得天衣无缝，表面凹凸有致。要形容它的模样，文字不如图画。所以我让人将它画出来，刻成雕版。

菊石在村子里算不上什么稀罕物。我们曾开过一条路，向上通往垂林。工人在修路时经常在山坡上翻出这种石块，大块的菊石就埋在表土下的白垩里。在"井头"上方的小径和通往埃姆肖特的路上，灰暗的泥土中也有不少菊石，不过它们比较碎小，质地也不硬。不远处就是克雷潭，人们常将潭底的淤泥掏出来当肥料。我偶尔会在淤泥中发现大块的菊石，直径往往有14~16英寸。这种石块质地松软，似石似土，简直就是一种硬黏土，略经霜打雨淋，便会风化成泥。看来，这种石头形成的年代并不久远。在垂林的西北头的白垩石坑里，时常能发现个头大大的鹦鹉螺化石。

在软石地土层最厚的地方掘井，挖到深处，常常会翻出大扇贝。上下两片贝壳交错啮合，纹路高低不平。采石场虽非全是这类化石，却也占了极大的比例。

/ 第4封① /

前有一信曾略微提及软石地，在此不妨详加描述。

这种石材主要用来砌炉灶，也是造石灰窑的好材料。建窑的工匠通常不用灰泥，惯用黏沙土。砂石在高温下熔化后，会在窑面凝成一层牢固的釉面，从而免遭风雨的侵蚀，经久耐用，寿命长达三四十年。②这种软石纹路清晰，色彩宜人，打磨光滑后用来砌外墙，显得高雅不凡，可与巴斯石媲美。而且它经得起烈日曝晒，不会轻易开裂，这就比巴斯石更胜一筹了。与产自波特兰的石材相比，软石的纹理更为紧凑精细，砌成的壁炉架尤其美观大方。人们也常用软石来铺房间地板，可终究略嫌松软。既为"软石"，自可任意切割，不过，其自然纹路呈水平状，铺地时宜与其在采石场时状态相一致。软石中盐含量较高，被雨水打湿后的石板容易崩碎，所以不适宜用来铺设露天的通道。虽然软石轻易不会被醋酸腐蚀，但泛白的部分，乃至青色的石片，遇到矿酸就会发酵变质。白色的软石经不起潮湿，但在采石场的地下，总会有一层青色的板岩，虽然不厚，却能经得起霜打雨淋。这可是上等的石材，宜用作马厩、过道和庭院的铺地石，也是用来护堤修路的好材料，村子里的护堤墙基本上都用这类石材。这种板材表面粗糙，质地坚硬，不易磨光，但经久耐用。但是，这种石材太薄，又深埋于地底，取之不易，若要大量开采，成本会相当高。有些青石上会有锈黄色的斑块，与青色一样不易褪色。斑块上时而会出现锈黄色的球状物，一碰就碎，人称"锈球"。

我仅在沃尔墨林地看到一种石头，工匠称之为"砂石"或"林

---

① 艾伦注：这封也是后来插入的。
② 怀特注：烧石灰所用的白垩土中很可能含有一定比例的沙，不含沙的白垩土极为罕见。

怀特住宅一角

石"，人们很可能将其视同铁矿石。这种石头色如锈铁，又硬又沉，主要成分为圆形的晶体状小沙砾，含铁的赤土将沙砾粘连成块，结构相当坚实，难以切割，用铁器敲击也不易打出火花。这种石材原本就比较扁平，常被用来当地砖，铺在房前房后的小路上，在雨天和霜冻时也不会打滑。它不会受潮，自然也是上好的墙面砖，建房砌墙时常用这种石材。在那片荒野，石头凌乱地分布在地面。林子的东头，山坡开阔，"织工冈"上的石材则埋在地下，好在那里矿坑不深，岩层很薄，开采出来的石材经久耐用。

为了让活儿干得更漂亮，泥瓦匠在完工时常把石头打成碎片，大小就像钉子头，然后嵌入粘连软石的泥灰接缝中，这种装饰显得别出心裁，所以来客会打趣地问道："莫非你们的墙壁是用钉子来固定的吗？"

/ 第5封① /

　　镇上有两条石子路，路面凹陷不平，一条通往奥顿镇，另一条通往沃尔墨林地，这两条小路也颇具本地特色，值得一看。两条路在白垩地上蜿蜒而过，年代久远，车来人往，加上风雨侵蚀，路面沉降，表层的软石已经穿透，有些地方连第二层也被磨损。看起来与其说它是路，不如说更像一条水沟。裸露在外面的石板长达数百米。凹陷的路面不少地方比旁边的田地低16~18英尺。水淹之后或霜打之时，此处景色更为诡异多姿，野趣横生。岩石的缝隙间，树根盘缠，路旁的豁口处，急流直泻。寒冬腊月，条条水流凝成冰柱，倒悬于路边，其形态千奇百怪，令人叹为观止。往来于小路上的女士朝下瞥上一眼，只见山路崎岖，阴气袭人，顿觉惊恐万分。胆小者骑马途经此地，也会吓得瑟瑟发抖。不过这里最受博物学家的青睐，因为路旁的植物品种繁多，尤其是有一种罕见的蕨类，在路旁俯拾皆是。

　　塞耳彭地处山野，坡上草木丰茂，如若当年管理得当，本该有更多的野生动物在此生存繁衍。不过，现在也还有不少野兔、山鹑和雉鸡。多年前，丘鹬也多得很呢。秋收之后，偶尔还能看到秧鸡的身影。鹌鹑性喜开阔的原野，所以在山坡环绕的地方难得一见。

　　如果划入那片林地，塞耳彭教区的占地面积可不算小。雇来勘探地界的人花了整整三天才绕完一圈，据他们估算，那些七弯八绕的边界线总长至少不低于30英里。

　　垂林犹如一排屏风，为村子挡住了凛冽的西风。这里的空气相当湿润，因为树木太多，会散发出阵阵异味，不过有益健康，疟疾不易传播。

---

① 艾伦注：此信讲述塞耳彭的道路和居民状况，信件为事后虚拟。

群山逶迤，草木繁茂，塞耳彭的降雨量着实不小。由于观察的时间不长，恕我难以测出精准的年平均降雨量，据我所知：

	英寸	英担①
自1779年5月1日，至年底，降雨量为	28	37！②
自1780年1月1日，至1781年1月1日	27	32
自1781年1月1日，至1782年1月1日	30	71
自1782年1月1日，至1783年1月1日	50	26！
自1783年1月1日，至1784年1月1日	33	71
自1784年1月1日，至1785年1月1日	33	80
自1785年1月1日，至1786年1月1日	31	55
自1786年1月1日，至1787年1月1日	39	57

"橡树村"是塞耳彭的一个大村子，那里有几个单独的农庄，森林边缘地带散布着不少民居，居民总数超过670人。当地以穷人居多，村民勤劳朴实。

本地没有土坯垒成的房子，民居多为砖石砌成，装上玻璃窗，卧室在楼上，人们住在里面，小日子过得挺舒坦。这里有很多种植蛇麻子的园圃，男人干完农活，还得打理蛇麻子、伐木和削树皮。春夏时节，妇女们在农田除草，9月又忙于采蛇麻子花。过去，冬天农闲时，女人主要从事纺羊毛，织"巴拉贡"。那是一种高档的条纹衣料，曾经在夏季十分流行。这种衣料主要产于邻近的奥顿镇，织工都是贵格会教徒。怎奈今非昔比，这个行当已如日薄西山，渐趋消亡了。好在教区居民大都身体健康，享有高寿，人丁兴旺，子孙满堂。

---

①译者注：1英担折合112磅，约50.802千克。
②福斯特注：惊叹号的意思是，8个月的降雨，竟相当于一年的。

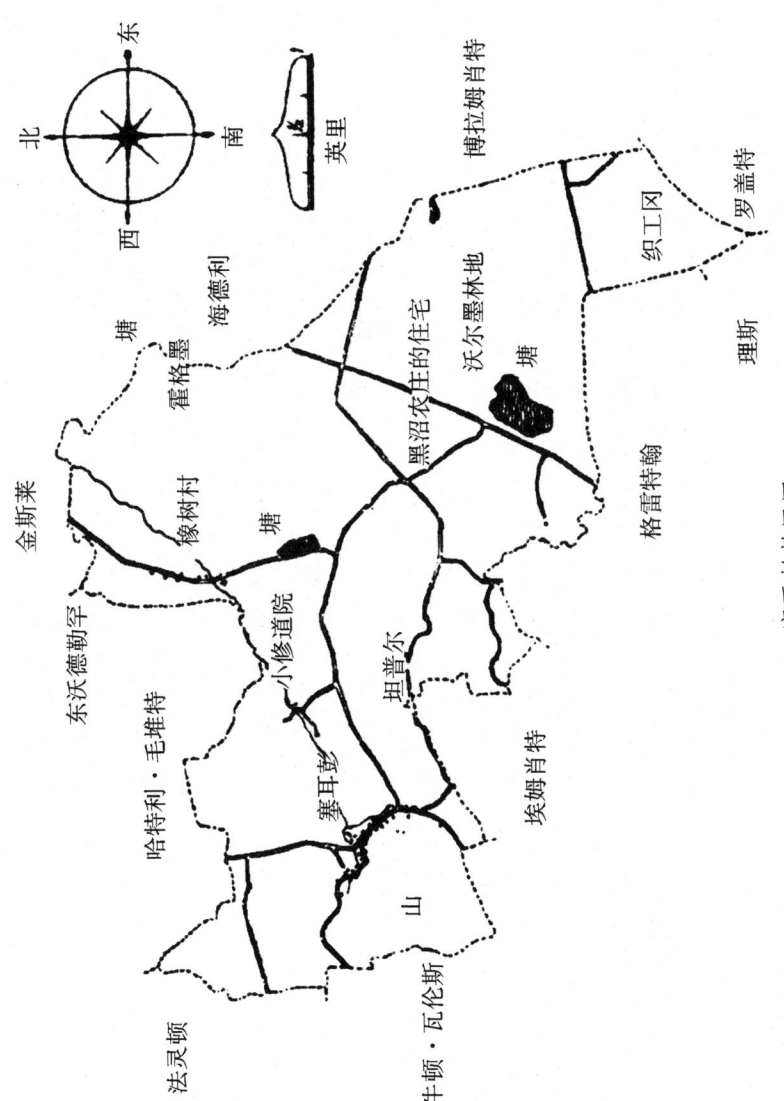

塞耳彭教区图

/ 第6封 /

　　沃尔墨林地五分之三的面积属于塞耳彭，若不细加描述，未免有失偏颇。此处有奇花异草，珍禽怪兽，作为一名狩猎爱好者和博物学者，在这里自然可以找到诸多乐趣。

　　沃尔墨林地实为皇家狩猎场，自北至南，长度约有7英里，宽为2.5英里。从南向东，与苏塞克斯境内的格雷特翰、理斯、罗盖特和特罗顿相毗邻，此外还有博拉姆肖特、海德利和金斯莱等教区。猎场内见不着一棵树，沙地上长满石楠和蕨草，间或能看到几道溪谷和山丘。溪水滞流的谷底，形成多处沼泽，那里曾经淹埋过许多死树。普劳特博士断言："南部各郡的沼泽地里从来不曾埋有倒地的死树。"此言谬矣，本人曾在这片荒野的边沿亲眼看到一座小木屋，木头又黑又硬，似乎是橡木。房东明确表示，那是他们用叉子之类的工具从沼泽地里挖来的。后来泥炭给搞光了，沼泽也差不多给搜索一空，从此，这种沉木就再也找不到了。除了橡木，人家还给我看过几块木化石，色浅质松，当地人称其为冷杉。细加观察，又试烧了一下，我发现里面没有树脂，由此推测，它们原本应是柳树或桤树之类的水生树种。

　　猎场环境僻静，人迹罕至，却正是野鸟的好去处。各种野鸟不仅是冬季的常客，夏季也喜欢在这里生儿育女。如凤头麦鸡、扇尾沙锥和绿头鸭，这些年，我还遇到过绿翅鸭。每逢气候适宜的季节，就有许许多多小灰山鹑降生在林地附近，它们很喜欢飞到林地中玩耍。1740年、1741年，以及随后数年，夏季十分干燥，成群结队的灰山鹑在此出没，贪婪的狩猎者居然一天就能捕杀二三十对。

　　从前，林地里有一种珍禽，名叫黑琴鸡，又名野乌鸡或石楠鸡，如今已经绝种。听老前辈说，在"飞射"的狩猎方式风行之前，这种野鸡多得很。记得我年幼时，老爸的餐桌上时常会有一只石楠鸡。大约在35年前，最后一群石楠鸡被猎杀。近10年来，仅有一只雌石楠鸡在此地现身。当时它被几条追逐野兔的猎犬惊飞，猎手高喊："野母鸡！"一位在场的绅士告诉我，那绝对是一只石楠鸡，因为他过去在英格兰北部见得多了。

塞耳彭动物种群的缺失，并不止石楠鸡一种。赤鹿的绝迹，使本地生物链失去了美丽的一环。18世纪初，这里的赤鹿多达500头左右，往来驰骋，气派十足。有一位看鹿的老者，名叫亚当斯，至今仍健在。从他的曾祖父、祖父（曾参与1635年巡视）、父亲到他，一直是沃尔墨林地的管家，100多年来代代相传。他十分肯定地告诉我，他的父亲曾对他说，安妮女王的御辇曾经光临朴次茅斯大道，女王首肯沃尔墨林地颇具皇家风范。行至附近的李波克镇，女王离开大路，在一片特意平整过的坡地上休息片刻，那个地方距离沃尔墨池塘东面约有1英里半，此后，那里便被称为"女王坡"。守林人将整整500头赤鹿驱赶到山谷，女王看得津津有味，心满意足。场面之壮观，堪配吾王圣览！亚当斯还告诉我，由于沃尔瑟姆黑衣帮①的大肆偷猎，赤鹿被"黑"得仅剩50头。直到已故的卡姆博兰公爵时代，存活的赤鹿越来越少。30多年前，一名猎人和六个骑兵侍卫身着镶有金边的红色戎装，在一群猎犬的簇拥下来到这里。公爵派他们前来抓捕所有的赤鹿，然后用车运往温莎。他们在一个夏季便抓了所有雄鹿，次年冬天，又逮走了所有的雌鹿，全都运往温莎。猎人身手不凡，抓捕的场面相当好看。但在此后多年，这一切只不过成了村民酒足饭饱后啧啧称奇的谈资而已。我曾亲眼看到一名骑士将一头公鹿从鹿群中分离出来，那高超的技能令人叹为观止，连阿斯特里骑术学校的高手也难以望其项背。虽然马跑的速度要快于鹿，但

---

① 艾伦注：当地的一伙偷猎者，详情参阅下一封信。

群鹿逃窜，骏马奔腾，场面之精彩，还是出乎我的想象。将选中的鹿逼离鹿群，根据"行规"，先观察20分钟，然后，号声四起，猎犬跃出，一场精彩绝伦的武打戏随之上演。

/ 第7封① /

野鹿肆虐，毁坏庄稼，骚扰村民，但它对人心的骚扰为害尤烈。绝大多数人天生就爱打猎，面对诱惑，殊难自律。行猎既然出自天性，纵有禁令，终究见效甚微。18世纪初，当地人偷猎成风，几近疯狂。年轻人无不以"猎手"而自豪，否则便算不上是勇武的男人。沃尔瑟姆黑衣帮为了偷猎，肆意妄为，无所不用其极。政府忍无可忍，终于颁布"禁猎法"②，对偷猎行为痛下杀手，惩罚之严酷乃前所未有。有人曾向已故的温彻斯特主教进言，劝他向沃尔瑟姆猎场增补猎物。他断然拒绝道："它作孽已甚！"身为主教，此言堪嘉。

几个过去干过偷猎勾当的村民还没死光呢。就在不久前，他们还常常在酒后自吹年轻时的种种"丰功伟绩"。例如，潜伏在兽窝边上观察怀孕的母鹿，幼崽出生后，马上用小刀切断它的蹄筋，这样就不会逃走，等到养大变肥，再将它宰杀。再如，月色朦胧的夜晚，误把蔓青地里的邻人当作野鹿，盲目开枪。还有一次偷猎，想不到竟亏损了一条猎狗。几个小混混猜测母鹿把幼崽藏在草丛深处，便牵了一只杂种猎犬去偷袭，母鹿受惊，跃出草丛，双脚并蹄，正巧踩在猎狗的脖子上，猎狗颈骨断裂，一命呜呼。

随处可见的野兔也诱使人们热衷游猎，无心务农。在小山坡和干燥的地方都有野兔频繁出没，它们躲在地洞里，不易捕捉，公爵派来猎手无暇顾及，抓走赤鹿后，便听任村民去剿杀这些野兔。

那些扰乱人心的诱惑被消除后，林地和荒野对周围村民的益处便

---

① 艾伦注：此信亦为后来所加，以补充说明前信的内容。
② 怀特注：乔治一世颁布的第9法案第22章。

显现出来了。泥炭和野草可做燃料，枯树残枝可充当柴火来烧制石灰，草木灰烬则可用来肥田。饲养鹅和小牛这类家禽家畜几乎用不了多少开销。

我从一份取自伦敦塔的文档中看到，曾经正式颁文，允许格雷特翰教区的庄园在合适的季节在林地放养牲畜，但严禁羊群入内。据我推测，那是因为羊太贪食，啃光了肥草，不利于野鹿的繁衍生息。

威廉与玛丽诏书第23章第4、第5款规定："自圣烛节至施洗约翰节期间，严禁焚烧荒野上的各类石楠、荆豆和蕨类植物，违者将遭鞭刑，并押送教化院监禁。"但是，每到三四月，天气干燥，总有人在林地放火烧荒，火势会蔓延到无主的荒野，进而殃及树篱，甚至还会烧毁树林、草丛和灌木，为害尤烈。有人辩称，烧掉残枝老叶，才会冒出新芽，牲畜就有嫩草可食。但是，那些又老又大的荆豆一旦沾上火苗，便会一直烧到地下的根部，破坏土质。野火过后，方圆数百英亩地上的草木被一扫而光，满目焦土，死气沉沉，环顾四周，如遭火山肆虐，到处都是灰烬，土壤受到严重的破坏，沦为不毛之地，竟达数年之久。野火肆虐期间，通常刮东北风或东风，浓烟扰民，火情经常搞得整个村子惶惶不安。记得一位家住安多佛镇的先生曾来我家，走了25英里地，来到位于镇子与温彻斯特之间的山冈上时，一股焦煳味迎面扑来，只见远处浓烟四起，他断定火情来自奥莱斯福镇。及至该镇，发现并没着火，又担心下一个村子遭到火灾，就这样一路上提心吊胆，直到我家。

林地最高的两个坡上，各有一座凉亭，均用橡木建成，人称"沃登小亭"和"黄石小亭"。护林人会在每年圣巴纳巴斯节时将凉亭翻修一下，取走拆下的旧木料，作为额外补贴。本教区的"黑沼农庄"负责"沃登小亭"的梁柱和盖顶的建材。格雷特翰教区的各家农庄则轮流提供"黄石小亭"的建材。运来的建材均需取之当地。看来这风俗由来已久，故特意提上一笔。

橡树村的湖

/ 第8封 /

依照现定的界线,林地边缘有三大湖泊,两个湖位于橡树村,景色平淡无奇,乏善可陈。另一个名为"宾湖"或"宾恩湖",那倒是很值得博物学家和猎手关注。湖的北滩长满柳树和菖蒲,为绿头鸭、绿翅鸭和扇尾沙锥提供了安全的屏障,野禽在湖畔寻欢作乐,生儿育女。狐狸经常在冬季出没此地,雉鸡也不时前来造访。湖畔沼泽中长着不少奇花异草。

眼前这幅沃尔墨林地和霍尔特林地勘察录绘于1635年,即查理一世在位第11年。勘察录表明,当时界定沃尔墨林地的面积相当大。① 因为我对林地以外的区域所知寥寥,暂且不置一词。林地的这一边,从前经

---

① 怀特注:1787年初夏,政府曾派人测量沃尔墨皇家林地和霍尔特皇家林地。

过宾斯伍德，延伸到"沃德勒罕园林的壕沟（古怪的约翰王峰和洛奇峰就坐落在这片园林内），进而直达哈特利·毛堆特，人称"毛堆特关口"。林地还包括肖特荒野、橡树村和橡树林。这一大片区域过去曾是皇家领地，如今已为私人所有。

这一长卷羊皮纸书从未提及"界限"一词，这就显得有点不同寻常。除勘察录外，羊皮卷中还粗略估算了林木的价值，霍尔特地区生长着大片树林，自然价值不菲。羊皮纸上还记有当时看守这两片林地官员的名录和职称高低，以及他们的名义工资和额外补贴。至于沃尔墨林地，那时就没什么树木，现在依然如此。

沃尔墨林地内现今有三大湖——霍格墨湖、克兰墨湖和沃尔墨湖。湖中的鱼类有鲤鱼、丁鲷、鳝鱼和鲈鱼，因为湖底全是裸露的沙子，湖水中养分不足，鱼儿难以大量繁殖。

这几个湖泊还有一景，虽说平常，也还是值得一提。每逢酷暑，出自本能，不论老幼雌雄，牛儿都会来到湖中纳凉，有的地方水深，一直泡到牛肚子，有的地方较浅，仅仅淹没半条腿。这里空气凉爽，蚊蝇也少，它们上午10点下湖，泡在水中，慢慢反刍，一副悠然自得的模样，直到下午4点，才上岸吃草。待在水里差不多有一整天，大量的牛粪便成了虫蛆的温床，鱼儿也就有了食物。若非这般巧合，鱼就得饿肚子了。一种动物休闲产生的废物，竟成为另一种动物的美食，造化神通广大，简直是一位伟大的经济学大师。诗人汤普逊对自然界的观察极为细腻，当然不会忽略这般美景，他在《夏天》一诗中写道：

> 湖畔草青青，牛羊自悠悠。
> 卧身且反刍，踩水戏清流。
> 俯首能畅饮，此外何所求。

沃尔墨湖周长2646码，约1.5英里，在这个地区也算首屈一指的大湖了。我曾请人仔细测量，湖的西北岸和对岸长约704码，西南岸长约456码，即使不算形状七弯八绕的东北角，湖的总面积至少也有66英亩。

这里几乎没有捕鸟者涉足，绿头鸭、绿翅鸭、赤颈鸭等各种野禽白天在宽阔的湖面上梳理羽毛，怡然小憩，直到红日西沉，才三五成群地到小溪和草甸上觅食，次日凌晨重回大湖，因为它们大多习惯在夜间活动。如果湖畔有一两道草木茂盛的水湾，那倒是个诱鸟的好去处，可惜现在啥都没有。

这里湖面开阔，湖水清澈，是各种飞禽聚集嬉戏的福地，也是牛羊繁衍生息的乐土。然而，这片湖之所以远近闻名，并非靠这般如画美景，而是因为40年前曾在湖底发掘出大量古币。不过，这个事情说来话长，且待以后在专论此地古物的书简中加以详述吧。

/ 第9封 /

有关沃尔墨林地，我还要来对你再唠叨几句。那是关于其姐妹林地"埃尔特·霍尔特"，据历史文献记载，这片林子又称"爱丽斯·霍尔特"，那是数年前由皇室特许转赠给私人的。

据文献编纂者回忆，受赠者先后为：伊曼努尔·斯克鲁普·豪少将和她的夫人鲁波塔。后者是鲁波特亲王与玛格瓦特·休斯的私生女。还有出生于彼得博洛家族的"莫登特"先生，他曾娶派姆布鲁克伯爵的遗孀为妻。接着是亨利·比尔森·莱格和他的夫人。现今这片林子为斯陶威老爷和他的儿子所有。

豪夫人比较长寿，将军故去多年后才离世。她遗留了不少精巧的器械，都是她父亲亲手制作的。他是一位卓越的工匠，称得上是一位艺术家[①]，也曾身披战袍，驰骋沙场。他做过一只十分精致的钟，近来为埃尔墨先生收藏。埃尔墨住在苏雷郡的法恩翰镇，是一位著名的狩猎画大师。

两个林地之间虽然仅仅隔了一道狭窄的封地，两边的土质却有天壤之别。霍尔特的土壤湿润肥沃，绿草丰茂，橡树参天。沃尔墨则满目凄凉，沙石遍地，寸草不生。

霍尔特林地整个都在宾斯泰德教区内，从南到北约2英里，从东到西的距离也有2英里左右。那里有成片的树林和草场，受赠人的豪宅就坐落其中，还有一套小房子，名为"鹅绿小屋"。相邻的教区有金斯莱、佛林斯翰、法恩翰和本特利，它们都享有林地的使用权。

---

① 怀特注：这位亲王是金属版印刷术的发明者。

有一件事很奇特，霍尔特林地向来就有很多梅花鹿，除了一道简陋的篱笆，并没设置过任何栅栏和围墙，可是在沃尔墨林地从未出现过它们的身影。而沃尔墨常见的赤鹿也从未涉足过霍尔特的林地和草甸。

多少年来，由于人们不断在夜间偷猎，霍尔特的鹿群已今非昔比，数量日渐稀少。几代守林人曾尽力阻止，制定了严厉的惩罚措施，对逮住的偷猎者施以鞭刑。虽有严刑峻法，偷猎还是屡禁不止，由此可见，人类天生的猎取心实在难以泯灭。

为了吓唬附近的村民，豪将军曾在林子里引进了几只日耳曼种野熊和野猪，还放过一头野牛，结果引起公愤，这几只野兽全被剿灭。

今年春天（1784年），霍尔特林地遭到大规模的砍伐，锯倒的橡树就有上千棵。据说林地受赠人斯陶威老爷拥有五分之一，他说那些树梢和权枝之类的也应归他所有，但宾斯泰德、佛林斯翰、本特利和金斯莱的贫民则声称砍下的枝枝丫丫理当属于他们。于是便聚众闹事，竟将树枝哄抢一空。其中有个带头闹事的男子居然抢到50捆。后来，斯陶威老爷将55个闹事者告上法庭。由于砍伐是在二三月间的封冻期，新皮还未开始生长，这些木材质量之优无可挑剔。过去，霍尔特林地离那个水渠，也就是泰晤士河边的切西镇约18英里。现在两地之间的路程可以减半，因为魏河已经通航，能够直达苏雷郡的格达尔明镇。

班鹟

/ 第10封① /

1767年8月4日

我自幼便对自然常识兴趣极浓,不幸的是左邻右舍中缺乏志趣相同之人,没有同伴以资切磋,互相启发。虽然偶有所得,毕竟才疏学浅,难成大器。

至于维特岛或英国其他任何地区冬眠的燕子,从未有人能对我谈点门道。不过,曾有一位好奇的牧师十分肯定地告诉我,他年少时,有几个民工在早春时节拆除教堂塔顶的卫墙,结果在废墟中发现两三只雨燕,看样子就像死鸟,可放近火炉边,却苏醒了。他说,因为护鸟心切,就将小鸟装入纸袋,挂在厨房的火炉旁,不料鸟儿却窒息而亡。②

---

① 艾伦注:这封信标有具体日期,实际上是怀特致彭南特的第1封信,从此开始写出一系列充满情趣、极有价值的通信(参见导言)。真实信件的文风远远胜过虚拟信件。

② 艾伦注:彭南特在给怀特的第1封信中,可能提出家燕冬眠是否就在英国本土的问题。当时人们一般认为能在英国发现冬眠的家燕,有人甚至相信家燕会在池塘水下的淤泥里过冬。现在知道,这是无稽之谈。现已确认家燕和雨燕南下过冬。此外,雨燕和家燕没有关系,家燕属于另一类鸟,学名为 *Cypselus*。不过,怀特比较倾向"家燕在本国冬眠"的说法,对这个问题一直难以释怀,在信中反复提及此事。

另一位有识之士也曾告诉我，当年他在苏塞克斯的布莱特埃姆斯通镇读小学，一年冬天，寒风呼啸，悬崖上一大片白垩岩坠落在海滩上，人们在乱石中发现了燕子。我问他是否亲眼所见，他说不是，可又强调别人确实见到过，这未免让我感到有点失望。

今年7月17日，整窝的家燕开始破壳而出，幼小的毛脚燕羽毛未丰，仍待在巢内。这两种燕子年内还会再孵化一窝小鸟。根据我去年所作的动物志，乳燕出窝可迟至9月18日。莫非这些晚生的雏燕不愿远徙他乡，打算就地隐居吗？并非如此，去年直到9月29日，仍有小毛脚燕赖在窝里，可到了10月15日，它们已经倾巢而出，全都远走高飞了。

雨燕虽与家燕和毛脚燕的习性非常相似，令人不解的是，在8月中旬之前，它们总会离巢远徙，家燕和毛脚燕则通常会待到10月中旬才离开。我曾看到许多毛脚燕与田鹞比翼齐飞，那天是11月7日，冬鹞夏燕居然同时亮相，堪称一大奇观！

有一种小黄鸟喜欢在密林高高的树梢上不停地吟唱，发出啰啰的颤音。这种鸟若不是林鹨，或许可归于柳莺类。我们这里尚未给它们命名，雷在他的著作中将其归为鹟类，您的大作《动物学》称之为斑鹟①。它习惯于站在树梢或杆尖上，凌空一跃，吞噬飞蚁，然后几乎脚不沾地便飞回原地，就这般乐此不疲地反复捕食。这种习性似乎尚未引起人们的注意。

在我看来，这里的柳莺何止一种。在雷的《哲学书简》中，达雷姆先生说他发现了三种。这再一次证明，一些非常普通的鸟却至今仍无英文名字。

斯提灵佛里特先生难以断定黑顶林莺是不是候鸟，我认为毫无疑问，肯定是候鸟。每逢4月，天气转好，它们便成群结队地飞回来，一到冬天就难觅踪影。它们的歌声甜美动听。

---

① 艾伦注：斑鹟学名为 *Muscicapa grisola*。

每年入夏，总有许多扇尾沙锥在教区边缘的沼泽地里生儿育女。举目观赏雄鸟忽上忽下的舞姿，侧耳倾听时抑时扬的鸟鸣，真是其乐无穷。

我在城里的时候曾和您提起过有关老鼠[①]的事情，可至今还没有机会逮住过一只。上次送我老鼠的人说，到收庄稼的时节，老鼠会很多。到时候再设法多抓几只，至于它们是不是尚未著录的品种，亦当力求得出明确的结论。

我估计水鼠大概有两个品种。雷以为水鼠的后脚带蹼，林奈也表示认同。不过，我在村中小溪边看到一只水鼠，没有蹼足，照样善于游泳和潜水。这恰好与林奈《自然体系》中有关两栖鼠在沟堑中游泳和潜水的描述相吻合。若能搞到一只带蹼的水鼠，我当然会很高兴。林奈在谈到水鼠时似乎有点下笔踟蹰，吃不准它是否与两栖鼠的品种不一。如果像他所认可的确有不同，那么，与雷笔下大脑袋短身材的田鼠，无论在模样大小、身体结构和日常习性上都差异甚大。[②]

至于我在伦敦提到过的那只隼，我会给您送到威尔士，如若在您眼里那不过是寻常之物，那就恕我少见多怪吧。这只隼虽非完美无缺，但毕竟可以"由此及彼，略知全豹"。

这只隼曾经常出没于沼泽，捕食野鸭和沙锥。它被击中时，正在撕咬刚被扑杀的秃鼻乌鸦。我发现它和英国的隼类不一样，也有别于春园内各种新奇的鸟类标本。我是在一个谷仓里找到它的，它被钉在墙角上，谷仓正是乡下人的"博物馆"。

我所在教区地僻路险，山多树多，所以鸟也多。

[①] 艾伦注：指收获小鼠。

[②] 艾伦注：英国仅有一种水鼠，不妨称其为"两栖鼠"，学名为 *Avicola amphibius*，脚趾间无蹼。

戴胜

/ 第11封 /

塞耳彭，1767年9月9日

真想知道您对那只隼有何高见，可惜我当时没能记下它的体重、躯干之类的详情，回想起来，它的体重约2磅8盎司，张开双翅，可长达38英寸。上喙和双脚呈黄色，眼睑金黄油亮。因为已经死了好多天，眼珠凹陷，所以我没法看清瞳孔和虹膜的颜色。①

我在这一带看到过一对戴胜，这鸟儿可非同一般。前些年的夏天，它们光顾此地，连续几个星期，频繁出入毗邻我家菜园的一片绿化地。它们左顾右盼，高视阔步，一边走，一边觅食，一天要来好几次，似乎打算在我的菜园前孕育后代。却不料一伙顽童无事生非，加以恐吓和虐待，搞得鸟儿终日惶惶，不得安生。

几年前的一个冬季，我的田园里来过三只锡嘴雀，我射杀了一只。

---

① 艾伦注：指游隼，学名为 *Falco peregrinus*。

打那以后，寒冬时节，偶尔才能看到它们孤独的身影。

去年，邻人射死了一只红交嘴雀。

村子里溪水潺潺，但流量不大，仅靠村子的一头水位较高，鱼的种类也有限。只有又名"磨坊主的拇指"的鰕虎鱼、鳟鱼、鳗鲡、七鳃鳗和棘鱼。

从村子到海边有20英里，与另一条江的距离也不相上下，所以这里几乎见不到海鸟。至于野禽，在沙锥繁殖的沼泽地里，也憩息着几窝野鸭。寒冬腊月，赤颈鸭和绿翅鸭会成群结队地光顾林中的湖泊。

我多少还能认出一只已被驯养的灰林鸮，发现它会像鹰那样，吐掉一团团的老鼠皮和鸟毛。吃饱后，就像狗一样，会把多余的食物藏起来。

小仓鸮很难养，因为要不断地喂它们新鲜的老鼠肉，而幼小的灰林鸮却是有啥吃啥，蜗牛、老鼠、小猫、小狗、喜鹊，乃至其他动物的腐肉或下水，它都照吃不误，从不挑食。

家燕仍在下蛋，雏燕羽毛未丰。最后一眼看到雨燕已是8月21日，那是一只离群的孤鸟。

当下还能看到欧亚红尾鸲、斑鸫、灰白喉林莺和欧柳莺，黑顶林莺已难觅踪影。

还有一件事情差点忘了说，一天上午，气候温暖，阳光明媚，在牛津基督教会学院的中庭，我曾看见一只家燕在天上飞，后来停在女墙上。秋去冬来，那天已经是11月20日了。

到目前为止，我仅能认出两种蝙蝠[①]，一种是常见的普通蝙蝠，另一种是长耳蝠。

[①] 艾伦注：怀特看到的不太可能是真正的普通蝙蝠，因为这种蝙蝠极为罕见。他看到的很可能是伏翼蝠。另一种无疑就是长耳蝠。

去年夏季，一只驯化的蝙蝠给我带来不少乐趣。它会从人的手中叼走苍蝇，你随便喂它什么东西，它都会用双翼伸到嘴前，护住脑袋，像猛禽那般扑向食物。它不太爱吃飞虫，却喜欢啄断虫子的翅膀，动作相当麻利，那模样瞧起来挺逗人的。它最喜欢吃昆虫，喂它生肉，倒也来者不拒。据说蝙蝠会钻进烟囱，偷吃人家的熏肉，这似乎亦非无稽之谈。至于说蝙蝠掉到平地上就难以振翅高飞，那纯粹是乡野村夫的以讹传讹。我在逗弄这只神奇的四足动物时，不止一次看到它从平地一跃而起，动作轻松自如。它跑起来速度之快，让我始料未及，奔走时的姿态却十分怪诞，令人忍俊不禁。

蝙蝠也会像燕子那样，在掠过池塘和小溪时，在水面上俯首小饮。它常在水边流连忘返，不仅是为了饮水，更是因为那里昆虫极多。几年前，我从里士满乘船去森伯里，傍晚时分，天气暖和，一路上撞见蜂拥而至的蝙蝠，在泰晤士河沿岸，一抬头便能看到数不清的蝙蝠满天乱舞。

锡嘴雀

/ 第12封 /

先生：

得知送上的那只隼①果非凡鸟，在下深感欣慰。恕我直言，如若那只隼为先生亦素未谋面，我当倍感兴奋。不过，您老见多识广，欲逃法眼，谈何容易。

前信提及的那种老鼠②，我已搞到了两只。一只幼鼠，另一只是怀孕的母鼠，两只老鼠都已浸泡在白兰地酒中。毫无疑问，它们属于未曾著录的品种，这可以从其毛色、体形、大小和筑巢的方式上推断出来。与雷所述的中等身材的家鼠相比，它们显得小巧瘦弱，毛色比较接近松鼠和睡鼠。它们的肚皮上长着白毛，腹背之间毛色迥异，界线分明。它们从不自行闯入室内，人们将成捆的麦子扛进谷仓，堆成垛，把老鼠也一起带了进来。收获时节，这种老鼠特别多，它们常在地上的玉米秸秆堆中筑巢，有时也会在蓟草丛中做窝。一窝幼鼠通常多达八只，藏身于

---

① 怀特注：这是一只游隼，一个变种。
② 艾伦注：怀特最先在英国发现收获小鼠，并加以描述。

用野草和麦秸结成的小圆巢内。

今年秋天，我得到一个鼠巢，大小如同板球，用麦秸编成，做工十分精致，圆溜溜地浑然一体，根本找不到缝隙。虽然藏在里面的八只幼鼠还没长毛，也未开眼，但由于巢做得非常坚固，即使放到桌面上滚动，也不会惊动这几个小东西。这窝搞得如此严实，真不知母鼠是怎样将奶头塞进幼崽嘴里的。莫非它会在不同的地方咬开一个洞，喂完后，再封起来。小老鼠日渐长大，看来母鼠无法和它们同卧一巢。人们是在麦田里的蓟草丛发现这个鼠巢的，母爱的本能造就了这神奇的产房。

有一位绅士，是个鸟迷，他给我写信说，今年1月，天寒地冻，他的仆人打到一只鸟，估计我也从未见过这种鸟。夏天一到，我前往探视，心里也吃不准将会看到什么东西。可拿到鸟一看，我当即断言，这是一只雄性太平鸟，也叫日耳曼丝尾雀。因为它那五根短飞羽的末端上有五个绯红的小圆点。我看，称其为英国鸟似乎不太合适。不过，雷的《哲学书简》中写道，1685年冬，英国境内曾出现过成群的丝尾雀，它们喜欢吃山楂。①

说到山楂，那可是鸟类王国众多成员赖以为生的主粮，可这种野果今年却几乎彻底遭殃。晚春时节，气候恶劣，那些娇嫩和稀有的山楂树上，果实纷纷坠落，全都毁于风霜，连那些长得结实和品种一般的山楂树也同样难逃厄运。

这些日子，常看到有些鸟和槲鸫一起飞来飞去，大嚼紫杉上的浆果。那模样正对得上书中描述的环颈鸫。我想雇人抓一只来做标本，可是没逮着。（见第20封信）

现有一事相询：在春季，如将金丝雀的蛋放入诸如红额金翅雀、欧金翅雀之类同科的鸟窝里，初生的小鸟能适应当地的气候吗？或许，在冬季来临之前，它们就会长得比较强壮，能在这方水土独自谋生了。

---

① 艾伦注：太平鸟偶尔会造访英国，往往在间隔很长一段时间后，成群飞来。

森伯里村位于泰晤士河边，离汉普顿宫不远，那里景色优美，我每年都会去住上几个星期。每逢秋季，各种燕子纷至沓来，逗得我乐不可支。但最让我感到惊奇的是，燕子在此地落脚后，并没有寄居在烟囱和屋檐下，每晚都飞往河中的沙滩，栖息在柳树丛中。北方人说燕子逢秋便会在水下过夜，上述现象倒是在某种程度上迎合了这种离奇的说法。一位瑞典博物学家对此也误以为真，在他的《植物志》中信口断言，说什么燕子会在9月初下水，就像家禽日落归巢。

伦敦有一位绅士善于观察，他在给我的信中写道：今年10月23日，在自治镇，看到一只家燕从窝里飞出飞进。去年10月29日，在牛津的旅行时，我也看到过四五只家燕时而在郡医院的上空盘旋，时而降落在屋顶上小憩。

光阴荏苒，转眼已入深秋，那些可怜的小燕子，出壳才几个星期，还滞留在内陆的乡镇，难道它们还能远走高飞，向赤道附近的格里或塞内加尔迁徙吗？①

您认为大多数燕子在冬季会南迁，但也有个别会留在本地，躲藏在我们身边过冬。②我完全赞同您的见解。

最让我看不懂的是那些短翅细喙鸟。每年开春，它们便会成群结队来到这里，今年我用心观察，发现过了米迦勒节后，它们便消失得无影无踪。它们不可能公然生活在我们周围，却又能避开好奇者的眼睛。若是躲了起来，也从未听到有人声称在冬季看到过它们蛰伏的样子。若是说它们已经远走高飞，移居他乡，那可绝非易事。它们在夏天也只会在篱笆之间飞来跳去，为了能到温暖的非洲避寒，如此孱弱的小鸟居然能飞越千山万水，举家南迁，简直令人感到匪夷所思！

---

① 怀特注：参见阿丹逊《塞内加尔航海记》。
② 艾伦注：如今皆知此说有误。

雌苍头燕雀

/ 第13封 /

塞耳彭，1768年1月22日

先生：

鄙人栖身南乡，下笔常述郡里见闻，您曾来函示意正中下怀，但愿此信仍能不负厚望。先生寓居北国，见多识广，亦当鸿雁传书，有以教我。

多年以来，我注意到临近圣诞节时，田野里会聚集许多苍头燕雀，我原以为一个地方不可能孵出这么多的鸟儿。细心观察后，居然发现几乎全是雌鸟，着实令人吃惊。我将自己的疑惑告诉几个颇有见地的邻居，经过一番认真观察，他们也断定的确几乎全是母的，雌雄比例起码为50∶1。这个现象实在是非同寻常，不禁使我想起林奈曾经说过："入冬之前，所有的雌性苍头燕雀都会迁徙，途经荷兰，飞入意大利境内。"所以，但愿北方有某个好奇的先生能告诉我，在当地是否看到过大群的苍头燕雀，以及它们的雌雄比例。掌握了这样的信息，或许我们就能判定田野里的雌鸟来自何方，究竟是从本岛的另一端，还是从大陆飞过来的。

一到冬季，我们这里就会出现大量赤胸朱顶雀。这种鸟很常见，可数量如此之多，看来绝非出自同一个地区。我注意到，入春后，这些鸟常聚集在树梢上晒太阳，放声齐鸣，音色婉转动听，仿佛在宣称它们将告别冬日的居所，前往夏令营地。众所周知，在迁居之前，家燕和田鹨都会聚集在一起浅吟低唱，然后各自起身远行。

即使入冬，黍鹀也不会迁居他乡，您完全可以相信这个判断。1767年1月，满天寒霜，在安多佛附近的山坡上，我亲眼看到几十只黍鹀栖息在灌木丛中。在这片林木环绕的教区，黍鹀也算得上是稀有品种吧。

鹡鸰，无论是白鹡鸰还是黄鹡鸰，整个冬季都不会离开我们。鹨鹨则成群飞往南边的海岸，猎人也就赶到那里大开杀戒。

在《自然史散论》一书中，斯提灵佛里特先生写道："即使穗鹀还没飞离英国，至少也已迁居他处。原来穗鹀随处可见，到收获季节，却难觅踪影。"这正好说明了为什么每到收获时节，在路易斯南面的丘陵地带能够捕到那么多的穗鹀，当地人将这种鸟肉奉为佳肴。有人确切地告诉我，那里的牧民设机关捕鸟，一个季节下来，能挣不少钱呢。虽说人们在那里捕获甚丰，我对这个地区也不陌生，但是，穗鹀生性孤僻，我从未一次见过两三只以上的穗鹀。总的看来，它们基本上属于候鸟。所以一到秋天，就会飞往苏克塞斯海岸。不过，一年四季，我在附近几个郡里，尤其是在猎场和采石场，都会看到几只滞留的穗鹀。可见，它们并非一只不剩，全体迁徙。

眼下我在海军中尚无好友来往，不过有个朋友曾在上次战争中当过海军随舰牧师，我给他去信，嘱他翻阅一下当时的笔记，看看当军舰出入海峡时，告诉我有没有鸟儿飞到索具上歇脚。哈塞尔奎斯特的有关描述相当生动，他写道：在船只由海峡驶往利凡特的途中，不时有短翅的小鸟飞落到船上，天气恶劣时尤其如此。

至于西班牙，您的看法很有见地。安达卢西亚气候温暖，有利于昆虫滋生，秋季从这里飞走的细喙鸟极可能迁到那里去大饱口福了。①

年轻力壮，有闲有钱之士不妨到西班牙秋游一番，住上一年则更佳，那就能在这片广袤的国土上，细细考察自然景物，了解它们的历史和现状。威鲁比先生曾特意周游该国，然所见所闻似多为浮光掠影。因为看不惯那里粗野放荡的民风，这对他的情绪造成极大的影响。

如今我在森伯里村已无同好互通音讯，也无从打听泰晤士河沙洲上家燕的状况，更谈不上去了解疑似环颈鸫的有关消息了。

倒是还可以谈谈那些小老鼠。它们将哺育幼鼠的窝搭在庄稼地上的草丛中，我注意到，冬天来临时，老鼠便在地底下钻洞，用干草给自己营造一个温床。收获时节，人们将秸秆堆成垛时，连老鼠也一起带了进去，那个地方才是鼠辈最得意的幽会场所呢。最近，一个邻居在给燕麦垛搭棚子时，在垛顶的干草下居然撞见上百只老鼠。这些老鼠大多被逮住，我也看到了一些。用尺量了一下，从鼻子到尾巴，只有2.25英寸，光尾巴就有2英寸长。放两只在天平上，称出来的重量只相当于半便士的铜币，约1/3盎司。我看在本岛的四足动物中，它们的个头倒数第一。一只成年的家鼠从鼻尖到臀部，长约4.25英寸，尾长也有4.25英寸，体重约1盎司左右，是上述小老鼠的6倍多。

本月天寒地冻，积雪没膝。有一天，温度计显示，室内竟降至-14.5°F。娇弱的常青树可遭了殃，幸亏老天垂怜，没刮大风，地面上盖着厚厚的积雪，否则整个植被都将受到重创。有几天特别冷，可想而知，温度之低已经打破了1739年到1740年以来的纪录。

---

① 怀特注：参见雷的《游记》第466页。

/ 第14封 /

塞耳彭，1768年3月12日

尊敬的先生：

假如有一位先生出于好奇，搞来一个黄占鹿的头颅，将它剖开，就会在鼻孔两侧看到还有两个通气口，或称"呼吸眼"，有点像人类头颅上的泪腺。感到口干舌燥时，鹿便会像马那样把脑袋深深地扎入水中，位于眼角内侧的气门就会自动开启，与鼻孔相通。①这样便能从容不迫，埋头畅饮。造化何等神奇，值得我们关注。然而，就我所知，尚无任何博物学家注意到这个现象。虽然口腔和鼻腔都处于封闭状态，这些动物却似乎不会因此而窒息。头部的构造竟如此奇妙，这给喜欢追逐的兽类提供了得天独厚的便利。它们飞奔时，两个附加的鼻孔无疑是张开的，呼吸自然十分顺畅。②雷先生曾注意到，在马耳他，人们将干重活的驴子的鼻孔切开，因为它们鼻孔长得过于细长，在炎热的气候下干活，常常会累得气喘吁吁。众所周知，马夫和赛马场上的绅士都认为，好马大鼻孔，狩猎、比赛才会有出色的表现。

古希腊诗人奥比安在诗句中也提到过，牡鹿有四个出气口：

Quadrifidae nares, quadruplices ad respirationem canales.
四个鼻孔，四条呼吸道。

——《论狩猎》

---

① 艾伦注：怀特所谓的"气门"，其实并没有呼吸功能，而是一个内分泌器官。
② 怀特注：彭南特先生在回信中对我的这段描述做了回应，他说：令人吃惊的是，和鹿一样，羚羊身上也有这种奇怪的器官。它的眼睛下面有一条缝，又长又细，可开可合。如果有人给它吃一个橘子，它不光用鼻子闻，还会张开缝来嗅，好像这个器官也有嗅觉似的。

作家往往喜欢东摘西引,居然说亚里士多德写过"山羊以耳呼吸",实际上,原话正好相反:"奥尔迈翁断言山羊以耳呼吸,此乃荒唐至极。"(见《动物志》第1章第11节)

由西北看教堂

红腹灰雀

/ 第15封 /

塞耳彭，1768年3月30日

尊敬的先生：

有些村民见识不浅，他们认为这个地区除了鼬鼠、棕鼬、白鼬和臭鼬外，还有伶鼬。它是一种红色的小兽，比田鼠略大，但更长。村民称其为鼬。这种见解也许有一点道理，但还需要做进一步的探究。

我家邻近住着一位绅士，他的家中有一个鸟巢，里面住着两只乳白色的秃鼻乌鸦。一个笨头笨脑的车夫发现了这对鸟，没等它们飞走，就把鸟摔死在地上。主人原本打算收养这对逗人的鸟儿，自然感到非常遗憾。我也曾见过这种鸟的标本，它被钉在谷仓尽头的墙上，鸟喙、腿脚和爪子全呈乳白色，令人啧啧称奇。

今年冬天，一个牧人说，在我家屋后的山坡上见到过几只白色的云雀。那不正是雪鹀吗？也就是《不列颠动物志》收录的"雪花"，毫无疑问，正是它！

几年前，我见过一只关在笼里的红腹灰雀。刚从田里抓来时，它的毛色艳丽多彩。大致一年，就开始褪色。后来毛色逐年变黑，四年后，竟变得像煤炭一般乌黑一团。大麻子是它的主食，食物对禽兽毛色的影响居然如此之大！家禽之所以显得色彩斑驳，或许是因为它们的食物花样繁多，不同寻常。

多年来，每到大雪纷飞的寒冬，总会在长有树篱的旱坡上看到被刨出土的斑叶阿诺姆的根。我细心观察，又请他人也注意这个现象，结果发现是一种鸫在翻土刨根。斑叶阿诺姆的根性燥而味辣。

雌性苍头燕雀尚未成批飞离本地，1月的寒冷却已让乌鸫和欧歌鸫的身影日渐稀少了。

2月中旬，一只小鸟飞到我家高高的树篱上，引起我极大的兴趣。它的羽色黄绿相间，我估计应为柳莺类的细喙鸟。它不是山雀，长得又大又长，也不像戴菊，看起来还是最像大个子的柳莺。我朝它开了一枪，没打中，因为它老是东跳西跳，闹个不停。

我想不通，一些作者为什么认定石鸻是稀有品种。在汉普郡和苏塞克斯一带，这种鸟随处可见。我估计它们在夏季产卵，不过，我可以肯定，直到晚秋，它们仍在哺育幼鸟。现在这个季节，天近黄昏，它们便开始叫得不亦乐乎。雷先生将它们称为"盘旋于水面的鸟"，我看这样的描述未必贴切。在这一带，至少在白天，它们常常出没于开阔的高地和牧场，那里离水边还远得很呢。至于这些鸟在什么地方过夜，我倒也说不上来。它们主要吃虫子，也吃蛤蟆和青蛙。①

我新做了一些老鼠标本，不妨送上几只，请您过目。林奈或许会将它称为小鼠。

---

① 艾伦注：怀特认为石鸻不常到水边，这种说法有误。他仅注意到它们在繁殖期间的情况，但在冬季，石鸻经常出没于湿地和沼泽。

石鸻

/ 第16封 /

塞耳彭，1768年4月18日

尊敬的先生：

先略述一下石鸻的情况。① 石鸻通常就在田野里产卵，每次生两只蛋，最多也不会超过三只。它不搭窝，蛋就裸露在地上，所以经常被开耕的农夫踩烂。幼鸟一出生，就会像鹧鸪那样，远离蛋壳，跟着母鸟钻进乱石堆里。布满灰斑的燧石和小鸟的羽色非常相似，人眼再尖，若不与鸟对视，也很难发现它们，所以鸟儿隐藏在那个地方最为安全。石鸻蛋形状圆圆胖胖的，蛋壳呈灰白色，间杂着血红色斑点。本想捉一只石鸻给您，怎奈心有余而力不足。不过，无论哪天，我随时都可以带您去看一下，一到傍晚，就可以听到它们在村子周围闹个不停，啼叫声差不多能传到1英里之外。它的腿胖得就像痛风病人臃肿的膝盖，所以叫它

---

① 艾伦注：怀特在致彭南特的上一封信中提到了石鸻，后者来信询问有关情况，怀特便予以回复。

"肿胫鸟"①倒也颇为形象生动。秋收之后,在猎狗的引导下,我曾在芜菁地里击落过几只石鸻。

柳莺有三个品种,对此我并不置疑。不过,我仅对其中两种非常熟悉。至于第三种,却从来未曾谋面。我所了解的那两种柳莺叫声迥异,前一种鸣叫声轻松而欢快,另一种则尖厉刺耳。前者体形较大,长度超过后者0.75英寸,体重近450克。后者仅为350克左右。叫声欢快者的体重超过叫声尖厉者约1/5。根据我的日记所载,声音尖厉者在3月中开始啼叫,从春到夏,一直叫到8月底。(它是夏天开口最早的鸟,唯有蚁䴕偶尔会叫得更早一点)鸟腿的颜色也不一样,体形较大的呈肉色,小的那种则为黑色。

上个星期六,黑斑蝗莺就开始在我的田里发出咝咝的叫声。小鸟的浅吟低唱令人心旷神怡,尘世之乐,莫过于此。虽距百码之远,听之如在耳畔,倘若近在眼前,却仍低声细语,音色依然。若不是我对昆虫还算有所了解,知道蚱蜢之类的虫子尚未孵化出来,否则绝不会相信此时在灌木丛中轻声低吟的竟会是蝗莺。要是你声称这是鸟鸣,还会遭到村夫的嘲笑。蝗莺鬼得很,常常钻进浓密的灌木丛中,躲好以后,哪怕藏身处离人仅1码的距离,它也照样开口鸣叫。它们时常出没于树篱,我让人绕到那一边去抓它,但是它们会迅速溜走,人们离它还有100码时,它们就会像老鼠那样,悄悄地钻入荆棘丛中。光天化日之下,它是绝不会现身的。只有在悄无人迹的清晨,它才会在枝头放声歌唱,抖动着双翅,打几下哈欠。对于这种鸟,雷先生所知有限,他的描述均转引自约翰逊先生,后者却将柳莺与蝗莺混为一谈。其实两者的区别还是很大的。(参见雷著《哲学书简》第108页)

鹟经常在我的葡萄藤上养儿育女,它到现在尚未现身。红尾鸲已经开始鸣唱,它们的鸣叫声可以延续至6月中旬,可惜音调短促,难以尽

---

① 译者注:石鸻学名为*Burhinus Oedicnemus*,种名*Oedicnemus*有腿肿之意。

如人意。小型柳莺乃园圃一害，豌豆、樱桃和茶藨子等无不遭到它们的肆意蹂躏。它们天生不惧人，用枪都赶不走。

本地夏季候鸟列表，排序以出现时间先后为据：

            林奈的命名

小型柳莺（叽喳柳莺）	*Motacilla trochilus*
蚁䴕	*Iynx torquilla*
家燕	*Hirundo rustica*
毛脚燕	*Hirundo urbica*
崖沙燕	*Hirundo riparia*
大杜鹃（布谷鸟）	*Cuculus canorus*
新疆歌鸲（夜莺）	*Motacilla luscinia*
黑顶林莺	*Motacilla atricappilla*
灰白喉林莺	*Motacilla sylvia*
中型柳莺（欧柳莺）	*Motacilla trochilus*
普通雨燕	*Hirundo apus*
石鸻（？）	*Charadrius oedicnemus*（？）
欧斑鸠（？）	*Turtur aldrovandi*（？）
黑斑蝗莺	*Alauda trivialis*
长脚秧鸡	*Rallus crex*
大型柳莺（林柳莺）	*Motacilla trochilus*
欧亚红尾鸲	*Motacilla phoenicurus*
欧夜鹰	*Caprimulgus europaeus*
斑鹟	*Muscicapa grisola*

老乡们经常会谈起一种鸟，它喜欢用尖嘴把枯树枝和老栅栏啄得咔嗒咔嗒地响，所以人们把它叫作"咔嗒鸟"。我搞到过一只，它是被枪

击落的，仔细一看，原来是一只普通䴓，也叫"五子雀"。雷先生说，那些斑点稀疏的啄木鸟也有相同的行为。啄木声声，一浪①开外都能听到。

若要认真观察短翅夏候鸟，现在正当其时。鸟儿一族生性好动，待到枝繁叶茂时，可就难以捕捉到这样的机会。幼鸟一旦出巢，更会搞得人晕头转向，再也分不清鸟儿的种类和雌雄。

哺育时节，扇尾沙锥时常在沼泽地嬉戏欢叫，在降落时，它们总会发出嗡嗡的响声。莫非像火鸡一样，这声音发自腹腔？有人猜测那是因为翅膀振动造成的。

今天一早，我看见一只戴菊。它头顶的羽毛金光灿灿，恰如锃亮的黄金。它会像山雀那样倒挂在树枝上。

---

① 译者注：浪（furlong）为长度单位，一浪相当于201米。

/ 第17封 /

塞耳彭，1768年6月18日

尊敬的先生：

上周三收到您6月10日来信，不胜欣慰。令人更高兴的是，得知您仍专心致力于博物学，并对鱼和爬行动物的研究大有进展。

爬行类动物并不多见，我对它们所知甚微，自然颇想有所了解。就像人们并不完全了解具有性官能系统的隐花植物，对于爬行动物的繁殖情况，我们同样不十分清楚。对于有些鱼类（如鳗鲡等）的生殖细节也知之不多。

蟾蜍养育的状况似乎也是若明若暗难下定论。有些书上说它是胎生的，但是雷仍将它归类为卵生动物，对于它们的养殖状况则不置一词。或许它们就像毒蛇一样，"卵在体内孵化，幼崽成形后方从母体分娩"。

众所周知，青蛙会交配，至少表面上是如此，因为斯瓦墨丹姆曾经论证雄蛙没有内生殖器。大家在春季都看到过青蛙交尾，雄蛙紧紧趴在雌蛙背上竟可持续一月之久。至于蟾蜍是否有同样的情况，我尚未亲眼看到过，也没读过过相关记载。令人费解的是，关于蟾蜍的毒素，至今尚无定论。某些动物显然不会中蟾素，据我所知，鸭、鸢、鸮、石鸻和蛇吃了蟾蜍后都安然无恙。村中曾有一个江湖庸医，为了吸引众人的眼球，生吞一只蟾蜍，然后喝了几口油。此事虽非我亲眼所见，但有多人在场。

有人对我言之凿凿，说是有几位贵妇趣味奇特，将一只蟾蜍当宠物，每年夏天都给它喂食。多年后，这只蟾蜍大得出奇，身上还长了蛆，蛆又变成麻蝇。傍晚时分，这只蟾蜍便会从花园台阶下的洞中爬出来。人们吃了晚饭后，就将蟾蜍抱到桌上喂食。终于有一天，它刚刚伸出脑袋，便撞上了家养的渡鸦，渡鸦用坚硬的嘴啄掉了蟾蜍的一只眼睛。遭此横祸，这只可怜的小家伙从此一蹶不振，没多久便一命呜呼了。

关于青蛙迁离其出生的池塘，雷著《上帝造物的智慧》第365页有一段引自达雷姆先生的描述，内容相当精彩。先生饱览群书，想必早有所知，无须我在此赘言。达雷姆先生驳斥了"雨天蛙自云端降生"的谬论，指出青蛙之所以迟迟不愿离开池塘，是要等到天降大雨，气候变得凉爽湿润，它们才会踏上各自的旅途。用不了几个星期，眼下的小蝌蚪就会变成青蛙，村子里的大街小巷，田间水沟，几天内就会布满成千上万的新移民，这些青蛙的个头还不如我的小指甲大。雄蛙是在何种状态下，以什么方式让雌蛙受精怀孕的，斯瓦墨丹姆的描述最为详尽。上帝造物是何等精致有度！瞧瞧这些卑微的四足动物，实在令人感叹不已。水中的蝌蚪有尾无足，恰似小鱼。一旦四足成形，无用的尾巴就会被废弃，蛙儿就会自行上岸。

莫里特认为，树蛙是一种英国的两栖动物。这真是大谬不然，在德国和瑞士，这种树蛙很常见。

须知雷所谓的水栖蝾螈或水蜥会经常咬饵，所以动辄上钩。过去，我想当然地认为，水栖蝾螈自然是生于水，长于水，殁于水。但是皇家学会会员约翰·埃里斯先生（人称"珊瑚埃里斯"）在1776年6月5日致皇家学会函中描述了泥鬣蜥，它是产自南卡罗纳的两栖蝾螈。埃里斯声称"水栖蝾螈"或"水蜥"本为陆蜥的幼体，正如青蛙的幼体为蝌蚪。为了避免本人理解有误，我将直接引用他的原文。谈及泥鬣蜥的鳃盖，他是这样描述的："英国的蝎虎也就是水蜥，又名'蝾螈'。前些时，我曾观察过它处于水生形态的幼体。泥鬣蜥长毛的腮盖与其幼体的腮盖十分相似，都是用来遮住腮，在游水时则起到鳍的作用。等到它们从水生幼体转化成陆上动物时，便会将尾鳍和腮盖一并舍弃。有一段时间，我曾亲手养过泥鳅蜥①，以上所述得自本人观察。"

林奈所著《自然体系》中多次提及埃里斯先生的论述。

天道垂青，英伦诸王国中有毒的蛇类爬行动物仅蝰蛇一种。普通的色拉油能解蛇毒，疗效显著，先生著书立说本为济世益民，想必对此有所描述。根据我的观察，盲蛇是完全无毒的（学名蛇蜥，一碰就断，因此得名）。邻近有位农夫对我颇多帮助。大约在5月27日，他打死了一条雌蝰蛇，剖开蛇腹，发现有11枚蛇蛋，和乌鸫卵差不多大小。这些蛋还没有孵化成熟，幼蛇尚未成形。蝰蛇算是卵生动物，但也不妨将它们称为胎生，它们在腹中孵化幼蛇，随后才将小蛇生出来。每年夏季，蛇②都会到我的瓜田里产下成串的卵。尽管我们一班人想方设法尽力阻挠，但还是无济于事。根据我多次的观察，幼蛇得等到明年开春才会破壳而出。有些村民头脑颇灵活，他们信誓旦旦地对我说，亲眼见到蝰蛇受惊后，会张大嘴巴让无助的幼蛇躲进大蛇的喉咙。这就像雌性的负鼠，遇到危急，会将幼鼠藏进下腹的囊袋。不过，伦敦那边的捕蛇者对先生坚称，这种事绝对是无稽之谈。③在我看来，蛇一年进食一次，或者说，一年中仅在一季进食。村夫们经常谈起一种水蛇，用不着任何理由，我敢肯定他们所言不虚，或许是因为可以在水中捕食青蛙和别的东西，水蛇无不喜欢在水中嬉戏。

我猜不准，您是如何分清12种爬行类动物的，除非是将蝎虎的变种也计算入内。雷曾经列举过5种不同的蝎虎。我还没有机会来证实这些，不过，我清楚地记得，在苏雷郡靠近法恩翰的阳光沙滩上看到过绿色的蝎虎，长相挺漂亮。雷声称爱尔兰也有这种蝎虎。

---

① 艾伦注：蝾螈不是蜥蜴的幼虫，属于两栖动物。蝾螈的生长也需经过一个"蝌蚪期"，那时它就像鱼一样，长有腮。在怀特所处的时代，人们尚不清楚蝾螈和蜥蜴的区别。

② 艾伦注：这里指草蛇，不是蝰蛇。

③ 艾伦注：虽然我认为这肯定是中世纪的迷信，但这个问题至今仍无定论。

多顿农庄

由多顿看垂林

/ 第18封 /

塞耳彭，1768年7月27日

尊敬的先生：

您6月28日来信已经拜读，深感获益良多，无奈当时正在造访一位绅士，身居客舍，没有相关书籍可供参考。我忙于应酬，也无暇及时回信，况且您信中询问的诸多问题，我也想尽量能做出令人满意的答复，所以直至今日才迟迟动笔。

我曾遣一人在村中的小溪捕鱼，但并没捉到九刺鱼之类的鱼，倒是发现了不少三刺鱼。今天一早，我在篮子里装了一小罐潮湿的苔藓，罐中还装了几条棘鱼，有雄的，还有满肚鱼卵的雌鱼，加上几条七鳃鳗和鰕虎鱼。今晚8点，这些东西应可送达舰队街。但愿明天早上马采尔①收到时，里面的东西还比较新鲜。附上一信，对雕刻师应注意的事项，做了详细交代。

某次外出，中途发现安姆博莱斯伯里镇就在附近，遂遣一仆赴镇，购得几条活泥鳅，装在玻璃瓶中拿回来做标本。这些泥鳅体长2~4英寸，均捕自为浇灌牧场而开挖的水渠。我的描述如下："这些泥鳅皮色清亮，背鳍、尾鳍以及背上间杂的斑斑黑点都位于体侧线之上。双眼各有一条黑线，延伸到鼻子，腹部呈银白色，上颌突出盖住下颌，两侧各有三条触须。胸鳍颇大，腹鳍较小。背鳍也很大，长有八根棘刺。尾部与鳍相连处甚宽，呈扁平状。尾巴方方正正，又宽又大，就是这个品种的特征。依仗着硕大的尾巴和强健的肌肉，怪不得泥鳅显得如此活泼机灵。"

因离汉格福镇不远，这次出行也没忘顺道询问了一下蟾蜍治癌的神奇疗法。我发现不少聪明人对相关报道深信不疑，其中不乏绅士和牧师。曾与一位教士一起就餐，他对类似的说法也很相信。他对我讲述一个女人用这种疗法治病的详情，听后反而让我对此事的真实性有所质疑。那个女人自述"因受癌症折磨，前往某个信众颇多的教堂。正当入座，一位素昧平生的牧师向她打招呼，先是对她的病痛表示同情，继而告诉她可以如此这般用蟾蜍来治愈顽症"。受癌症之苦者何止千万，这位来历不明的绅士为何独独对这位女士有所偏爱呢？他为什么不用这回春妙药谋利赚钱呢？或者也可以想方设法将秘方公之于世，不就可以普济众生了吗？总之，在我看来，这个女人自诩为"治癌大师"，其实不过是在故弄玄虚，忽悠村民罢了。

根据本人的仔细观察，水蜥根本就没有什么腮。因为没有腮，为

---

① 艾伦注：马采尔是彭南特的雕刻师。

了呼吸新鲜空气,它只得不时浮上水面。①我曾剖开过一只水蜥的大肚皮,里面全是卵。但也不能因此断定它们不是陆蜥的幼体。昆虫的幼体内也满是卵,直到发育至最后阶段,才会排出。我曾在水中养过一只水蜥,可它老是攀过容器的边沿,四处乱爬。人们在夏天经常看到许多水蜥从它们出生的池塘里爬出来,攀上干燥的堤岸。水蜥品种甚多,色彩各异,有的尾巴和背上长有鳍,有些则没有鳍。

---

① 艾伦注:有关成年的蝾螈,怀特所言完全正确。但是埃里斯有关小蝾螈的话也没错,幼体蝾螈确实有腮。

由西南看教堂

欧柳莺

/ 第19封 /

塞耳彭，1768年8月17日

尊敬的先生：

现在我可以肯定，本人已经能辨识三种啼声各异的柳莺。与此同时，也得坦承，对于您所说的那种云雀①，我可是一无所知。在4月18日给您的信中，我声称虽然未曾见过，但对您所指的那种云雀我也并不陌生。这大话真是说过了头。后来我搞到了一只，从各个方面看，它是一只地地道道的柳莺，而非云雀，与另外两种柳莺相比，它的体形更大，上半身呈鲜艳的黄绿色，腹部洁白无瑕，显得更为亮丽。我已经拥有这三种柳莺的标本，看起来个头一个比一个小。最小的那只双腿为黑色，另外两只鸟腿呈肉色。黄色的那只鸟体形最大，翅膀和尾部羽毛的端部呈白色。另两种则无此特征。这种鸟仅仅在榉树林高高的树梢上飞进飞出，抖动翅膀，不时发出咝咝的浅吟，声音颇像蝗虫的鸣叫。这下我可以确定，这不就是雷在书中所描述的欧柳莺。他写道：这种鸟叫声沙哑，如螽斯振羽。可惜这位伟大的鸟类学家不曾料想到，柳莺居然有三种类型。

---

① 怀特注：参见《不列颠动物志》1776年版第381页。

环颈鸫

/ 第20封 /

塞耳彭，1768年10月8日

天道宏远，物种繁富，动物界和植物界并无二致，凡是考察最为详尽的区域，往往也是发现物种最多的地方。有些鸟类，据说只有在北方才有，可在南方也常能看到。今年夏天，我在本地发现了三种鸟，而某些作者曾言，这些鸟仅见于北方诸郡。矶鹬，我最先是在5月14日那天搞到的，它是一只雄鸟，经常光顾村子附近的池塘岸边。那里有它的伴侣，想必是打算在水塘边生儿育女了。池塘的主人回忆道，几年前的夏天，他也曾在池塘的边上见到过同样的鸟。[1]

5月21日，我又得到一只鸟，那是只雄性红背伯劳。我的邻居射中这只伯劳时，鸟爪上还抓着不少昆虫的腿和翅膀。他说灰白喉林莺和其他小鸟叽叽喳喳的叫声将他的目光引向那片小树丛，否则不可能发现这个"屠夫"。

另一种稀有的鸟是上星期才到手的，那是某种鸫。一位来自伦敦的绅士在我们这里待了12个月，这个星期他扛着一杆枪出外闲逛。他告诉

---

[1] 艾伦注：怀特误以为矶鹬为英国北方才有，其实南方大部分地区都有这种鸟。

我们，在一片长着浆果的紫杉树篱上有几只鸟，长得有点像乌鸫，但脖颈上有一圈白色的羽毛。那时，一个住在附近的农夫也看到了这些鸟。因为没有搞到标本，所以也就不再细究。在1767年11月4日致先生的信函中，我曾提及此事，然因非我亲眼所见，您似乎也没十分在意。不过就在上周，那个农夫又看到了这种鸟，二三十只成群结队。他射落两只雄的，两只雌的，并回忆起，去年春天，报喜节前后，他也曾见过这种鸟，当时正在飞向北方的途中。这种鸫或许不是来自英国北部，而是比欧洲更遥远的北方。也许它们会在霜冻肆虐之前离开那里，待到寒意渐消的春季重回故地孵卵育雏。如果确实如此，那么，这里又多了一种过冬的候鸟，而且还未曾有人描述过这种鸟迁徙的情况。如果它们来自英国的北方，那么，我们就又发现了一种在英国境内迁徙的候鸟，以前也未见文献著录。没法确定它们是否会越过本岛，朝南远飞。不过，这种可能性极大，否则很难设想它们会在本国南部诸郡长时间不见踪影。它们的体形比乌鸫更大，以山楂为主食。但是去年秋季，山楂歉收，它们只得吃紫杉果。到了春季三四月间，常春藤上的浆果熟了，便成了它们的口粮。

您最近十分关注爬行动物，所以有件事我不得不说。最近，我的仆人在水深63英尺的井内打水时，桶中不时会捞上一条黑色大蜥蜴，它背上长疣，肚皮呈黄色，长有一根尾鳍。我真搞不懂，这么深的井，它是怎么下去，又怎么靠自己的本领爬出来。

您劳心费神检视雄鹿的头颅，我不胜感激！您现在的见解似乎让我的猜疑得到了确证，但愿那位先生做出的判断也能证实我的看法。上帝造物，其智万能，大自然无奇不有，看来我们又提供了一个新的例证。

我还未完全搞清楚石鸻的身世，因此想请一位住在苏塞克斯郡的绅士代为考察（他家周围秋季会聚集许多石鸻），他将考察这些鸟在秋季飞离的时间，在春季返回的具体时间。最近曾与这位绅士聚过，还看到好几只独往独来的石鸻。

寒鸦

/ 第21封 /

塞耳彭,1768年11月28日

尊敬的先生:

谈及石鸻,我打算尽快写信请一位朋友帮忙,他家位于奇柴斯特附近,这种鸟那里最多。我会关照他特别留意石鸻何时而来,仔细观察在严冬降临之时它们是否撤离。掌握这些情况后,我才算得上真正搞清楚石鸻的身世。我相信,这样才能最接近事实,但愿也能让阁下感到称心满意。这位绅士拥有一大片农庄,习惯于早出晚归,堪称窥探鸟儿行踪的不二人选。而且,我还劝他买了一本《博物学者日志》(他读后爱不释手)。可想而知,他的观察和记述将会十分精确。如您所见,此地常见的鸟儿,居然从未曾流散到贵处,着实令人诧异。

我曾登门造访上文提及的那位绅士,他讲起过一件有趣的事情,在此不妨给您复述一下。在他家出口处有一个养兔场,许多寒鸦每年都会在地底下的兔子洞里筑巢。童年时代,他经常和兄弟们一起去掏鸟窝。他们先将耳朵贴近洞口,听到幼鸟的叫声后,就用树杈伸入洞中转动,将鸟窝拽出来。我知道有些水禽(如海鹦)就是这样孵卵的,却从来不曾想到寒鸦居然会在平地的洞穴中筑巢。

寒鸦还会在巨石阵上筑巢，这简直不可思议。在这片奇异的古代遗址上，它们将鸟窝建在石柱和拱石的缝隙中。鸟巢搭在高高耸立的巨石上，令人可望而不可即，在那里转悠的牧童虽然顽皮，奈何无从下手。

上星期六，也就是11月26日，一位邻居在绿树成荫的山谷中看到一只毛脚燕。阳光和煦，燕子上下翻飞，兴致勃勃地追逐着飞虫。时值冬季，它们却并没有全部飞离本岛，这让我感到非常欣慰。①

谈到蟾蜍的治病疗效，虽然您出言谨慎，并留有充分的余地，我还是认为所言极是。且不论他人是何种看法，喜欢骗人，也容易受骗，此乃人类固有之癖好。所以，对于那些传闻，尤其是刊印的东西，如若毫不置疑便轻易传播，难免有失偏颇。

我对环颈鸫迁徙的相关发现，得到您的赞赏，让我深感欣慰。看来我俩所见略同，都怀疑它们来自异国他乡。但愿您在秋季不会忘记观察环颈鸫是否飞离那片岩石带。这些鸟在我们这里逗留的时间是如此之短，着实令人感到困惑。才三个星期左右，它们便都远走高飞了。春季回归时，它们会否还像去年那样与我们再度谋面呢？到时候我一定会用心观察。

我自然愿意掌握更多的鱼类知识，如若有幸在海边长大，或者居住在某些大河边上，那么，出于天性，我肯定会结识更多的水生动物。怎奈家处内陆，长居丘陵地区，我所了解的鱼类无非是溪流湖荡中常见的几种。

---

① 艾伦注：作者怀特显然搞错了。

克莱西府

/ 第22封 /

塞耳彭，1769年1月2日

尊敬的先生：

有关寒鸦在地底下建窝的怪癖，您已经揭示了一些原因，那就是本地几乎没有什么尖塔可供它们筑巢。诺福克也许是个例外，汉普郡和苏塞克斯的教堂与王国其他地方大同小异，都十分简陋。薪资每年高达两三百镑的教士，国内比比皆是，可教堂的外观比鸽子棚好不了多少。我刚到北汉普顿郡、剑桥郡、亨廷顿郡和林肯郡的低洼地时，看到四处都有教堂高高的尖塔，景色之壮观，令人惊叹不已。我一向爱看风景，自然会为本地无此景致而深感遗憾。

您提到驯养蟾蜍的事情，引起我极大的兴趣。有位古代的作家曾言："人类能够，也已经驯服了所有的飞禽走兽、蛇类和海洋中的动物。"①此公虽非博物学家,话却说得十分中肯。

　　欣闻有人在德文郡为您抓到一只绿蜥蜴,这为我的发现又提供了一个佐证。多年前,在苏雷郡法恩翰附近一片洒满阳光的沙地上,我曾见到过这种绿蜥蜴。德文郡的南哈姆斯一带我非常熟悉,那里地处南端,这类动物的色彩尤为鲜艳。

　　冬天来临之前,环颈鸫并没有飞离你们那里大片的山区,可见米迦勒节前后飞到这里的鸟并非来自英国本土,而是来自欧洲偏北部的森林,它们是迫于严寒而南下来到此地的。这样的见解似乎更为合理。先生若能费心搞清它们来自何方,逗留的时间为何如此之短,倒是值得一试的事情。

　　您谈到自己曾误认两种鹭时,顺便描述了克莱西府②的鹭巢,这事让我大感兴趣。一棵大树上居然有80只鹭巢,这等奇观,平生难得一见,哪怕路途再远,我也一定要前往一饱眼福。克莱西府是谁家的府邸?坐落在何处小镇附近?还望下次来信告知。那片沼泽地面积甚大,人们也未曾对它进行过充分的勘察。我常常想,如果有六位绅士带上健壮的猎狗,在那片沼泽勘察一个星期,肯定能够发现更多的物种。

　　欧夜鹰可谓是神奇的动物,我对它们的习性颇有研究,超过其他任何鸟类。夜鹰有时虽然会边飞边啼,但据我所知,它一般是栖息在枝头时才会发出尖厉的叫声。当它们站在枝头抖动着下颌不停地啼鸣时,我常常会在树下观察半小时之久,

苍鹭

---

① 怀特注:参见《圣经·雅各书》第3章第7节。
② 怀特注:克莱西府位于林肯郡的斯伯丁附近。

夏季尤其如此。它们通常会站在秃枝上，低着脑袋，翘起尾巴，您的大作《不列颠动物志》上的夜鹰插图就是这般模样，画得非常生动。这种鸟相当守时，每到黄昏时刻，夜鹰就开始大声啼叫。云淡风轻之时，我们这里可以听到朴次茅斯的晚炮声，而夜鹰的啼叫每每与炮声同时响起。我认为，夜鹰通过气管用力，导致器官震颤，从而发出鸣叫声，与猫发出喉音不无相似之处。我还得说一件事，但愿您能相信。斜坡边上有一间茅庐，邻居们常在那里品茶谈天。有一次，一只夜鹰从天而降，站在屋顶的十字架上，放声啼叫了好几分钟。这个小不点的鸟儿，一旦发声，居然让人觉得整个茅屋为之颤动，在场的人无不感到惊讶。有时它也会发出短促的尖叫，连续叫上四五声。我注意到，雄鸟在枝头与雌鸟调情时，常常会发出这样的叫声。

如果您捉到的蝙蝠属于新的品种，我也不会感到奇怪，因为邻国发现的蝙蝠已经多达五种。我信中提到的那个蝙蝠品种甚佳，而且肯定未见著录。这样的蝙蝠今夏仅仅见到过一次，只是没有机会将它逮住。

您对印度草的描述颇有趣味，本人虽非垂钓高手，但问起钓鱼行家，那些玩意是什么做的，他们答道"蚕肠"。

我虽不敢自诩精通昆虫学，但毕竟对这门学科还是略知一二。或许也能不时给您提供一些有用的信息。

这边的大雨几乎与您那边同时都停歇了。打那以后，这里的天气都还不错。贝克先生测量降雨量已达30年之久。最近他来信说，据他观察，今年的降雨量最大。虽然1763年7月至1764年7月的降雨量超过今年任何七个月的总量。

塞耳彭一瞥

/ 第23封 /

塞耳彭，1769年2月28日

尊敬的先生：

那耿济的蜥蜴和此地的绿蜥蜴很可能属于同一品种。记得几年前，牛津大学在派姆布鲁克学院的花园里放养了不少耿济的蜥蜴。它们活了很长时间，似乎也挺自在，只是从未生儿育女。其中缘由，我也说不出所以然。

真该感谢您告诉我有关克莱西府的事情，1746年6月，我曾造访斯伯丁，在那里待了整整一个星期，如此奇观近在咫尺，可惜无人告知。下次来信，请务必告诉我哪是什么树，竟能承载如此众多的鹭巢，鸟巢究竟是遍布整片树林，还是仅仅挂在几棵树上。

有关夜鹰的看法，我俩所见略同，着实令人不胜欣慰。夜鹰在飞翔时发出声声鸣叫，栖息在枝头时，同样会叫个不停，这正是我力图想要证明的观点。由此可见，啼叫声源自器官的震颤，而非在飞行时嘴巴和喉咙间的凹穴处迎风而鸣。①

若说亲眼见到候鸟迁徙的场景，那还是在去年的米迦勒节。那天一清早，我便踏上旅途。起初路上大雾弥漫，在抵达离家七八英里的海岸时，阳光已经驱散迷雾，天气变得温暖宜人。当时我们来到一片开阔的石楠地，雾气渐渐消散，只见低矮的灌木丛上栖息着成群的家燕，它们大概在那里寄宿了整整一晚。一旦云开雾散，它们便振翅高飞，沉稳而轻巧地朝南飞向大海。此后，我再没遇上燕群，只是偶尔看到过一两只失群的鸟。

有人断言，家燕是断断续续离开的，就像它们来时一样。对这种观点本人不敢苟同。在我看来，它们是一下子集体出行的，唯有少数几只失群者才会滞留很久。我有充分的理由相信，有些滞留者就一直待在本地，从不离岛。②家燕似乎会隐居一段时间，在某个温暖的日子，突然现身，就像蝙蝠会连续数周销声匿迹，在某个温暖的黄昏又突然出现。有一位德高望重的绅士曾经告诉我，在一个炎热的午后，他和两三好友散步走到墨顿的院墙下，举目朝天，看到有三四只家燕挤在学院的一扇窗沿上。时间若非12月的最后一周，便是1月的第一个星期。我曾数次提及，燕子在牛津逗留的时间较别处更晚。不知那是因为这里有成片的建筑，且四周环水，抑或还是别的什么原因。

去年秋天，早晨起床后，看到邻近茅屋的烟囱和房顶上聚集了不少家燕和毛脚燕，每当此时，一种复杂情感总会油然而生，既觉得欣喜，又不无沮丧的。出于造物主赋予它们根深蒂固的本能，这些可爱的小鸟

---

① 艾伦注：栖在枝头的夜鹰发出阵阵颤鸣，叫声发自内心，意在求偶。
② 艾伦注：燕子不在英国过冬，在深秋或早春天气比较暖和的日子，能看到离群的燕子。

每年不辞辛劳，按时来回迁徙，这固然令人欣喜。而我等费尽心思，却依然难以确定它们迁徙的地点，也搞不清为何有的燕子根本不参与迁徙[①]，这未免令人有点难堪。

心绪难平，发而为文，下次将随信附上，或可供先生消闲片刻。

[①] 艾伦注：这种说法显然有误。

碎石田

/ 第24封 /

塞耳彭，1769年5月29日

尊敬的先生：

我对云鳃金龟，还算比较了解，因为曾在藏品中见过它的标本，但从未在野外见过。班克斯先生曾经告诉我，在海边或许可以找到。

每逢春季和秋季，总能看到北上（或南下）的环颈鸻途经此地的牧羊冈，4月23日，我又在老地方看到三只环颈鸻，真是太高兴了。我们射落了两只，一雌一雄，又肥又壮。雌鸟的腹腔内有几枚才成形的卵，可见这是一对晚育的鸻，本地的那些鸻一年四季都待在我们身边，到现在这个时节，它们的后代羽毛已经长得相当齐整了。这对环颈鸻嗉囊内的食物已难以识别，只有一些半消化的树叶依稀可辨。它们在秋季主要吃山楂和紫杉的浆果，到春季则以冬青子为主食。我煮了一只，肉质肥腴，味道鲜美。令人感到不同寻常的是，这些鸫春季仅在这里逗留几天，在米迦勒节前后，却会待上两星期之久。我观察环颈鸫已有三个春季和两个冬季，发现它们回迁的时间极为准时。那些以为鸫在南方诸郡从未现身的作者想必是未曾注意到这条新的迁徙路线。

日前，一位邻居送给我一只新种柳莺①，刚开始我以为那是您提到过的欧柳莺。细加观察，发现它更像您在林肯郡的莱弗斯比射杀的那只鸟。我这只鸟的模样是："体形小于黑斑蝗莺，头部、背部和翅膀及尾部的覆羽呈暗褐色，没有蝗莺身上的那种黑斑。两眼上方有乳白色的纹路。下颌和喉部为白色，淡黄色的下腹，尖尖的尾羽呈茶褐色。深色的鸟喙十分尖利。双腿略黑，弯曲的后爪相当长。"打鸟的人说，它的叫声很像芦鸭，以至于他也误把它当成芦鸭。他说这种鸟整夜叫个不停，不过这事还有待进一步查实。在我看来，它好像是另一种蝗莺，也就是汏雷姆博十在雷的《哲学书简》第108页上隐约提到过的那种。他还送给我一只黑斑蝗莺。

您提出的问题涉及美洲特有的动物是什么时候、如何到达美洲的。尽管也不知其中的来龙去脉，我亦对此甚感兴趣。在现存的著录中往往难以找到满意的答案。聪明人总能将自己的理论讲得头头是道，不幸的是，尽管他们各自的假设听起来都十分在理，可无不出于主观的臆测。近来研讨这类问题的作者，无非是在重复前人的陈词滥调而已。据我所知，他们设想先将动物从非洲西海岸和欧洲的南部运到美洲，然后再断开连接大西洋的地峡。不过，那得动用一个无比庞大的机械，难度之大，相当于请神仙大人出手相助！"Incredulus odi."（无稽之谈，我不相信。）

---

① 怀特注：有关柳莺，参阅1769年8月30日的信。

博物学者的夏夜漫步

我深信他们拥有神的智慧
　　　　　——维吉尔《农事诗》

夕阳洒下温柔的霞光，
飞蝇①流连于小溪和池塘；
轻盈的猫头鹰掠过绿色的草场，
胆怯的野兔为觅食而奔忙；
轻轻步入山谷下，此刻恰逢好时光，
听听大杜鹃②讲述如何游荡；
听听石鸻③求偶时深情的歌唱，
听听柔弱的鹌鹑倾诉衷肠；
看家燕掠过夜色将临的平原，
行色匆匆，只为待哺的雏燕；
看雨燕展翅，绕着塔尖盘旋飞翔：
逗人的鸟儿啊！
当寒霜肆虐暴雨倾盆之时，
你究竟躲在何方？

----

① 怀特注：可当鱼饵的蜉蝣，林奈称其为 *Ephemera vulgata*，由蛹羽化成虫，黄昏6点左右飞出水面，当晚11点前后就会死去。作为成虫仅存活五六个小时。通常出现在6月4日左右，活动期约为两周。参见斯瓦墨丹姆、达雷姆和斯科波利等人的著作。

② 怀特注：大杜鹃性喜"游荡"，到处乱飞，从不为养儿育女操心，人称"游荡的大杜鹃"。

③ 怀特注：学名为 *Charadrius oedicnemus*。

当暖风轻拂百花迎春之时，
出自本能，你蓦然现身，
你究竟来自何方？
探不清你的踪迹，令人沮丧，
原来，是自然之神，
在暗中为你指引方向。

暮色沉沉，朦胧了白日的脸庞，
远处树荫下的长凳，让我们信步前往，
天色渐暗，令人两眼昏花，
夜幕笼罩万物，景色一片苍茫；
听，懒怠的金龟子振翅作响，
听，尖声的蟋蟀①不停地弹唱；
看，蝙蝠觅食，倏地掠过树林；
侧耳探寻远方瀑布的声响；
苏醒的猫头鹰倒挂在悬崖，
划破长夜，啼声何等悠扬；
百灵②在天，高高飞翔，
不见其影，唯闻迷人的鸣唱；
大自然的造化，令人心向神往，
触发莫名的快意，抚慰心底的忧伤；
浮想联翩，撩起苦中带甜的情感，
悄然露在脸上，
刹那间，不禁血脉偾张！

---

① 怀特注：学名为 *Gryllus campestris*。
② 怀特注：炎热的夏夜，林百灵高飞在天，其鸣唱声在空中回荡。

种种乡间景色、种种气味、种种声响，
融为一体，何等漂亮；
母牛的喘息，羊铃的叮当；
新刈的草，
弥漫于风中的清香，
农舍的炊烟，
透过树林，飘浮在天上。
清冷的夜露，徐徐下降：
走吧，回家休息啦；
看，萤火虫已点燃情爱的灯光①！
夜色尚未笼罩天下，
这情急的姑娘，已经将灯火高悬在天上；
爱的流星，忠实的导向
指引利安德奔向希露的睡床②。

---

① 怀特注：雌性萤火虫爬上草尖，以荧光招引雄性萤火虫。雄虫体形细长，甲壳呈黑色。
② 怀特注：参见希腊神话中有关希露和利安德的故事。（译者注：漂亮的女祭司希露与隔海相望的小伙利安德相恋。每到天黑，希露燃火为号，利安德游到对岸与她幽会。后来小伙在风暴夜溺死于大海，希露投海自尽。）

蒲苇莺

/ 第25封 /

塞耳彭，1769年8月30日

尊敬的先生：

有关环颈鸫的论述得到您的赞许，令我不胜欣喜。您眼光老辣，开口便问我是如何得知它们在秋季南迁的。自然史的研究者理当坦诚相见，否则，我就会像某些滑头的古籍注释者那样，遇到费解的段落，便王顾左右而言他。诚实乃为人之本分，所以我不无惭愧地坦言，我的论断原本得自类比推理。每逢秋季，候鸟都会自北向南来到此地避寒，大寒消退后，重新北上迁徙，与环颈鸫同科的田鸫同样如此，由此推断，环颈鸫自然也不例外。而且，听说环颈鸫还曾出没于寒冷的山区。所以我有足够的理由推测，它们后来是从西面飞到这边来的。曾经听到过一种可信的说法，称环颈鸫在达特姆尔高原产卵，一旦它们离开那片荒蛮之地，便会在我们这一带现身，直到来年晚春才会原路返回。

我在您的那只柳莺和我的那只白眉褐尾的柳莺上花了不少工夫，对其生前和死后的状况都做了详细的考察。我还收集了好几只柳莺的标本。可以断言（相信不用过多久你也会同意），它正是雷所谓的苇莺。

也许是出于这样或那样的考虑，《不列颠动物志》居然对这种鸟只字不提。原因之一，很可能是因为雷莫名其妙地将它归类到音高小鸟类。按照雷的分类法，这本当归入素色尾羽小鸟类。也可归入您的细嘴小鸟类。按林奈分类法，则最适合归入他的鹪鹩属，近似于林奈著《瑞典动物志》中的欧柳莺。这种鸟经常出没于池塘小河边上的僻静处，沼泽地的芦苇和莎草丛中也常有它们的身影，算不上什么珍稀品种。有些地方的乡下人就将它叫作"莎草莺"。在繁殖期，它会整日整夜不倦地鸣叫，还会模仿家麻雀、家燕和云雀的叫声。不知何故，它的叫声中常含有一种焦躁的情绪。您曾对在莱弗斯比击落的那只柳莺①做过详细的描述，我的标本与之极为相似。雷对它的描述亦相当传神：这种鸟喙大腿长，与体形极不相称。（参见1796年5月29日函）

我给你搞到一枚石鸻蛋，那是在光秃秃的休耕地上捡到的。本来地上有两枚，可是拾者发现鸟蛋之前，无意中踩碎了一只。

为了自卫，蛇会放臭气。但愿在我去年给您谈爬行动物的信中没有忽略这一点。我认识一位绅士，他驯养了一条蛇，这条蛇在心情平和、不受惊扰的时候，像其他宠物一样，显得温驯可爱。可是一旦有陌生人或猫狗进来，它就会马上发出咝咝的吐信声，排出的恶臭充满屋子，实在令人难以忍受。雷的《四足动物纲要》中录有一种性情温驯不会伤人的爬行动物，名为 squnck 或 stonck。可一旦被人或狗激怒后，就会喷出有毒的恶臭，真是太可怕了。

日前，有位先生送了我一只很好的标本，就是雷曾著录的白肩红头的灰色小伯劳②。大著《不列颠动物志》前两卷出版时，尽管您尚未曾亲眼见过这种鸟，不过，您依照爱德华插图所做的描述却相当精准。

---

① 艾伦注：这是一只蒲苇莺，学名为 Acrocephalus phragmitis。
② 艾伦注：林鵙伯劳，学名为 Lanius pomeranus。

雪鹀

/ 第26封 /

塞耳彭，1769年12月8日

尊敬的先生：

　　细读先生归途来信，甚感欣慰。苏格兰地域广阔，无论是岛屿还是高地，自然物产千奇百怪，此行时间充裕，您大可从容审视一番。长途旅行，往往时间仓促，有些值得花点工夫来做的事情也无暇顾及。人们早就定好了回家的日期，急急忙忙地从一处奔向另一处，好像此行的目的就是为了匆匆赶路，而不是作为一个博物学家是来仔细考察自然万象的。想必您的苏格兰之行多有发现，从而为大著《不列颠动物志》今后再版积累了不少资料。以前还不曾有人对大不列颠的这片区域做过如此周密的考察，这次长途旅行虽然辛苦，将来自有厚报。

　　田鸫与欧歌鸫和黑顶林莺虽属同科，却从来不在英国产卵，这有点让我百思不解。更让我感到奇怪的是，苏格兰高地气候寒冷，位置偏北，但它们偏偏乐于在那里隐居。您发现环颈鸫会终年滞留在苏格兰，由此可见，每年秋季在我们这里逗留的候鸟并非来自苏格兰。

在此不妨再提一事：今年秋天，在9月30日前后，那些候鸟又像往年一样，再度准时飞临此地。不过这次鸟群比通常更大，驻足的时间也更长。如果它们像其他同类鸟儿一样，陪伴我们度过整个冬季，到来春再度远行，我已不会感到意外，因为这与其他来此越冬的候鸟的行为并无二致。但是，我在米迦勒节观察它们两周左右，到4月中旬又花一周时间细加观察，发现本地的小山包只不过是它们的客栈，中途歇脚的地方罢了。此时此刻，我就更想知道这些过客来自何方，欲往何地。

您描述的大个子燕雀（又名"雪花"）十分有趣。飞越北冰洋是何等危险，这种鸟两翼如此之短，却乐此不疲，着实令人诧异！有些村民告诉我，在冬季，他们时常在放羊的山坡上看到几只白色的云雀。细加思索，我推测那正是我们正在谈论的雪鹀，南飞的行程是如此遥远，难免会有几只离群掉队。

发现白兔频繁出没于苏格兰的山地，委实让人高兴，您又说那是特殊的品种，更使我喜出望外。不列颠的四足动物太少，发现新种，自然让人感到所获匪浅。

雕鸮威仪非凡，若能证明原产本国，当然为本地的动物界增光添彩。至于大雁的产卵地，则是闻所未闻。

您在沼泽地击落的那只柳莺就是雷书中所描绘的小芦雀①，我的这个考证也已得到您的首肯。为了搞清楚它的身份，我可是下了一番功夫，还弄来了几只不错的标本，由此得出的结论相当可靠，您尽管放心吧。可惜因保存不当，这些标本已经腐烂。大著再版时，可在合适的章节插入相关的图解，想必能让该书更加完善。

尽管我知道德·布封对水鹨已有描述，得知您在林肯郡发现了水鹨后，我仍感到很高兴，原因嘛，与我之前在有关野白兔的文章中所写的差不了多少。

---

① 译者注：中文名为蒲苇莺。

日前，一个邻居在耕地时翻出一只水鼠，这块白垩土质的田相当干燥，因为那里离水很远。这只水鼠蜷缩在杂草和树叶垒成的越冬巢内，模样怪怪的。在洞穴的一端，整整齐齐地堆着一加仑左右的土豆，显然是它过冬的粮食。令人费解的是，水鼠为何把过冬的巢穴筑在远离水源的地方？难道是因为碰巧发现这里种有土豆，便在此安营扎寨，还是因为出于习性，每到冬季，便会远离水边？

虽然我不太喜欢类比推理，因为用这种方法从事博物研究容易出错，然而在下述事例中，我还是情不自禁地认为这种由此及彼的推论有助于解释一个难题，那就是我以前提到过雨燕飞离的时间问题。它总是比其他同科的鸟类早几个星期飞离本地，安达卢西亚的雨燕也是这样，在8月初便开始告辞了。

每到初夏，大蝙蝠①（在英国，迄今为止还未曾有所著录，我也从没搞到过一只）便开始撤离，或者说迁往他处。它飞得很高，在高空觅食，所以我抓不到。想必雨燕也是这样，与别的鸟类相比，它们在更高的空间捕食，几乎从未见过它们贴近地面或水面捕捉飞虫。我由此推断，这些燕子和大蝙蝠的食物是高空上的昆虫，如金龟子或蛾子。这类虫子生存的时间相当有限，食物短缺，所以那些他乡来客也无法久居此地。

据我的日记记载，直到10月31日，石鸻一直在叫，打那以后，我再也没有听到过它们的叫声，看到过它们的身影。直到11月3日，还是能够看到家燕。

---

① 怀特注：一年到头，每个月都能看到小蝙蝠。但是，在4月底之前和7月之后，我从未见到过大蝙蝠。大蝙蝠在6月最常见，但也不多，在我们这里算得上是稀有物种。

刺猬

/ 第27封 /

塞耳彭，1770年2月22日

尊敬的先生：

我的花园和田间有很多刺猬。它们喜欢吃草径上车前草的根，吃相怪异。刺猬下颌短，上颌长，它们用长长的下颌拱入草的根部，从下往上啃，却不去咬草皮上的茎叶。就这样，它们除掉了令人讨厌的野草，多少也算帮了我们一点忙。但是它们把小径搞得坑坑洼洼的，挺不雅观。从草坪上的遗矢看，刺猬吃下肚的昆虫还真不少。去年6月，我搞到一窝小刺猬，有四五只，看起来出生才不过五六天。我发现这些幼崽就和小狗一样，刚出生时还睁不开眼睛，到我手里的时候还是啥都看不见。出生时，它们身上的尖刺想必是柔软的，否则在分娩的那一刻，母刺猬就得吃苦头了。不过，显然用不了多久，这些刺就会变硬。这些幼崽背上和两侧的刺已经长得很硬，摆弄时，稍不留神就会被扎出血来。这般年龄的小刺猬，身上的刺呈雪白色，垂着两只小耳朵，老刺猬身上好像看不到耳朵。眼下，它们已经可以扭动外皮来挡住自己的脸，但不能像成年刺猬那样，在危急时周身抱成一团。我推测，那是因为身上的肌肉还没发育完全，柔韧性尚不足以让全身缩成圆球状。冬季，刺猬会在地下用树叶和草皮给自己造一个暖暖的窝，藏身其中，以度寒冬。四足动物肯定会给自己贮存越冬的食物，可我从没看到过刺猬有类似的举动。

我发现一件有关田鸫的趣事，非常奇特。田鸫白天栖息在树上，大部分食物取自山楂树篱，通常在高大的树上筑巢，相关描述可参见《瑞典动物志》。但是，本地的田鸫习惯于在地上过夜。黄昏时分，经常可以看到成群的田鸫飞向林地，寄宿在石楠丛中。而且夜晚在田间拉网捕鸟的人，也经常在麦茬地里捉到田鸫。而那些用高杆捕鸟的人，虽然能在树篱中抓到不少白眉歌鸫，却从来没有一只田鸫入网。田鸫与其同科鸟的歇宿处居然大相迥异，它们白天和夜晚的表现也颇不相同，对此，我也无法做出合理的解释。

我可以和您谈谈有关驼鹿的事情，不过，一般来讲，我很少接触外国的动物。偶有所得，也仅仅局限于家乡的一隅之地。

/ 第28封 /

塞耳彭，1770年3月

1768年米迦勒节那天，我总算在佳林镇亲眼看到了里士满公爵的母驼鹿。令人遗憾的是，当我赶到那里时，驼鹿已经在前天早晨死了，它衰弱不堪已经有一段时间了。不过，得知它还没被剥皮，我便立刻着手考察这稀有的四足动物。它被安置在一间陈旧的温室内，腹部和下颌处套着绳索，被吊成站立的姿态。虽然死了才几天，但已开始腐烂，臭得要命。它最不同寻常的特点是，两条后腿非常长，远远超过我见过的其他品种的鹿。它的上身前倾，就像长脚的鸟类。就像量马的身高那样，我量了一下驼鹿的高度，发现从地面到双肩高耸的地方正好是5.4英尺，等于长度达16掌。大多数的马可长不到这么高。驼鹿的腿这么长，脖颈却显得特别短，至多不会超过12英寸，所以在吃草的时候双脚一前一后叉开，脑袋吊在中间，显得十分费劲。驼鹿的耳朵很大，垂在两边，和脖子的长度差不多。脑袋像驴，长约20英寸。大鼻子，上唇厚得出奇，真是见所未见。据旅行者所言，驼唇在北美可是被奉为佳肴。据说驼鹿爱啃树梢上的嫩叶，还经常跳到河里大嚼水生植物。此言不虚，因为长腿大嘴自然功不可没。我曾在某本书上读到，驼鹿喜欢吃睡莲。测量下来，它的前脚至肩后腹部的长度为3.8英尺，因为胫骨特长，所以前腿和后腿才能长得这么高。由于臭不可闻，结果我忘了仔细量一下胫关节的长度。它的尾巴较短，约1英寸。毛色灰黑，鬃毛长4英寸左右。前蹄笔直，形状漂亮，后蹄平整，向外伸张。去年春天，它才刚刚两岁，想必身高还没长足呢。一头发育健全的雄鹿，它的身材该有何等伟岸！曾经有人告诉我，有些雄性驼鹿的身高可达10.5英尺！这可怜的家伙，原先有一头雌鹿做伴，不料后者去年春天夭折了。园内还养有一头年轻的雄鹿（赤鹿），人们指望它俩能配对，生儿育女。怎奈身材高低过于悬殊，未能成全这段良缘。我原来兴致勃勃，打算仔细检查它的牙齿、舌头、嘴唇和双蹄等处，但实在受不了这般腐臭，只能作罢。饲养员告诉我，去年冬天，天寒地冻的季节，这驼鹿反而状态极佳。他们还在屋里给我看了一头雄驼鹿的角，那对鹿角没有前叉，显得有点秃，边缘处有些残桩。东家打算将死驼鹿的遗骸做成一副骨架。

这头驼鹿与您所见的是否相同？您还认为北美的驼鹿与欧洲的麋鹿是同一种动物吗？还望见示。

怀特敬上

/ 第29封 /

塞耳彭，1770年5月12日

尊敬的先生：

上个月，我们这里糟透了，风霜雨雪，寒冷恶劣的天气持续多日，本该正常出现的候鸟全然不见踪影。黑顶林莺和灰白喉林莺这类鸟比过去迟到了好几个星期。至于黑斑蝗莺和那种最大的柳莺，至今都还未闻其声呢。鹟一般来得最晚，此时本该现身了，却依然不见它们的影子。然而，面对这风雨肃杀的气候，两只家燕却在4月11日顶着霜雪飞临此地。不过，它们很快便遁身而去，连续数日，不知所终。毛脚燕向来比家燕晚到，这回更是直至5月才露面。

单一配偶的鸟过了交配期后，无论雌雄，总有几只会独来独往。这样孑然一身生活是它们自愿的选择，还是因为身不由己呢？其中原委实在令人费解。一旦家燕强占毛脚燕的窝后，我通常会马上射杀其中一只。可是另一只，无论雌雄，立即就能搭上新欢，这种事例真是屡见不鲜了。

我知道有一对仓鸮经常侵占鸽棚，它们一来，幼鸽可就遭了殃。其中一只被打死后，幸存的那只很快又有了新的配偶，继续骚扰鸽棚。直到一对仓鸮都被射杀，这桩恼心的事才算有个了结。

另一个事例是，我曾认识一个猎人，他痴迷于猎杀动物，简直有点过于残忍。每到交配期结束，成双结对的灰山鹑会经常光顾他的领地，他往往先射死雄鸟，理由是雄鸟之间的争斗会影响山鹑的繁殖。他说过，曾经多次射杀过一只雌鸟的配偶，可是它不久就找到了新的伴侣，情郎乐于伴随其左右，也不会勾引它到陌生的地方去。

我还认识一个老猎人，他喜欢带着猎犬出行。他多次告诉我，过了收获的季节，时常能抓到一小窝山鹬，全是公的，他开心地称之为"老光棍"。

　　家猫爱鱼，出自天性，鱼是它们最为心仪的食物。然而，老天爷赋予它们嗜鱼的胃口，却不曾教会它们满足欲望的手段。在所有的四足动物中，猫最不愿亲近水。只要能避而远之，它们可不愿纡尊降贵，弄湿自己的双足，更谈不上会纵身跃入水中。

　　爱捕鱼的四足动物大都是两栖型的。如水獭，天生擅长戏水，自然也就成了其他水生动物的灾星。原本以为我们这里溪水较浅，不会有水獭，所以看到有人逮住一只雄水獭时，我真是喜出望外。这头水獭是在普莱厄里农庄的溪岸上捕到的，体重21磅。那条溪流正是塞耳彭和哈特利林地的分界线。

渡鸦

/ 第30封 /

塞耳彭，1770年8月1日

尊敬的先生：

不知何故，法国人所撰的自然史通常过于烦琐。林奈曾言当今芜杂冗赘的学风乃艺术之大敌。他这话是针对昆虫学而言，其他学科分支莫不如是。

很想知道您对斯科波利①的新著有何高见？我很佩服他的《昆虫学》，但愿能先睹为快。

有一件事在上次信中忘了说（其实当时也无暇顾及），在发情的季节，为了求偶，雄驼鹿会在湖泊或河流中逐岛巡游。我的一位牧师朋友告诉我，他曾在圣·劳伦斯河看到过一头在求偶途中被人杀死的驼鹿，个头大极了。可是他没有量一下具体的尺寸。

上次进城，热情好客的巴林顿先生带我看了不少稀奇好玩的东西，

---

① 译者注：安东尼·奥乔万尼·斯科波利（1723—1788），医生，博物学家，著有《自然史》。

让我大开眼界。那时正巧您与他在信中探讨有关兽角的事情，他便领我参观了五花八门的兽角标本。记得派姆布鲁克勋爵在威尔顿镇的大宅内，有一间屋子专门存放兽角，陈设的各种兽角达30多对。只是我近来尚未前去造访。

巴林顿先生向我展示了许多鸟的标本，还有各种活的鸟，这些鸟来自世界各地。我仔细查看了那些活鸟，发现来自远方的鸟（如南非、几内亚沿海等），几乎都属交嘴雀类和燕雀类的粗喙鸟，没发现有属于澄鹡鸰类和鹩类的鸟。细想一下，其原因也是显而易见的。粗喙鸟以植物的种子为主食，随船带点种子不是难事。细喙鸟因要吃活物，如蛆和昆虫，或者用其他新鲜的肉食作为替代，这样它们就很难熬得过这漫长而乏味的旅程。虽然我们的藏品已经相当奇特，但美中不足的是，由于食物的因素，致使我们缺乏那些灵巧活泼的品种。

村头小景

/ 第31封 /

塞耳彭，1770年9月14日

尊敬的先生：

从来信中得知，在环颈鸫的出生地，您再度看到它们现身于悬崖峭壁，并进而断定它们整年都栖居在那片寒冷的地区。倘若如此，那么每年9月按时途经我的家乡，次年4月在回迁途中再次飞临的环颈鸫究竟又是来自何方呢？今年它们来得比往年更早，本月4日，在环颈鸫经常出没的小山坡上，已经可以看到它们的身影了。

德文郡有位绅士，平时善于观察，他告诉我，环颈鸫频繁光顾达特姆尔的某些地区，并在那里繁殖后代。但是，每到9月底10月初，环颈鸫便会飞离这些常住的区域，来年3月底才重归故地。

还有一位有识之士也曾对我说，环颈鸫在德比峰大量繁殖，当地人称其为"岩鸫"。它们飞离的时间在每年的9月至10月，来年春季再度返回。这个信息倒是对我有关迁徙的新见解不无启发。

　　刚刚读到斯科波利的新著，该书的长处是确证了泰罗尔和卡尼奥拉这一带的许多种类的鸟。不管来自何处，专论的作者质疑某些博物爱好者的成见，往往值得称许。因为仅凭一己之力，不可能穷尽自然界的所有生物。术业有专攻，他们的论断要比泛泛而谈的作者更为精准，错误也更少。这样日积月累，通过多方的长期努力，就为日后撰写更为可信的自然史铺平了道路。不过，斯科波利对鸟类习性观察的细致程度与我的期望尚有些许差距。他的某些论说还是有错。比如他写道："毛脚燕从来不在鸟窝以外的地方喂小鸟。"此言谬矣，据我今夏的反复观察，毛脚燕其实也会在飞行时喂小鸟，虽然它的这种行为不像家燕那般频繁易见。它在空中的喂食动作非常快，容易为粗心的观察者所忽略。他还有一些论述也难以坐实。他说丘鹬遇到攻击，会用嘴叼着雏鸟逃走。坦率地说，因非亲眼所见，我也不能断言他肯定错了。我只能指出，丘鹬的嘴又长又笨，在飞鸟中该是最不宜用这等方式来显示亲子之爱的吧。

/ 第32封 /

塞耳彭，1770年10月29日

尊敬的先生：

　　检索了林奈和布里松等人的著作，却一无所获，于是我就开始猜测，我兄弟的那只冬燕与斯科波利新发现的毛脚燕似乎是同类。他是这样描述的：上身呈鼠灰色，下半身略白，尾羽内侧边上的白色斑点呈椭圆形，黑足黑嘴，脚上无毛，翅膀和尾部的毛色比背上更浓，尾羽参差不齐，而非叉尖形。这番描述与我兄弟的那只鸟一模一样。然而，他后来又写道，这种鸟与毛脚燕一般大，而且与林奈有关崖沙燕的描述也对得上号。这样一来就有点难以自圆其说了。可见他似乎是仅凭记忆来比较两者的异同。因为我也曾将这两种鸟做过比较，发现它们的体形、大小、色彩等多方面均存在着很大的差异。不过，既然先生不久就能搞到标本，我自然乐意听听您对此有何高见。

　　且不论我兄弟的那只鸟是否已有著录，但是他指出这种鸟会在直布罗陀海峡和北非温暖而僻静的巴巴里海岸越冬。言前人所未言，毕竟功不可没。

　　斯科波利的《自然史》分类清晰，描述传神，文风颇近林奈。这是我细读此书时的最初印象。

　　仅凭记忆对两种动物做出比较，乃是自然史研究之大忌。斯科波利在这方面不够谨慎，所以难免有所失误。对于家乡鸟类，斯科波利所用的工夫虽然不能尽如人意，但正如您所言，他的拉丁语造诣实属上乘，文笔简明流畅，优雅传神，克兰默之辈难以望其项背。

　　得知我对驼鹿的描述与您不谋而合，不禁喜从中来。

高山雨燕

/ 第33封 /

塞耳彭，1770年11月26日

尊敬的先生：

自从短翅的英国夏候鸟飞离之后，我们一直颇为关注它们的去向，这次从来自直布罗陀的标本中发现了这种鸟，真是令人感到格外高兴。

如果这些在安达卢西亚发现的鸟是往北非的巴巴里来回迁徙，那就不难由此推定，那些飞经英国的鸟会向大陆回迁，在欧洲某些气候温暖的区域过冬。可以肯定，只有在春秋两季，许多鸟才会飞到直布罗陀海峡。到了夏季，它们又会成双结对地飞往北方，在那里繁殖后代。近年终时，它们又会双双拖儿带女举家南迁。直布罗陀的岩石乃群鸟会聚之地，也是候鸟飞往欧洲和非洲的起点，自然也就成了观察鸟类的好地方。能在欧洲的边陲看到纤巧短翅的夏候鸟，堪称一大发现，同时也为鸟类的迁徙提供了相应的佐证。

我看斯科波利在泰德罗发现的高山雨燕，就是直布罗陀大雨燕，但他本人似乎并没意识到。他所谓的阿尔卑斯雨燕，不就是他以前提到过那种鸟吗，只不过称呼有所不同而已。他说这雨燕除了胸部呈白色，体形略大，其他方面与前者无不相同，所以我并不认为它是新的品种。至于说高山雨燕筑巢于阿尔卑斯山峰巅，那倒是言之有据。

我有一个朋友，家住苏塞克斯郡。此人虽非博物学家，却敏于观察，颇有悟性。我曾向他询问有关石鸻的习性，他在回信中写道："查阅我的博物日志中4月的记录，发现最早提及石鸻的时间，通常为17日或18日，在我看来，可谓姗姗来迟。它们会陪伴我们度过整个春季和夏季，直到初秋时节，才会成群集队准备远行。我认为它们应该是候鸟。它们会飞到南面干燥的山区，很可能会飞到西班牙，因为那里有很多牧羊的草场。在我们这里消夏时，它们也爱待在同样的地方。我之所以会冒昧提出这样的看法，那是因为冬季从未有人在英格兰见到过这种鸟。我认为它们不喜欢靠近水的地方，却爱吃草场和山坡上常见的蚯蚓。它们在休耕地里产卵，那里布满灰色的燧石，石面上苔藓的色彩近似雏鸟，便于它们藏身其中。这种鸟不搭窝，而是将蛋生在光秃秃的地上，每次最多不超过两枚。有理由相信，一旦出壳，雏鸟便会迅速离开。老鸟一般不会哺食，只是在夜晚该进食的时候，便会将小鸟带到有食物的地方。"这些都是他告诉我的。

　　如您所见，它的习性与大鸨颇为相似，它的体形外观以及脚爪的结构均与大鸨不无相似之处。

　　我曾指望一位亲戚能在安达卢西亚留意一下这种鸟。日前他来信说，直到今年9月3日，他才在市场第一次看到一只这种死鸟。

　　石鸻飞行的姿态很像苍鹭，双腿笔直，向后舒展。

巴辛斯托克文法学校（少年怀特就读的地方）

/ 第34封 /

塞耳彭，1771年3月30日

尊敬的先生：

我们这边有一种十分讨厌的虫子，它会咬破人的皮肤，尤其爱叮妇女儿童，皮肤上冒出一个个肿块，奇痒难忍。这种虫子在白垩地里特别多，搞得人在整个夏末时节不得安宁。村民将这种虫称为"秋螨"，这种虫子又细又小，肉眼不易分辨，外壳呈猩红色，属于螨科粉螨类。种植四季豆或其他豆科植物的田里都有这种虫子，盛夏时节尤为猖獗。有人告诉我，白垩坡地上的养兔人给虫子整得苦不堪言，有时虫子多得铺天盖地，把圈兔的拦网都染上了一层红色。人被咬后会发高烧。

此地还有一种细长发亮的小飞虫，让家庭主妇非常头痛。它们会钻进烟囱，在熏肉上产卵，孵出的虫子被叫作"跳跳虫"，它会钻入熏腿，挑最好的肉吃，甚至啃得仅剩骨头，真是为害不浅。我看这种飞虫可能就是林奈书中酪蝇的变种。夏季，在农家厨房的熏肉架和灶台上，以及天花板下，经常可以看到这种虫子。

有种昆虫喜欢啃食蔓菁和其他农作物，经常会毁掉成片的幼苗，对这种虫子的习性，应当做进一步的探究。本地的农夫称其为"蔓菁虫"或"黑海豚"。不过我知道它们应属鞘翅类昆虫，即油菜叶甲，跳跃亚目油菜叶甲属。夏日炎炎时，这种虫多得惊人。你经过田间菜园时，便能听到它们在蔓菁和甘蓝叶上跳动的声音，噼啪噼啪，宛如雨打菜叶。

有一种狂蝇属的昆虫，我们这里农村的孩子都很熟悉，只是因为林奈的大作不曾著录，后来的作者也往往忽略不计。它就是老毛菲特所谓的弯尾蝇，达雷姆的《自然神学》第250页也提到过它。他说，这种虫子值得注意的地方是，它会在飞行途中巧妙地将卵撒在马腿或马腹的毛上面。但是，接下来他误认为这种狂蝇会生出奇妙的星尾蛆。后来的研究者发现，这种奇妙的蛆其实是从避役蝇的卵中孵化出来的。（参见乔富罗瓦著作的第17卷插图4）

害虫蹂躏我们的田园，骚扰我们的家室，若能对它们的生活习性做出翔实的记录，并提供消灭它们的方法，这样的著作既有价值又非常实用，肯定能得到大众的赞许。这方面的知识零零散散见于多种书刊，若能汇编成册，自然大有益处。掌握这些昆虫的习性、机体和繁殖的情况，也就是说要了解它们生存状态，这无疑是我们防止虫害的必要前提。

在我看来，依据林奈的分类法，推出精美的图版，是吸引人们对昆虫学产生兴趣的最佳途径。除了文字描述，加上生动的插图，想必会有更多的人来研究昆虫。

/ 第35封 /

塞耳彭，1771年

尊敬的先生：

　　日前造访邻家，巧遇孔雀开屏。我发现满屏亮丽的羽毛并不是它们的尾巴，而是长在背上的羽毛。孔雀臀部有一丛又短又硬的羽毛，约6英寸长，呈棕色，那才是它们真正的尾巴。它的功能是支撑起那又长又重的屏羽。孔雀开屏时，从前面仅露出脑袋和脖子，倘若那些长长的羽毛都生在臀部，就不会显出这般模样。瞧一瞧雄火鸡翘着尾巴高视阔步的样子，就不难明白这个道理。这些孔雀抖动着浑身的肌肉，铿锵有力，竖起长长的羽毛，恰如武士挥舞长剑。然后，它便急速转身，去追求雌孔雀了。

　　还得告诉您一件事。日前我搞到一团罕见的牛黄，取自一头肥牛的胃中。这种玩意通常是扁扁的，可它却是圆圆的，像个塞维尔大酸橙。

/ 第36封 /

1771年9月

尊敬的先生：

今年整个夏季，只看到过两只大蝙蝠。我把它们叫作高飞蝙蝠，因为它们喜欢在高空捕捉虫子。我先搞到一只是雄的，于是便推定与它相伴的另一只应该是雌的。没过两天，又抓到了另一只，却发现也是雄的，这未免让我有点沮丧。这种蝙蝠在本地不常见，考虑再三，我不禁怀疑它们不是大家熟悉的雄蝙蝠，或许是另一种可以有多个异性伴侣的雄蝙蝠，就像羊和其他某些四足动物那样。当然，除非进一步考察更多的样本，才能就性别问题做出明确的结论。当下我能确定的是，这两只雄蝙蝠的性器官颇大，近似公猪的生殖器。

它们展开的双翅长达14.5英寸，鼻尖至尾梢长4.5英寸。脑袋颇大，鼻孔有两叶，肩膀甚大，肌肉强健，身体相当壮实。棕色的皮毛光滑发亮，非常柔软。肚子吃得饱饱的，食物已经被消化得识辨不清。肝脏、肾脏和心脏都比较大，肠子外裹着一层脂肪。每只的重量都超过1盎司。耳朵内部结构相当奇特，对此我尚未了解清楚，有待于好奇的解剖学家来揭示其中的奥秘。这厮会散发出刺鼻的臭味。

/ 第37封 /

塞耳彭，1771年

尊敬的先生：

7月12日那天，一只夜鹰在一棵大橡树周围飞来飞去，树的枝叶间有许多金龟子，这样一来，我便可以抓住机会，仔细观察一下夜鹰的行为方式。它的双翅极为有力，令人叹服。飞行时盘旋和急转的技能与家燕相比，且有过之而无不及。最好玩的是，看到它边飞边频繁伸出短腿，然后低头将猎物叼入口中。既然它用脚爪捕食，那么有充分的理由相信，它也是以同样的手段捕捉金龟子，它的中趾状如锯齿，其功能也就可想而知了。

今年，家燕和毛脚燕成批飞离本地的时间较以往更早。9月22日那天，许多的燕子齐聚在邻居家的一棵核桃树上，它们好像前一天晚上就已经在这里栖息。次日黎明，大雾弥漫，数不清的燕子腾空而起，翅膀击打着冷冽的雾气，声响可以传到很远的地方。打那以后，除了能遇到几只掉队的孤燕，再也看不到成群的燕子了。

通常在8月的第一周，雨燕便纷纷飞离本地，可有些燕子会滞留到8月22日[①]，实为罕见！

9月24日，有三四只环颈鸫飞到我的田里，这可是今秋第一次和它们谋面。春去秋来，这些迁客可从不误时。

---

① 怀特注：参见致巴林顿的信第53封。

旧蛇麻窨

/ 第38封 /

塞耳彭,1773年3月15日

尊敬的先生:

查阅去年秋季的日记,可知本地的毛脚燕的繁殖期相对较晚,飞离的日子也拖得很晚。我在10月1日看到燕窝里的幼鸟刚刚长好毛羽,10月21日,还看到邻居家的一窝雏燕才开始学着试飞,老燕子正忙于捕捉昆虫,动作相当机敏。次日上午,一窝燕子举家出行,在村子上空反复盘旋。此后数日,再也没见到燕子的身影,直到11月3日,我才看到二三十只毛脚燕在垂林周围和我家的田园里飞来飞去,玩了整整一天。这些雏燕出巢才不过12天,显得如此纤弱,在临近年末的时节,难道它们还能移居到北回归线以南吗?也许不远处的一所教堂、一堆废墟、一片山崖、峭壁上的树丛,乃至沙洲、湖泊或池塘,都很有可能成为它们越冬的新居(诚如北方一位博物学家所言),这才是它们能够从容退隐的原因所在吧?

又到春天,这几个星期,我们每天都期待着环颈鸫的归来。一些可信的人告诉我,在1770年圣诞节,有人曾在本郡南边的波尔林地看到过环颈鸫。我们或许可以由此推断，如果说它们只是来自英格兰北部，而不是来自北欧，那么它们迁徙的范围仅限于国内，不会飞到远至欧洲大陆以南的地方。且不论这些鸟来自何方，从鸟儿见到人和枪并不畏惧的状态来看，显然它们对这个地方还是相当陌生的。远航的海员曾经讲过，在升天岛和某些人迹罕至的地区，野鸟根本不了解人是什么东西，它们会大胆地飞到人的肩膀上，它们害怕一头食草的山羊甚于见到一个水手。苏塞克斯郡刘易斯河的一个小伙子曾经告诉我，约在7年之前，每到秋季，小镇周围到处都能见到环颈鸫。某天，他一个下午就打到了16只。他还说，打那以后，每年秋季都可以看到几只这样的鸟。不过在那次大有斩获之前，他可从来没有看到过这种鸟。秋季，我在苏塞克斯郡也见到过这种鸟，沿奇柴斯特到路易斯山坡，环颈鸫三五成群地在树丛中安营扎寨。这种场景，要数1770年秋天见得最多。

鹗

/ **第39封**① /

塞耳彭,1773年11月9日

尊敬的先生:

先生希望我谈谈自己的研究所得,那我就斗胆直抒己见,至于以下论述的是非对错,能否收入您新版的《不列颠动物志》,自然由您来裁定。②

鹗善于跃入水中,出其不意地捕获猎物。一年前,有人在佛林斯翰湖击落一只鹗,那个大湖离村子约6英里远。当时它正站在一个犁耙上大口吃鱼。

---

① 怀特注:参见《不列颠动物志》第1卷第128页。
② 艾伦注:这封信以及后面的几封信都是应彭南特之邀,为他所撰写的《不列颠动物志》提供相关资料。彭南特将怀特的许多描述录入了《不列颠动物志》的脚注。

去年冬天，有人在迪斯泰德猎园打到一只灰色伯劳，个头极大。在塞耳彭村也有人击落一只伯劳，背上的毛呈红色，这在当地可不多见。小嘴乌鸦往往成双成对，一年到头厮守在一起。

红嘴山鸦数量极多，它们常常聚集在比奇岬和苏塞克斯沿海的峭壁上，并在那里产卵。

普通的野鸽，或称欧鸽，属于英格兰南部的一种候鸟，到11月底左右，就难得见到它们的身影了。它们是最迟离开此地的冬候鸟。在大片榉树林被毁坏之前，野鸽多得不计其数，清晨，它们外出觅食，在空中排成的队伍可长达1英里。早春时节，它们离开本地，可产卵的地方究竟是哪里呢？

汉普郡和苏塞克斯郡的人将槲鸫叫作"风暴鸡"，因为在春雨滂沱的天气，它早早便开始啼鸣。它们的叫声始于年初，鸟窝则大多位于我们的果园。

一位绅士向我透露，他在达特姆尔高原捕到一窝环颈鸫，它们将鸟巢筑在溪边的堤岸上。

枝头上的树鹨歌声甜美，在飞行嬉戏时，它们也会引吭高唱，向下俯冲时，叫声更好听，降落在地上时，有时也会叫上几声。

阿丹逊认为欧洲的家燕冬天会迁徙到塞内加尔，在我看来，他的论证根本站不住脚，他的言论也不像出自鸟类学家之口。阿丹逊很可能仅仅考察了一个地方的燕子，我知道奥哈拉总督府邸的屋檐下就筑有燕窝呢。要是他真正了解欧洲的家燕，为何从不提及其他种类的燕子呢？

家燕在飞行时，会跃入水中洗浴。它们来到本地的时间，往往要比毛脚燕早一个星期。飞离的时间比雨燕早10~12天。

1772年10月23日那天，居然还能看到一窝雏燕仍没飞走。

雨燕抵达本地的时间要比毛脚燕迟10~12天，也就是在4月24日或26日。

草原石䳭和黑喉石䳭一年四季都陪伴着我们。

有些穗䳭会伴随我们过冬。

各种鹡鸰冬天也不会离开我们。

以大麻子为主食的红腹灰雀常常会全身发黑。

整个冬季，这里都能看到成群的雌性苍头燕雀，鸟群中却几乎从未见到过雄雀。

您说雄性扇尾沙锥在繁殖期间的啼鸣声犹如羊叫，我则认为有点像击鼓声（或许用"嗡嗡"来形容更为贴近），看来我们所指的是同一件事。不过，在空中嬉戏时，它们张嘴发出的叫声则响如鸣笛。至于那"咩咩"声或"嗡嗡"声，是发自腹部还是扇动翅膀所致，我也搞不清楚，我能确定的是，当它们用力击打着翅膀俯冲时，就会发出这种声音。

孵化好小鸟后，凤头麦鸡就会很快聚集成群，一起离开沼泽和湿地，前往丘陵或牧羊的山冈。

两年前的春天，在离奥莱斯福镇数英里处（那里有一片湖泊）的一条小路上，人们发现一只活的小海雀，它拍打着翅膀，却飞不起来，养了没多久就死了。

去年7月初，我看到有人在沃尔墨林地的湖塘里逮到几只小绿翅鸭，还捉到几只小绿头鸭。

说到雨燕，书上有关的记载是"它喝露水"，然而，正确的表述应当是"它在飞行时饮水"。因为燕科鸟类飞行时，都具有在贴近河塘时吮水的习性。正如维吉尔形容蜜蜂边飞边啜水。燕子的这种技能，倒也堪称一绝。

提到蒲苇莺，总能让人感到兴奋。它几乎整晚叫个不停，声调虽然急促，但也还算悦耳吧。它能模仿别的鸟叫声，如麻雀、家燕、云雀等。如果晚上听不到它的叫声，只要往它们藏身的灌木丛中扔上一粒石头或土块，马上又能听到它们的啼叫。可见，它们有时会稍歇片刻，一旦惊醒，歌声再起。

新疆歌鸲（夜莺）

/ 第40封 /

塞耳彭，1774年9月2日

尊敬的先生：

在收到您的来函之前，我为了避免日后难辨老幼，趁着乳燕尚未出窝，赶紧对雄燕和雌燕的尾巴做了一番鉴别。在繁殖期，家燕总是雌雄搭配，为了筑巢而忙里忙外，所以不难分清它们的性别。即便是独自栖息在各家烟囱上的燕子，我也能识别它们是公是母。据我观察，不管是雄是雌，它们都有长长的尾巴，形状如叉开的剪刀，只是雄燕的尾羽更长一点罢了。

新疆歌鸲[①]的幼鸟刚出巢时，老莺的啼声往往含有几多哀怨，显得烦躁不安。如果有人沿着树篱走动，它们会紧随其后，声嘶力竭地叫个不停，仿佛在威胁你，要把你吓跑。

仲夏夜，黑斑蝗莺总是不断地啼鸣。

[①] 译者注：新疆歌鸲体色灰褐，其貌不扬，但鸣声出色，是少有的在夜间鸣唱的鸟类，故俗称"夜莺"。

天鹅长到两岁,毛色就会变白,三岁,就能产卵孵子。

鼬有时会被老鼠夹子夹住,由此可见,它们捕食老鼠。

雀鹰有时会在鸦窝里生蛋。红隼则在教堂和废墟产卵。

埃利岛上起码有两种鳝鱼,鳝腹中的细丝或许就是小鱼。鳝鱼的生殖状况相当神秘,难为人知。①

白尾鹞在地上产卵,好像从来不在树上搭窝。

欧亚红尾鸲左右摇摆尾巴的模样,活像狗摇尾乞怜。鹡鸰摇尾则上下颤动,就像跑累的马儿。

繁殖时期,林岩鹨喜欢舞动双翼,到处献媚。一朝霜降,叫声犹如幽幽笛鸣,如怨如诉。

许多鸟在盛夏时节会息声不语,到9月入秋,又会重展歌喉。欧歌鸫、乌鸫、林百灵和柳莺等无不如此。春夏秋三季,唯有8月,鸟啼声最为沉寂。不过,一旦入秋,群鸟将再度欢歌,莫非是因为秋春两季气候相似吗?

林奈根据地理方位来排列植物。热带生长棕榈,温带长青草,极地有苔藓和地衣。给动物分类,无疑也能采取同样的方式。

春天,家麻雀把鸟窝建在屋檐下。气候转热后,为了避暑,它们就会移居到外面李子树和苹果树上的新巢。有时它们会在秃鼻乌鸦的窝里安家,甚至还会把鸟巢搭在乌鸦窝下方的树杈中间。

在堆草垛时,我的邻居发现,他那几只狗逮住小红鼠就扑上去饱食一顿,对普通的老鼠则根本提不起胃口。他家的猫则喜欢吃普通的老鼠,对红鼠一点不感兴趣。

欧亚鸲爱叫,在春夏秋三个季节,它都会引吭高歌。欧亚鸲之所以被称为"秋天的歌手",那是因为春夏两季,百鸟齐鸣,它的声音被淹

---

① 艾伦注:怀特所谓"鳝腹中的细丝",其实是肠子里的寄生虫。有关鳝的生产情况,最近已有令人满意的结论。它们并不在江河中产卵,而是在深海中产卵和孵化幼鱼。

没了。到了秋天，欧亚鸲的啼鸣就显得格外嘹亮。这些歌手好像大多为当年出生的雄鸟，虽然讨人喜爱，却是夏日园中果蔬的灾星。①

沼泽山雀在2月开叫，它会连叫两声，音色怪异，有点像拉锯。与此同时，大山雀的叫声则有三个音节，婉转悦耳，令人心爽。

除非天降寒霜，鹪鹩在整个冬季都挺爱叫的。

汉普郡和德文郡的毛脚燕今年可是姗姗来迟，这种情况表明它们打算就地藏身呢，还是要远徙他乡？

大多数鸟饮水，啜一口便飞走。鸽子却像四足动物一样，会喝上一阵子。

我曾在信中写道：从没有人看到过灰乌鸦在达特姆尔高原产卵。此说有误。

蕨草金龟子从7月初开始到处乱飞，到月底左右便难觅踪迹了。在此期间，这种甲虫是夜鹰的主食。在白垩岩的山坡和沙地，金龟子多得不计其数，黏土地里却难得一见。

里丁镇的"黑熊旅舍"的花园内，有一条小溪，也可以说是一条人工挖掘的水渠，它从马棚下流过，注入路对面的田地。渠水中有不少摇头摆尾的鲤鱼，路人常常扔面包来逗鱼。但是，天一转冷，鱼儿都不见了影，都潜入马棚下的水底了。直到明年春天才会再度现身。鲤鱼会冬眠吗？倘若不会，它靠什么来维持生计呢？

灰白喉林莺的叫声非常单调，嘶哑难听，叫的同时它还要扇动翅膀，忸怩作态。这种鸟生性好斗，鸣叫时，常常摆出一副怒发冲冠霸气十足的架势。但是在哺乳期，它会显得既狂躁又羞怯，避开其他鸟类，如孤独的幽灵在小径和公地间时隐时现。苏塞克斯的山坡上草木丛生，可是也看不到它们的身影。时值七八月，它们又会全家老少一起出动，菜圃果园中的夏季蔬果难免遭到一场浩劫。

---

① 怀特注：它们也吃常春藤和金银花的果实。

黑顶林莺的歌声圆润厚实，甜美深沉，亮丽放浪。但往往时断时续，显得有点漫不经心的样子。不过，当它安详地栖落在枝头，诚心诚意地引吭高歌时，音色之柔美，旋律之多变，除了新疆歌鸲，非其他鸣禽所能望其项背。

黑顶林莺喜欢在菜圃果园里巡游，当它放声啼啭时，喉咙会出奇地胀大。

欧亚红尾鸲的鸣声与灰白喉林莺近似，但略胜一筹。有些红尾鸲唱出的旋律较其他同类更加丰富多彩。雄性红尾鸲会安详地站在村中一棵大树的枝头，从早到晚，唱得很欢。它爱结伴而行，不喜欢离群索居，常在果园和民居周围筑巢。它还爱高高地站在五朔节花柱的风标上。斑鹟最为沉默寡言，最常见，也来得最晚。它们把窝搭在墙上的葡萄藤或蔷薇花丛中，也会利用墙壁洞穴，甚至还在人们早晚出出进进的门框上方的屋椽间筑巢。这种鸟生性谦卑，不事张扬，除非在幼鸟将受到猫的侵犯，或在危急时刻才会发出几声哀鸣。它们一年仅产卵一次，离开本地的日子也比较早。

塞耳彭教区一年到头来来往往的鸟类，就有瑞典鸟类的半数之多。前者一地就有120种鸟，后者全国不过221种。[①]我还要指出，大不列颠已知的鸟类中的半数，在塞耳彭都能见到。

写毕长信，重读一遍，感到行文略显古板，有点像居高临下一本正经的说教。不过，想到您希望我直言无忌，不惮烦琐。那么，为了略抒己见，下笔若有好为人师之嫌，还望先生见谅。

[①] 怀特注：瑞典有221种，大不列颠有252种。（艾伦补注：现在已知有更多的鸟类。）

大山雀

/ 第41封 /

在死气沉沉的寒冬,我们周围的那些细喙鸟是如何熬过来的?探究一下其中的缘由,也是蛮有趣的。鸟儿趋暖畏寒,孱弱似非唯一的原因。蚁䴕体格健壮,抗寒的能力不亚于啄木鸟,可还是有迁徙的习惯,戴菊体质纤弱却不畏严寒。天寒地冻之时,留在本地的鸟大多躲藏到屋子和村庄内,戴菊仍会在田野和树林流连忘返。或许,这也是它们命薄的原因所在,如今这种鸟已经越来越罕见了。

毫无疑问,长住本地的鸟冬天以虫蛹为主食。在严酷的气候下,各种鹡鸰会纷纷飞到小溪的源头,在浅水中捡食虫蛹。①那里的溪流终年不冻。

峭寒隆冬,林岩鹨频繁光顾污水沟,捡面包屑和别的垃圾充饥。天气转暖,它们就抓蠕虫吃。如若有人不嫌麻烦,在天气稍暖的冬日秉烛夜游,就会在草地上发现许多蠕动的小虫。这类虫子月月都有,四季不绝。屋棚、马厩和谷仓都是欧亚鸲和鹪鹩在冬天经常涉足的好去处,因为那里有不少避寒的蜘蛛和飞虫。不过,鳞翅类昆虫的蛹才是细喙鸟冬

---

① 怀特注:参见达雷姆《自然神学》第235页。

季的主食。这种虫蛹成千上万不计其数，枝丫、树干、栅栏、墙壁、石缝和垃圾堆乃至地板上，几乎无处不有，触目皆是。

伴随我们过冬的山雀品种繁多无所不有，其鸟喙介于粗细之间，所以我称之为"中喙鸟"。按林奈分类法，也就是介于燕雀属和鹟鸰属之间。长尾山雀和戴菊一般纤弱，却从不离开树林和田野。这是它与众不同的特点，即使在气候最严酷的季节，它也从来不会逃到农舍和村子里去避寒。被叫作"尼姑"的青山雀、煤山雀、大山雀和沼泽山雀经常躲入农舍，大冷天尤其如此。天寒地冻迫使大山雀纷纷遁入民舍。在积雪没膝的日子里，这种鸟会倒悬在茅房的屋檐下，往外叼稻草，捡食藏在草缝里的飞虫。此情此景，让我既惊喜又叹服。不过，鸟群也常常把茅草屋顶搞得乱七八糟，面目全非。

青山雀食欲旺盛，什么都吃，是农家的常客。它不仅爱吃昆虫，还非常喜欢吃肉，经常在粪堆上啄骨头。它也喜欢吃板油，所以时常会在肉店周围徘徊。小时候，我曾在老鼠夹子上放上板油当诱饵，一个早上就逮住过20只青山雀。看到掉地的苹果，它会上去啄上几口，还爱飞到向日葵上头挑葵花子吃。在寒风凛冽的日子，青山雀、沼泽山雀和大山雀都会飞到草垛的边上，向外拽燕麦和大麦的秸秆。

穗鹛和草原石鹏冬天都待在石楠丛生的荒野或养兔场，不知道它们吃什么来维持生计。荒野多乱石，它们的主食最可能就是鳞翅目昆虫的蛹，那可是鸟儿在荒野上丰盛的大餐。

青山雀

/ 第42封 /

塞耳彭，1775年3月9日

尊敬的先生：

有意研究动物区系的人，如果资金充裕，不妨到爱尔兰王国去做一番考察。博物学者对这个国家所知甚微，那里称得上是一片新天地。爱尔兰之行最好能有一位植物学家陪伴，因为几乎未曾有人对那里的山区做过周密的考察，而且，爱尔兰南部诸郡气候温暖，很可能会长有大不列颠境内难得一见的植物。对于该国先进的工艺和农业，好学善思之士自然能做出正确的评价。早在我们有所耳闻之前，他们已经在这些方面取得了相当大的成就。当地土著的愚昧、偏执和粗陋的生活方式，也能对他有所触动，从而做出有益的考量。此行不会错过贵族的城堡和府邸、景色壮美的大湖和瀑布、巍峨的群山。这些罕见的美景引人遐思，若能将其生动地绘出，一定会大受欢迎。所以，旅途最好还有一位优秀的画师随行。

本人没有看到最近出版的苏格兰地图，对于新地图是否精准翔实不敢贸然置评。不过，我知道该国最好的老地图也有不少错误。

我所接触过的苏格兰地图，均没有用有色线条标出苏格兰高地的边界，这是最明显的缺点。而且，那里有巍巍群山和充满传奇色彩的乡村，可是地图没有标明通往这些地方的大路。魏德将军开辟的行军大道气派宏大，颇具罗马古风，更是应该加以标注。我用的老地图是莫尔绘制的，它标示了威廉堡，却没有标出其他许多古老的城堡，而一幅翔实的地图本不该对这一系列古堡有所忽略。

通往考里亚里奇的道路崎岖多险，声名远播，也不应该遗漏。莫尔地图标志了汉密尔顿、德拉姆朗里格等豪门大宅。但是新图无疑应将经历过重大历史事件和藏有名画的府邸一一加以标注。布莱德尔班勋爵宅园景色美丽，造型奇特，自然也不应忽略。

还有值得一提的是埃格灵顿伯爵的府邸，它位于格拉斯哥附近，这位贵族拥有大片的松林，绵延不绝，气势磅礴。

鹃头蜂鹰

/ 第43封 /

　　1780年夏，在塞耳彭垂林深处，一对鹃头蜂鹰（雷所指食蜂鵟或食蜂鸟）用树枝和枯叶，在一棵又细又高的榉树上搭了一个又大又浅的窝。虽然上树令人心惊目眩，还是有一个大胆的男孩在6月中旬冒险攀上那棵榉树，掏走了窝里仅有的一枚鸟蛋。这枚蛋已经孵了一段时间，里面已有小鸟的胚胎。它比一般的鹰蛋要小一点，也没那么圆，两头均有小红斑点，中间一圈呈血红色。

　　那只雌鹰被射杀，它的样子和雷的描述完全吻合。短腿长尾，上喙有黑色的蜡膜。鹃头蜂鹰与普通鵟的差别，在它展翅飞翔时最易识别。它长得像鵟，头略小，翅膀更尖利，尾巴也更长。雌鹰的爪子上还抓着几条蛙腿和敲碎外壳的灰蜗牛，虹膜呈黄色，目光炯炯，相当漂亮。

　　那年夏季的7月10日左右，一对雀鹰在同一片垂林矮毛榉上的鸦巢里孵出了一窝小鹰，数量还真不少。它们越长越大，也变得越来越大胆,越来越凶残。村里的母禽终日惶惶不安,唯恐羽翼下的小鸡小鸭大祸临头。一个男孩爬上树,小鹰已经羽翼丰满,一哄而散。他虽然一只鹰也没抓到,却发现它们的小日子倒是过得不错。"贮藏室"内的食物应有尽有。他掏到一只小乌鸫、一只松鸦和一只毛脚燕。鸟毛都已经被拔得一干二净,有些还被吃掉了半个。有一段日子,人们看到那对老雀鹰疯狂残杀家燕和毛脚燕。这些小燕飞出窝还没多久,双翅娇嫩无力,动作不够老练,没法像成年燕子那样对付来敌。

原鸽

/ 第44封 /

塞耳彭，1780年11月3日

尊敬的先生：

常与先生书信往来，乃人生一大快事。

至于说到斑尾林鸽，也就是雷称的欧鸽或野鸽①，我的想法与您不相上下，将野林鸽视为普通家鸽的始祖，显然言之无据。有人之所以持这种看法，或许是因为看了它的别名后产生的错觉，雷所谓的欧鸽其实指的是斑尾林鸽。

除非斑尾林鸽在冬季的习性与夏季大相径庭，否则很难将它驯化成家鸽。人们几乎从没看到过家鸽栖息在枝头或出没于丛林。从11月到次年2月，本地的斑尾林鸽却会与欧斑鸠为邻，昼夜都在野外生活。它们经常往来于灌木丛林，以坚果为主食，还喜欢在高高的榉树上歇脚。它

---

① 艾伦注：有关野鸽和家鸽的关系，达尔文的研究相当深入，请读者参阅更新的相关资料。

们是否会像欧斑鸠一样在树上筑巢呢？我认为可能性很大。假如真的可以知道林鸽是怎样搭窝的，我的疑问也就不难找到答案了。

您说今年春天有人从苏塞克斯给您寄来一只林鸽，那人在信中说，林鸽会在当地繁衍后代。可是他对具体的繁殖环境却语焉不详，到底是在岩石、悬崖还是在树上呢？如果此人不是一个老到的观鸟者，对他的话我可不敢轻易置信，因为我们这一带的人常常将林鸽和欧斑鸠混为一谈。

您指出家鸽的始祖是个头小毛色青的原鸽，我认为此说言之有据。首先，与家鸽相比，野鸽的体形明显要大很多。按照驯化的规律，被驯服的物种体形通常大于其始祖。其次，野鸽双翼的飞羽有两块显眼的黑斑。如此明显的特征，即使经过驯化，也难免在其后裔身上留下些许痕迹，不会变得了无印记。然而，说千道万，最具说服力的还数您所举的实例。您在谈起卡尔纳文郡罗杰·莫斯汀爵士的家鸽时指出，虽有丰盛的美食，舒适的环境，也难以诱使欧鸽在人造的鸽棚里安家。一到繁殖的季节，它们就会飞往奥姆斯海德，在人迹罕至的洞穴和海角的危崖上孵育后代。

> Naturam expellas furca... tamen usque recurrent.
> 一把干草叉可以改变自然，但她总会故态复萌。
>
> ——贺拉斯《书信诗》

我曾向一位老猎手请教，他今年已经78岁了。他说，五六十年前，大片的榉树林比现在更为壮观，林鸽成群，数量之多令人吃惊。他经常一天就可以打到20只左右。有一次，他射落七八只在头顶盘旋的林鸽，同时还打下一只身体颇长的野鸟。他还告诉我，林鸽群里时常会混有几只他称之为"岩客"的原鸽。这倒是闻所未闻。这些候鸟多得不计其数，以榉树的果实和橡实之类的坚果为主食，还喜欢在麦茬地里捡麦粒吃。这些年来，人们大面积种植萝卜，一到冬季，萝卜就成了林鸽的主食。它们在萝卜根部上啄出许多小洞，这种作物可就遭了殃。常吃萝卜，使得它们的肉质发生变化，有一股酸臭味。以前人们把鸽肉当作美味佳肴，现在的吃货们对它可是避而远之了。林鸽习惯于在大田里觅食，在大雪天尤其如此。人们便乘机加以捕杀。人们还会在黄昏时分埋伏在树丛中，射杀前来栖息的鸽子。①这种鸟的迁徙范围局限于国内，一般11月底来到这里，次年开春飞离，它们的主要情况也就如此而已。去年冬天，100多只林鸽飞临塞耳彭的高树林。以前鸽子还要多，成群结队，声势浩大。不仅是我们这里，周边地区到处都有它们的身影。每天早上和傍晚，鸽群就像秃鼻乌鸦那样，排列成行，横越天空，队伍可长达1英里。想当年，塞耳彭的野鸽何止上千，傍晚时分，栖息在林中的野鸽如若突遭惊扰——

  它们就会一哄而起，一飞冲天
  恰如远方传来
  惊雷声声。
——弥尔顿《失乐园》第2卷

  还得啰唆几句与此相关的话题。我有一个亲戚住在附近，他有一段时间经常把捡来的野鸽子蛋放入自己家的鸽棚，塞到一对正在抱窝的家鸽肚子下面。他原以为这样就能孵出更多的幼鸽，加盟后的野鸽还能教会家鸽自食其力，到树林里去捡坚果吃。这种想法听起来颇似有理，实际上却每每受挫。虽然野鸽蛋大多能孵出小鸟，也能长到半大不小的样子，最终都难免夭折。我曾亲眼看到这些鸽棚里的弃婴野性难泯，人一靠近，它们便张牙舞爪，凶相毕露。总之，它们动辄死亡，或许是因为

---

① 怀特注：有些老猎人说，圣诞节前后，一旦严霜降临，大群的鸽子便会马上撤离。

食物不当。不过，鸽子的主人却认为，正是因为它们那副蛮横的凶相吓坏了母鸽，结果竟给活活饿死了。

鸽子出没于岩洞乃寻常事，维吉尔却引以为喻，以迷人的诗句加以刻画。我情不自禁地引上一段。约翰·德莱顿的英译也相当传神，理当附录其后：

> Qualis spelunca subito commota Columba,
> Cui domus, et dulces latebroso in pumice nidi,
> Fertur in arva volans, plausumque exterrita pennis
> Dat tecto ingentem—mox aere lapsa quieto.
> Radit iter liquidum, celeresneque commovet alas.

维吉尔《埃涅阿斯纪》第5卷，德莱顿英译：

> As when a dove her rocky hold forsakes;
> Rous'd in a fright her sounding wings she shakes;
> The cavern rings with clattering: —out she flies,
> And leaves her callow care, and cleaves the skies;
> At first she flutters; —but at length she springs
> To smoother flight, and shoots upon her wings.

> 如野鸽振翅飞离危崖，
> 洞穴中激起阵阵声响。
> 划破长空它一去不返，
> 抛儿弃女兮可曾情伤。

鼓起那双翼用力拍打，
一飞冲天兮任尔翱翔。①

---

① 艾伦注：此为致彭南特的最后一封信，很可能是在决定将这些信结集出版后补写的，可见也是一封"虚拟"的信。在写私信时，不时引用一段拉丁文，而且明知对方也精通拉丁文，仍要配上英译，这是18世纪时兴的一种风气，怪有趣的。怀特致彭南特的信就沿用了这种老派的做法。书信在当时被视为严肃的文学作品，所以常常会引上几段典雅的拉丁文。

致丹尼斯·巴林顿先生

黑顶林莺

/ 第1封 /

塞耳彭，1768年6月30日

尊敬的先生：

　　上月在伦敦时，我就打算抽空以书信的方式和您谈谈自然史的话题。作为一名博物研究者，我不盲从他人的著述，注重户外实地考察。您正直坦诚，待人厚道，想必更能理解我的所作所为。所以在此不揣冒昧，直抒己见。

　　以下为我在本地所见夏候鸟列表，排序根据出现时间。

	雷的命名	通常出现的时间
1. 蚁䴕	*Jynx, sive Torquilla*	3月中旬，叫声尖厉
2. 小型柳莺 （叽喳柳莺）	*Regulus non cristatus*	3月23日，嘀啾， 9月息声
3. 家燕	*Hirundo domestica*	4月13日
4. 毛脚燕	*Hirundo rustica*	4月13日
5. 崖沙燕	*Hirundo riparia*	4月13日

（续表）

	鸟的命名	通常出现的时间
6. 黑顶林莺	*Atricapilla*	4月13日，音色亮丽狂野
7. 新疆歌鸲（夜莺）	*Luscinia*	4月初现身
8. 大杜鹃	*Cuculus*	4月中旬
9. 中型柳莺（欧柳莺）	*Regulus non cristatus*	4月中旬，叫声哀婉动人
10. 灰白喉林莺	*Ficedulae affinis*	4月中旬，音色平平，9月止声
11. 欧亚红尾鸲	*Ruticilla*	4月中旬，叫声比前者略胜一筹
12. 石鸻	*Oedicnemus*	3月底，夜啼，叫声嘹亮，宛如笛鸣
13. 欧斑鸠	*Turtur*	
14. 黑斑蝗莺	*Alauda minima locustae voce*	4月中旬，咝咝低吟，7月息声
15. 普通雨燕	*Hirundo apus*	4月27日左右
16. 蒲苇莺	*Passer acundinaceus minor*	音色甜美多变，通晓各种鸟语，声调略显急促
17. 长脚秧鸡	*Ortygometra*	音高刺耳
18. 大型柳莺（林柳莺）	*Regulus non cristatus*	4月底栖于高大的榉树，叫声似螽斯振羽
19. 欧夜鹰	*Caprimulgus*	5月初出现，入夜方鸣，声调奇特

（续表）

	雷的命名	通常出现的时间
20. 斑鹟	*Stoparola*	5月12日，性不爱鸣，夏候鸟中最晚到达

上述这些鸟奇妙有趣，招人欢喜。根据林奈的分类标准，可将这些鸟分为10类。蚁䴕和大杜鹃属于鹊类，石鸻和秧鸡属于长脚类，其他的均可归入雀类。

根据林奈分类体系，上述诸鸟可依各自编号做如下划分：

1	蚁䴕属	13	鸽属
2, 6, 7, 9, 10, 11, 16, 18	鹟莺属	17	秧鸡属
3, 4, 5, 15	燕属	19	夜鹰属
8	杜鹃属	14	云雀属
12	鸻属	20	鹟属

多数细喙鸟不爱吃谷物和种子，而以昆虫为主食，每到夏末便远走他乡。不过，下面所列细喙鸟却一年四季都不会离开我的家乡，尽管它们也是以昆虫为主食。

	雷的命名	通常出现的时间
欧亚鸲（知更鸟）	*Rubecula*	冬季常在民宅或屋外抓蜘蛛吃
鹪鹩	*Passer troglodytes*	同上
林岩鹨	*Curruca*	经常捡食水槽中的面包屑和别的食物残渣
白鹡鸰	*Motacilla alba*	经常出没于溪头浅滩，那里的水常年不冻。它们吃石蛾蛹，在步行的鸟中数它们个头最小

（续表）

	雷的命名	通常出现的时间
黄鹡鸰	*Motacilla flava*	同上
灰鹡鸰	*Motacilla cinerea*	同上
穗䳭	*Oenanthe*	整个冬季常能看到
草原石䳭	*Oenanthe secunda*	
黑喉石䳭	*Oenanthe tertia*	
戴菊	*Regulus cristatus*	英国最小的一种鸟，整个冬季经常出没于枝头树梢

本地冬候鸟列表，按出现时间先后排列：

	雷的命名	通常出现的时间
1. 环颈鸫	*Merula torquata*	这是一种新来的候鸟，在米迦勒节的那一周，我看见过这种鸟。3月14日，又见到它们
2. 白眉歌鸫	*Turdus iliacus*	旧米迦勒节前后出现
3. 田鸫	*Turdus pilaris*	昼栖枝头，夜宿地面
4. 灰乌鸦	*Cornix cinerea*	常见于丘陵
5. 丘鹬	*Scolopax*	旧米迦勒节前后出现
6. 扇尾沙锥	*Gallinago minor*	一些沙锥通常在本地繁殖
7. 姬鹬	*Gallinago minima*	
8. 斑尾林鸽	*Oenas*	以前很多，如今罕见，最近见到过几次
9. 大天鹅	*Cygnus ferus*	出没于大江大湖
10. 灰雁	*Anser ferus*	

（续表）

	雷的命名	通常出现的时间
11. 野鸭①	*Anas torquata minor*	见于本地湖泊和小溪
12. 红头潜鸭	*Anas fera fusca*	
13. 赤颈鸭	*Penelope*	
14. 生活在沃尔墨林地的绿翅鸭	*Querquedula*	
15. 锡嘴雀	*Coccothraustes*	时隐时现，居无定所，并不按时迁徙
16. 红交嘴雀	*Loxia*	同上
17. 太平鸟	*Garrulus bohemicus*	同上

上列鸟类均按数字编号，现以林奈分类法划分如下：

1, 2, 3	鸫属	9, 10, 11, 12, 13, 14	鸭属
4	鸦属	15, 16	交嘴雀属
5, 6, 7	鹟属	17	太平鸟属
8	鸽属		

夜啼之鸟为数甚少，仅见下列几种：

新疆歌鸲（夜莺）	*Luscinia*	"藏身于浓密的灌木丛中"（弥尔顿《失乐园》第3卷）
林百灵	*Alauda arborea*	常飞悬空中
蒲苇莺	*Passer arundicaceus minor*	出没于芦苇和柳树间

---

① 艾伦注：到底是哪种野鸭，怀特没有说。

现在我想谈谈那些仲夏后仍在歌唱的鸟儿，但由于数量众多，几页信纸恐怕写不下。此外，眼下正值观察的好季节，我想对一些鸟儿做进一步观察，因为它们是否继续鸣叫，目前我似乎没有十分的把握。

扇尾沙锥

/ 第2封 /

塞耳彭，1769年11月2日

尊敬的先生：

6月底，在下曾就自然史问题致函求教于先生。我在信中列表描述了本地的夏候鸟和冬候鸟，提到了英格兰南部的细喙鸟，它们伴随着我们度过整个冬季。此外，我还列举了在夜间啼鸣的鸟。

在这封信中，我将谈谈鸣禽，从严格意义上说，只有在盛夏过后仍然啼鸣不已的鸟才称得上"鸣禽"。现按入春后开叫的时间先后，将这些鸣禽列表如下：

	雷的命名	通常出现的时间
1. 林百灵	Alauda arborea	1月开叫，夏秋常鸣
2. 欧歌鸫	Turdus simpliciter dictus	2月开叫，8月稍息，秋后再啼
3. 鹪鹩	Passer troglodytes	除非霜冻，终年长鸣

（续表）

	雷的命名	通常出现的时间
4. 欧亚鸲（知更鸟）	Rubecula	除非霜冻，终年长鸣
5. 林岩鹨	Curruca	2月初开叫，止于7月10日
6. 黄鹀	Emberiza flava	2月初开叫，一直叫到7月至8月21日
7. 云雀	Alauda vulgaris	2月开叫，止于10月
8. 家燕	Hirundo domestica	4月开叫，止于9月
9. 黑顶林莺	Atricapilla	4月开叫，止于7月13日
10. 草地鹨	Alauda pratorum	4月中旬开叫，止于7月16日
11. 乌鸫	Merula vulgaris	2月或3月开叫，止于7月23日，秋后复鸣
12. 灰白喉林莺	Ficedulae affinis	4月开叫，止于7月23日
13. 红额金翅雀	Carduelis	4月开叫，止于9月16日
14. 欧金翅雀	Chloris	一直叫到7月或8月2日
15. 蒲苇莺	Passer arundinaceus minor	5月开叫，止于7月初
16. 赤胸朱顶雀	Linaria vulgaris	繁殖并啼鸣至8月，10月汇聚时和各自分离时再鸣

并非四季皆鸣，仲夏时节或之前息鸣之鸟：

	雷的命名	通常出现的时间
17. 中型柳莺（欧柳莺）	Regulus non cristatus	4月始鸣，止于6月中旬
18. 欧亚红尾鸲	Ruticilla	5月始鸣，止于6月中旬

（续表）

	雷的命名	通常出现的时间
19. 苍头燕雀	*Fringilla*	2月始鸣，止于6月初
20. 新疆歌鸲（夜莺）	*Luscinia*	4月始鸣，止于6月中旬

早春方歌，鸣期甚短。

	雷的命名	通常出现的时间
21. 槲鸫	*Turdus viscivorus*	1770年1月2日，2月。出没于汉普与苏克塞斯两郡。因传其叫声能预报风雨，固又名"风暴鸟"。为本地最大鸣禽
22. 大山雀	*Fringillago*	始鸣于2月、3月、4月，9月再度啼鸣，然为时不长

偶尔啼叫数声，称其为"鸣禽"委实勉强。

	雷的命名	通常出现的时间
23. 戴菊	*Regulus cristatus*	英国最小的鸟，体小声弱，常见于栎树和杉树树梢
24. 沼泽山雀	*Parus palustris*	出没于森林，连鸣两声，叫声尖厉
25. 小型柳莺（叽喳柳莺）	*Regulus non cristatus*	始鸣于3月，止于9月
26. 大型柳莺（林柳莺）	*Ditto*	啼鸣如莎鸡振翅，4月底开叫，止于8月
27. 黑斑蝗莺	*Alauda minima voce locustae*	从4月中旬到7月底，整夜叫不停
28. 毛脚燕	*Hirundo agrestis*	5月至9月，繁殖期间啼鸣不休
29. 红腹灰雀	*Pyrrhura*	
30. 黍鹀	*Emberiza alba*	1月开叫，止于7月

所有鸣禽，以及其他任何号称"鸣禽"的鸟，都可归入林奈分类体系，英国如此，世界各国概莫能外。

现以林奈分类法按编号对上列鸣禽划分如下：

1，7，10，27	云雀属	8，28	燕属
2，11，21	鸫属	13，16，19	燕雀属
3，4，5，9，12，15，17，18，20，23，25，26	鹟鸰属	22，24	山雀属
6，30	鸦属	14，29	交嘴雀属

边飞边鸣的鸟仅如下数种：

	雷的命名	通常出现的时间
云雀	*Alauda vulgaris*	飞翔中和起飞降落时都会叫
草地鹨	*Alauda pratorum*	降落时、栖息枝头和在地面行走时都会啼鸣
林百灵	*Alauda arborea*	飞翔时鸣叫，炎热夏夜则叫个不停
乌鸫	*Merula*	出没于树丛，间或鸣叫
灰白喉林莺	*Ficeduiae affinis*	鸣叫时双翅急速抖动，模样古怪，装腔作势
家燕	*Hirundo domestica*	晴暖之时喜欢鸣叫
鹪鹩	*Passer troglodytes*	出没于树丛，间或鸣叫

本地最早繁殖的鸟：

	雷的命名	通常出现的时间
渡鸦	*Corvus*	2月、3月孵化
欧歌鸫	*Turdus*	3月
乌鸫	*Merula*	3月

（续表）

	雷的命名	通常出现的时间
秃鼻乌鸦	*Cornix frugilega*	4月孵化
林百灵	*Alauda arborea*	4月孵化
欧斑鸠	*Palumbus torquatus*	4月初产卵

在我看来，仲夏之后依旧放声高歌的鸟，产卵往往不止一次。

若论鸟的性情是野是怯，依我看，往往与其体形的大小成正比。我的意思是，在这个岛国，鸟儿常常遭到人类的追逐和骚扰。但是，在升天岛和别的许多渺无人烟的地方，水手们发现鸟儿似乎不知人为何物，呆呆站着任人捕捉，如乌燕鸥就是如此。根据我的观察，戴菊（英国体形最小的鸟）对三四码以外的人并不在意，仍旧会安然栖于枝头。但是，大鸨（英国体形最大的鸟）则非常警觉，人尚远在百米之外，就会将它们惊飞。

黄鹀

/ 第3封 /

塞耳彭,1770年1月15日

尊敬的先生:

一份简略的鸟谱,能得到您的认可,让我不胜欣慰!若说这份草图尚有可道之处,那得首推日期的准确。接连数月,每次出门办事,无论是骑马还是步行,我总在衣袋里携带一张鸟的名录,以便随时观察。哪些鸟还在继续啼鸣,哪些鸟已经悄无声息,我都会一一记录在案。所以我可以颇为自信地声称,其精准的程度非他人所能及。

先生两度惠施来函,嘱意切切,吾自当尽力解答。您所在的伊斯特威克和邻近的地区难得一闻鸟鸣,或许是因为那里树林不多,鸣禽自然也就少了。先生若能略微留意一下我上次的来信,就能知道直到7月初之后,许多种类的鸣禽还在唱个不停。

草地鹨出生较晚,黄鹀则更晚,所以它们鸣叫的日期拖得更晚,也就不足为奇了。"孵化时节,必有鸟鸣。"不妨将此言视为一条鸟谚。至于欧亚鸲和鹪鹩,除非霜寒天,它们终年啼鸣不已,鹪鹩叫得更欢。

这种现象连对鸟兴趣不大的人都知道。

若要为您活捉一只黑顶林莺、蒲苇莺，恕我无能为力。黑顶林莺无疑是夏候鸟。在我看来，蒲苇莺也应该是夏候鸟。笼养的话，需要悉心照料，非我所能胜任。它们都能歌善鸣，黑顶林莺的叫声自然狂野，悦耳动听，总会让我情不自禁想起《皆大欢喜》里的台词：

> 转将喜悦心曲，
> 学唱狂野鸟鸣。
> ——莎士比亚

蒲苇莺能模仿各种鸟鸣，着实令人惊讶，美中不足的是叫声过于急促。不过，能通晓数种鸟语也算得上鸟中一绝。

我过去不知道笼中的草地鹨竟会夜鸣。或许只有笼养的方会如此。我知道有一只笼养的欧亚鸲，房间里点上蜡烛，它就会开口啼鸣。野鸟绝对不会在半夜里开叫。

若是说虽然每天都会有许多小鸟出壳，7月的鸟要比之前少，这让我感到有点难以置信。我可以肯定，家燕的情况就与此说大相径庭。入夏以后，家燕的数量与日俱增。某年7月，我曾亲眼看到许多鹡鸰在彻韦尔河的岸边，成百上千的鸟儿几乎遮盖了整片的草地。若是如您所言，其他种类的鸟则不多见，那么是不是因为母鸟忙于抱窝，小鸟则藏身于枝叶间呢？

在好奇心的驱使下，我曾剖开丘鹬和沙锥的胃囊，想瞧瞧它们靠什么食物来维持生计。但一无所得，只看到胃液包裹的许多透明的碎石子。

大杜鹃

/ 第4封 /

塞耳彭，1770年2月19日

尊敬的先生：

您观察到"大杜鹃不会将鸟蛋随意下在偶然撞见的鸟窝里，而会将自己的后代托付给一个同类的鸟来照料"，这话真是闻所未闻，令人不胜惊讶。因此我反复思考，事实是否如您所言，产生这种现象的原因究竟是什么。根据我的回忆和思索，本地只有在鹡鸰、林岩鹨、草地鹨、灰白喉林莺和欧亚鸲的窝里见到过大杜鹃下蛋，这些都是以昆虫为主食的细喙鸟。威鲁比先生学问相当不错，他曾提到过斑尾林鸽和苍头燕雀的鸟窝，这些鸟全是以橡实和谷子这类质地坚硬的食物为生。不过当时他也没说这是他亲眼所见，后来他又说，看到过一只鹡鸰给大杜鹃哺食。但是，细喙鸟和粗喙鸟不太可能吃同样的食物。因为细喙鸟的胃膜较薄，适于吃软性的食物。而以谷粒为主食的粗喙鸟砂囊坚硬，就像磨子一样，借助于碎石和沙砾，迅速消化吞咽下肚的食物。大杜鹃若是随意抛卵，那简直就是亵渎母爱，有违天道。根据有关记载，巴西和秘鲁就有这种生性冷酷的鸟，否则我们绝不敢相信天下竟有这等有违常理的怪事。然而，也正因为这种鸟母性已泯，反而使其更为奸诈，更擅长识别哪些是同类的鸟，从而将卵寄放于它们的窝内，抚养后代的事情就让那些鸟来代劳。这真是玄之又玄，可见造化无常，法无定法。自然现象变幻莫测，令人叹为观止。①

远古时期，有位智者曾谈到鸵鸟天生缺乏母性，他的话用来形容大杜鹃也颇为贴切：

> 它忍心待雏，似乎不是自己的……因为神使他没有智慧，也未将悟性赐给他。②

请教：每只雌大杜鹃是一季产一枚卵，还是将数枚蛋随机生在不同的鸟巢里？③

---

① 艾伦注：大杜鹃大多将蛋产在比自己体形小的鸟的窝里，这样做很可能是为将来小大杜鹃出生后着想。小大杜鹃会比同窝孵化的养父母亲生的小鸟更强壮，到一定的时候就能将养父母不幸的孩子逐出鸟窝。大杜鹃的确将蛋产在苍头燕雀的窝里，但是，怀特所持的异议未必有理。因为成年的雀类和其他一些粗喙鸟虽然都以谷物和橡实为主食，却是用蛆和毛毛虫来喂幼鸟的。另一方面，大杜鹃不太可能将鸟蛋产在斑尾林鸽的窝里，因为斑尾林鸽能分辨蛋的大小异同。何况小斑尾林鸽并不比小大杜鹃弱，斗起来反而会将小大杜鹃逐出鸟巢。

② 怀特注：《圣经·约伯记》第39章第16节。

③ 艾伦注：大杜鹃每年产卵数次，将蛋随机产在不同的地方。

赤胸朱顶雀

/ 第5封 /

塞耳彭，1770年4月12日

尊敬的先生：

仲夏之后，我仍能听到各种鸟鸣，这足以证明夏至并没有给树林中的"音乐之声"画上句号。虽然夏至已过，黄鹂依然叫得挺欢，其他鸣禽难以望其项背。林百灵、鹪鹩、欧亚鸲、家燕、灰白喉林莺、红额金翅雀和赤胸朱顶雀都能证明我言之有据。

若不是天气恶劣，搞乱了夏候鸟迁徙的规律，再过两三天，黑顶林莺就会来到这里。但愿我能为您抓一只鸣禽，怎奈心有余而力不足。我既非专业捕鸟人，也不懂笼养之道，即使能活捉到一只，养不好很快就会死掉。

您养在笼中的芦苇雀，是《动物学》第320页记载的芦鹀，还是雷著中的小芦苇雀，抑或是彭南特先生近著第16页提到的莎草莺？

在寒霜并不太严重的时节，长喙鸟为何能长得很壮实？其原因我确已了然于心。我认为，天气变凉，鸟儿不再出汗，自然也就长胖了。乌鸦之类的鸟无不如此。庄稼汉和养兔人都说过，每年初霜时节，猪会变得更壮，兔子也会长得更肥。但是，当霜寒日趋严重时，情况就会发生逆转，食物匮乏的后果远远超过出汗多少的影响。我还注意到，有些人在冬季要比夏季更胖。

在严霜的打击下，最先殒命的是田鸫，接下来噩运便降到欧歌鸫头上了。

大杜鹃的卵大得出奇，林岩鹨之类的鸟居然不将它拒之窝外，反而心甘情愿为大杜鹃代劳，您对这事感到诧异自然情有可原。在我看来，这些愚蠢的家伙本来就分不清大小、色彩和数量。据我所知，窝里的鸡蛋全被取走，孵卵心切的母鸡还会蹲在乱石上继续抱窝。在同样的情况下，雌火鸡更为疯魔，它宁肯饿死，也要趴在空空如也的窝里。①

在同一个季节，大杜鹃是生一个还是两个，或者是更多的蛋？要知道正确的答案并不难，只要在产卵期，剖开母鸟的肚子查看一下，不就一清二楚了嘛。卵巢里的蛋如果不止一只，而且已经发育成形，由此即可断定，当年春季它生的蛋肯定不止一只。②

我将想方设法，捕一只母鸟来看个究竟。

您猜测鸣禽闭口不叫是因为某些生理上的障碍，解决这些障碍，它们就能再度啼鸣。这个想法可谓大胆新颖，但愿您能找到一些有力的证据加以证实。

您对我送的夜鹰标本感到很满意，这自然让我非常高兴。我发现，您对这种鸟的了解由来已久。

您曾建议我着手写一份本地的动物志，下回见面，我很想和您谈谈这事。您对我期许甚高，我担心自己学疏才浅有负厚望。仅凭一己之

---

① 艾伦注：事实上大杜鹃的蛋并不比林岩鹨和苍头燕雀的蛋大。不过，小大杜鹃十分贪吃，个子很快就会超过养母所生的小鸟。大杜鹃从来不将卵产在比自己体形更大的鸟的窝内。我认为大杜鹃最喜欢将卵产在草地鹨的窝内。

② 艾伦注：怀特此言有违生理学原理。任何鸟类的输卵管一次只孕育一个卵，尽管它在一个季节会产好几颗卵。

力，欲剖解万物，撰写一部自然史绝非易事！天宽地阔，可供探究的领域无穷无尽，为求实证，研究难免进展缓慢。一个人哪怕穷数年之功，成效也将是相当有限的。

有幸拜读到您的大著《当今意大利气温差异之调查》，其中有些片段让我顿开茅塞，获益匪浅，以往的种种疑惑亦因此得以消解。维吉尔下笔审慎，在描绘意大利当地风物时，如果那里经常遭遇严寒，大河冰封，他绝不会只字不提的。

又及：霜雪未融，已见家燕。

由风车山看奥顿

芦鹀雀

/ 第6封 /

塞耳彭，1770年5月21日

尊敬的先生：

上个月，温度骤降，气候反常，夏候鸟的迁徙因此受到很大的影响。本来有些鸟现在应该露面了。灰白喉林莺、黑顶林莺、欧亚鸲和斑鹟也显得比往常消瘦。我记得十分清楚，在1739年到1740年的春季特别寒冷，夏候鸟的数量明显下降。它们来到这里，很可能是凭借着东南风或往来于两地之间的气流。然而，那一年偏偏天公不作美，风向一反常态。尽管气候变幻无常，今年4月11日，两只家燕还是冒着霜雪飞临此地，不过，很快又不见了。我在上次信中提到过家燕。

有人对斯科波利的新著相当不满，我却不以为然。①他是一位优秀的博物学者，我对他抱有很大的期望。卡尼奥拉地处南端，这样一部偏远地区的鸟类博物志自有其新奇之处，理当引起人们的兴趣。但愿谁能惠赠一册，我当一读为快。斯科波利博士是个外科医生，专为当地水银

---

① 怀特注：他将这部著作称为《自然史》。

矿不幸的矿工治病。

得知您用种子喂养了一只芦鹀,我不禁有点好奇。我曾对您提起过的蒲苇莺(雷称为小芦苇雀)是细喙鸟,入冬之前很可能就已经飞离。而您养的那只鸟(雷称为芦鹀)却整年待在原地,何况还是粗喙鸟。您这只鸟是否叫得更欢?这方面的情况,我想了解得更为详尽。蒲苇莺的叫声急促多变,晚上也还是叫个不停。我怀疑人们是否将蒲苇莺的叫声与芦鹀混为一谈。我们这里有很多细喙鸟,彭南特先生却有所忽略。后经我提醒,他才在新版的《不列颠动物志》第16页上加以补录。[①]

各种鸟的步态飞姿各不相同,在这方面我还是有点心得可以谈谈。不过,为了考虑得更为详尽,而且一封短信篇幅有限,所以暂时就不再展开了。[②]

刚长羽毛的雏鸟难辨雌雄,如您所言,原因在于"明年春季它们才会发情交配,充分展现它们的母性"。许多鸟外部性别特征主要靠羽毛的色彩,而只有在性器官发育成熟后,羽毛才会呈现不同的颜色。四足动物也不例外,小时候性别差异不大,一旦发育长大,角、鬃毛、颌毛和粗壮的颈脖等雄性特征都会显现出来,雌雄之别也就一目了然了。我们人类也可以拿来做旁证,浓密的胡须和结实的身材通常是男性的特征,但年少时这些特征并不明显。俊俏的少年和漂亮的少女长相往往大同小异,殊难辨别。

> Quem si puellarum insereres choro,
> Mire sagaces falleret hospites
> Discrimen obscurum, solutis
> Crinibus, ambiguoque cultu.

---

① 怀特注:参见"致彭南特先生第25封信"。
② 怀特注:参见"致巴林顿先生第42封信"。

若让他与姑娘们为伍,
头发长长,相貌似男亦似女,
尽管善于观察,
外人也难看出谁是异性。

——贺拉斯《颂歌集》2.5

灵墨镇的戴尔夫斯宅

/ 第7封 /

路易斯附近的灵墨镇，1770年10月8日

尊敬的先生：

听说库坎恩将送您几只牙买加的鸟，我非常高兴。这些燕子来自遥远的小岛，那里天气炎热。在下有缘一睹，岂不快哉！

我已经拿到斯科波利的《自然史》，浏览一遍，感到相当不错。虽然有些观点尚可商榷，有些地方也不无瑕疵，但是，卡尼奥拉远在天涯，异国他乡的鸟类志自然十分诱人。有的研究者专注于某一特定地区，他对博物知识的贡献往往高于那些学力不足却贪大求全的人。由此可见，每一个王国，每一个省份都应该有专门的方志作者。

对于雷的《鸟类学》他只字未提，可能是因为他身处穷乡僻壤，无缘拜读这位伟大的博物学家的大著。至于《鸟经》一书是不是斯科波利亲手撰写，您尚有疑点，我则认为从种种细节来看，它并非伪作。该书的风格与他的《昆虫学》如出一辙，对目和属的处理手法老练，形象生动，让人耳目一新。他还对林奈的一些分类做了大胆的修正，而且言之有理。

您在斯坦纳斯见到不少雨燕，却没看到一只家燕，或许这仅仅是一种偶尔发生的现象。我对这些鸟的观察由来已久，从未发现这两种燕子有过彼此争斗，相互敌对的迹象。①

雷认为家养的公鸡母鸡以及灰山鹑、雉鸡等雉科禽类都属于尘浴类，即用沙子来清洗羽毛，抖掉身上的寄生虫。据我所见，用沙子洁身的鸟大多不用水来洗澡，曾经我也以为用水来洁身的鸟不会用沙子来洗澡。可是，现在我发现自己原来搞错了。普通的家麻雀都擅长用沙土洗浴，经常可以看到它们在沙地上打滚，但它们也很喜欢在水中洗澡。云雀不用沙子洗浴吗？②

试问：穆罕默德及其信徒的涤罪之道，难道不是取法于鸟类的沙浴吗？我从一些可靠的旅行者那里得知，一个忠实的穆斯林在穿过干涸的沙漠时，在规定的时辰，他会脱下衣服，用沙尘认真地擦洗全身。

一个农夫告诉我，他曾在地上的一个鸟窝内看到一只小夜鹰，有一只鸟还在喂它。我觉得十分好奇，跑去一看，原来是一只生在草地鹨巢里的小大杜鹃，已经长得较大，鸟窝都快容不下它了，且看：

    ...in tenue re

    Majores pennas nido extendisse...

    它一旦展开双翅，就挤不进鸟巢。

                   ——贺拉斯《书信诗》1.20

---

① 艾伦注：我认为怀特错了。这两种鸟都吃同样的昆虫，它们在飞行时捕捉虫子。不少人看过雨燕气势汹汹地扑向家燕或毛脚燕。

② 艾伦注：怀特言之有理，云雀的确以沙沐浴。

这小大杜鹃生性好斗狠勇，我逗了它一下，它便朝我的手指猛扑过来，拍打着双翅，就像一只愤怒的斗鸡。它那个傻傻的养母嘴上叼着一块肉，在一旁飞来飞去，显得非常焦虑。

今年7月，我看到好几只大杜鹃飞过一片宽阔的池塘。观察了一阵之后，发现它们时而在草丛，时而在空中捕食蜻蜓。不管林奈怎么说，我还是难以确信它们属于食肉的鸟类。

这个地区有些鸟在塞耳彭可是闻所未闻。今年夏天，成群的红交嘴雀飞临这座小屋旁的松林。听说纽黑文附近的路易斯河河口也常有河乌出没。我知道康瓦尔郡还有红嘴山鸦，它们的鸟巢通常筑在沿着苏塞克斯海岸一线的白垩崖壁上。

苏塞克斯冈从奇柴斯特绵延至路易斯，我在那里看到三五成群的环颈鸻，新发现这些候鸟让我非常开心。有人说它们在海岸安营扎寨是为了等到天寒便飞越海峡，且不论它们来自何方，这种说法似乎不足为信。冬季你看不到它们的身影，应该要到4月左右，才会回到我们这里。这种鸟显然性格温驯，看到扛枪的人也不害怕。布莱特埃姆斯通附近的丘陵地带还有大鸨出没。毫无疑问，您对苏塞克斯的山冈相当熟悉，路易斯周围的风物和马道令人叹为观止！

我沿着海岸策马而行，一路上睁大眼睛注意观察小径和丛林中有何动静，期望在这个时候还能发现一些聚集在海边准备迁徙的短翅夏候鸟。出乎意料的是，红尾鸲、灰白喉林莺、黑顶林莺、戴菊和斑鸫等，我连一只都没看到。前些年也曾遇到过这种情况，那时我几乎每年这个时节都会来此地考察。如今，海岸一带最常见的鸟有：黑喉石䳭、草原石䳭、黍鹀、赤胸朱顶雀、草地鹨和为数极少的穗䳭。这里的气候温和干爽，环境安谧，许多家燕和毛脚燕都迟迟不愿离去。

我造访的这家人有一个小院子，院墙内养了一只陆龟，已达30年之久。每到11月中旬左右，它就躲藏到地下冬眠，来年4月中旬又会爬出来。春天，刚刚苏醒的时候，它对食物兴趣不大。到盛夏时节，便胃口大开。随着夏季的逝去，它的食欲也与日俱衰。到秋季的最后六个星期，它几乎就啥也不吃了。它爱吃含有乳白色汁液的植物，莴苣、蒲公英和苦苣等都是它的美味佳肴。邻村也有人养了一只龟，据说已有100岁了。这个可怜的爬行动物，居然已经是个老寿星啦！①

---

① 艾伦注：有比这活得更长久的纪录。

红交嘴雀

/ 第8封 /

塞耳彭，1770年12月20日

尊敬的先生：

毫无疑问，对于国境内候鸟的迁徙状况尚需深入了解。每年冬天，成群结队的苍头燕雀飞到我的家乡，但鸟群中居然几乎没有雄鸟。就算雌雄比例相当，在同一个地区，也不可能生出这么多的小鸟，何况现在是只见雌鸟。由此可见，出于某种有益的目的，苍头燕雀在迁徙时雌雄分离，各行其道。入冬以后，这种鸟便不再交配，那也不足为怪。因为许多动物，尤其是公鹿和母鹿，不到发情期，通常是雌雄分居的。有关苍头燕雀的情况，可参阅《瑞典动物志》第85页和《自然体系》第318页。每年冬天，我都能看到成群的苍头燕雀，只是唯见雌鸟，不见雄雀。

有关英国鸣禽和飞鸟定期迁徙的情况，您的解释不无道理。"食物"是决定野生动物行为方式的一大要素，但还有一个与之相伴的要素，那便是"情欲"。您说："它们在一起大吃一顿，然后便分为五六只一群，在某一特定的区域各得其所，不愿再到新翻耕过的田地去谋食。"对此恕我不敢苟同。如果您的意思是说，从小麦播种结束到开始播种大麦和燕麦的季节，群鸟便各奔东西，不再聚集在一起。不过，我们这里情况却并非如此。农耕季节，云雀、苍头燕雀，尤其是赤胸朱顶雀都会聚集在田野，数量未必亚于隆冬时节。

每到春季，丘鹬和田鸫便会离开我们，显然是要准备飞渡大海，移居到一个更适宜繁殖后代的地方。丘鹬是先交配，然后才出发，所以雌鸟是受孕后再飞离的。我过去喜欢打猎，所以对这种情况比较熟悉。我们偶尔会听说，岛上某处发现的丘鹬的窝或小丘鹬，很可能确有其事。不过，把这种事当作奇闻，则未免有失偏颇。但是，我从来未曾听说过哪个猎人或博物学家竟敢声称，发现过白眉歌鸫和田鸫的巢或它们的雏鸟。尤其令我惊叹的是，夏季和冬季都有一样的食物，可供欧歌鸫和乌鸫这些同类的鸟维持生计，因此它们宁肯整个夏季都待在这里。可见，鸟儿的去留并不完全取决于食物。田鸫和白眉歌鸫何时飞离都与气候变暖时间早迟不无关系。我记得很清楚，1739年到1740年那个要命的冬季过后，寒冷的东北风到四五月还是刮个不停。这种鸟没有像往常那样按时离开，有些一直滞留到6月初。

上面提及的这些鸟究竟在什么地方筑巢，专门从事特定区域自然史的动物区系研究者最有发言权。林奈在其所著的《瑞典动物志》中写道：田鸫在最高的树枝间筑巢，同处一地的白眉歌鸫则在高度一般的灌木或树篱上筑巢。每次生6只蛋，壳呈青色，上面有大小不一的黑斑。这样的话，我们就可以断言，田鸫和白眉歌鸫的繁殖地是在瑞典。斯科波利在《自然史》中说，丘鹬春分时节，怀卵来我家乡，他的老家在泰罗尔。后来，他又补充道："它将鸟窝建在亚平宁山的沼泽林地中，生蛋3~5枚。"克雷默却认为奥地利不产丘鹬。但是，他说，"夏季，这种鸟生活在北方地区，在那里育出许许多多小鸟。临近冬季，到10月中旬满月时，它们就会成群结队穿越奥地利，向南方诸国迁徙。来年3月月圆时，经过交配之后，它们重返北国"。引文略有删节，欲观全文，可参阅《反驳论证》第351页。有关丘鹬繁殖地点的论证尚欠不足，不过，这段引文至少可以证明丘鹬的确是候鸟。

又及：近来潮湿多雨，路特兰郡三周的降雨已达7.5英寸，为该地区30年来同期最大降雨量。该郡年平均降雨量为20.5英寸。

费菲尔德教区长住宅

/ 第9封 /

邻近安多佛的费菲尔德，1772年2月12日

尊敬的先生：

我知道您对"候鸟迁徙"一说颇不以为然，国内相关的种种迹象似乎也证实您的疑惑不无道理。许多燕科的鸟雀在入冬后并不迁往别处，而会像昆虫和蝙蝠那样蛰伏起来，以沉睡来熬过漫长的严冬，直到春暖时节再度苏醒。①

不过，在我看来，对候鸟迁徙似亦不应一概否认，因为有些地方确实存在这种现象。我的兄弟住在安达卢西亚，他曾言之凿凿地告诉我确

---

① 艾伦注：这封信是对巴林顿所著《杂论集》的回应。巴林顿在《论一年中某些鸟类的定期出没》（见《杂论》第174页）中对鸟的定期迁徙提出异议，怀特对巴林顿的主观臆测表示附和。

有其事。无论是春季还是秋季,他都曾连续数周亲眼见到候鸟的迁徙。在那段日子里,成千上万的燕子由北向南飞越海峡,随着季节的转变,又从南向北飞回故地。浩浩荡荡的迁徙大军中不仅有燕子,还有蜂虎、戴胜和金黄鹂等。我们这里还有很多细嗉夏候鸟也会迁徙。当然也有一些一年四季不离本土的鸟,如品种不一的鹰和鸢。200年前,老贝隆有过一段精彩的描述,说是在那年春季,他亲眼看到大队的鹰和鸢飞渡色雷斯的博斯普鲁斯海峡,从亚洲飞向欧洲。除了上面提到的鸟,他还说,成群的雕和鹫先后加入迁徙部队,候鸟飞行军变得更为壮大。

烈日当空之时,栖息在非洲的鸟,尤其是食肉的猛禽,会迁往气候较为温和的地方。其中的原因不难理解,猛禽吃活物,致使热血偾张,性格暴躁,忍受不了闷热的天气。鸢和鹰体格强健,不畏严霜。根本不在乎英格兰乃至瑞典和整个北欧的酷寒。但是,为什么它们偏偏不喜欢安达卢西亚的冬季,急于从南欧撤离?对此,我百思不得其解。[1]

迁徙途中,海阔风骤,但不应过分强调这些风险。一只候鸟从英格兰飞往赤道,并不会在无边无际的大海上不停地飞行,它会飞渡多佛,取道直布罗陀。敢这样说,我可是底气十足。因为我的兄弟多次发现那里的鸟,尤其是燕子,在飞越地中海时善于省力,抵达直布罗陀时,它们并不——

  ……以楔形队列进发,
  ……并翼展翅,高高滑翔
  空中大篷车掠过大陆,越过汪洋,
  轻松自如地飞向远方……
      ——弥尔顿《失乐园》第7卷

---

[1] 艾伦注:十分有趣,瞧,我们这位伟大的博物学家始终对鸟类的迁徙问题难以忘怀。

而是六七只鸟组成小分队，一边探路，一边低飞，越过陆地，掠过海面，尽其所能寻找捷径，直奔海洋对面的大陆。它们通常往西南方向斜穿海湾，抄近路，飞向对面的丹吉尔。

我们曾在来往的书信探讨过，在明月当空的夜晚，丘鹬是否有可能从斯堪的纳维亚飞渡北海。事实表明，飞行速度较慢的鸟同样可以飞渡大海。我可以举例说明，虽然事情发生在多年前，却是情况属实，不容置疑。1708年到1709年的冬季，天气奇寒，有些人在苏塞克斯郡特罗顿教区打鸟，有人打到一只鸭子，脖子上的银项圈刻有丹麦国王的纹章。①特罗顿的教区牧师曾多次对我近亲言及此事。据我所知，牧师收藏了那枚项圈。

我现在没有住在海边的熟人，所以也就无人代劳观察一下丘鹬首次出现在哪一个月夜。假如我住在海边，花不了多少时间，我就能将有关详情告诉您。过去打猎时，我经常看到丘鹬没精打采、昏昏欲睡的样子，才被猎狗或枪声惊起，没飞多远，又会落地休息。我不知道这种懒怠的状态是否为长途迁徙过于劳累所致。

人们常说，新疆歌鸫从不光顾诺森伯兰和苏格兰，也不会飞临德文郡和康瓦尔郡。它们之所以不去德文郡和康瓦尔郡，并非因为那里天气不够暖和。有人想当然地以为，来自大陆的这些鸟穿过最短的路径后，却不再西飞，是因为西部太冷。这种臆测似乎有悖常理。

云雀是否用沙土洗澡，请将您的观察结果告诉我。我认为它们会用沙土洗浴，若果真如此，它们是否也会用水洗澡呢？

雷所谓的草地鹨为大杜鹃代劳养育后代，实在是个可怜的笨蛋。我在10月的信中曾提起过这事。

您来信嘱我逮一只环颈鸫，送给今秋来访的顿斯特先生，但收到此信为时已晚。等到4月鸟儿重归时，我会设法为他搞一只。得知您和那

---

① 怀特注：听说这类事情也曾发生在天鹅身上。

位先生都已看到我的安达卢西亚鸟,我很高兴,唯祈能如您所愿。罗伊斯顿鸦,或称灰乌鸦,是一种冬候鸟,它们和丘鹬几乎同时出现。它们的迁徙也和田鸫和白眉歌鸫一样,找不出十分明显的理由。它们在冬天的状态与同类的鸟相差无几,夏季想必也大同小异吧。泰南特小时候是否搞错了,会不会将檞鸫窝误认为田鸫窝了?

斑尾林鸽,即雷所称的鸥鸽,是本地最晚出现的冬候鸟,姗姗来迟,一直要到11月底才露出它的真容。20年前的塞耳彭,从早到晚,到处都能看到这种鸟,它们会排成一行,长度可达1英里左右。但随着榉树林的日趋稀疏,斑尾林鸽的数量也每况愈下。鸥斑鸠,也就是雷所谓的林鸽,一年四季都不离开我们,一个夏季就能孵化出好几窝小鸟。

收到您的10月来信之前,我在日记中写道:今秋的树木绿得不同寻常。绿意盎然的景象一直延续至11月,也许是因为迟到的春天和凉爽湿润的夏季。或许更可能是金龟子和树甲虫太多造成的,这些虫子将许多地方的树林啃得片叶不存,结果这些树在仲夏再度抽枝长叶,致使绿叶葱茏,一直延续到年末。

眼下我正在一位朋友家做客。他精通音乐,曾将律管设定在合奏调上来测试鸟叫,结果发现他家周围猫头鹰的啼鸣都为降B大调。等到春天来临时,他还打算去测试新疆歌鸫呢。

/ **第10封** /

塞耳彭，1771年8月1日

尊敬的先生：

　　猫头鹰的声调不会众口无异，大杜鹃的音量也不会千篇一律。一位朋友曾言，他那里绝大多数猫头鹰的叫声均是降B大调，却有一只仅为A大调的一半。他用常见的半克朗律管来测试鸟鸣，这是一种相当普通的伦敦定调管，琴师常用来调试大键琴的音准。

　　我有一个邻居，听觉非常灵敏。他曾说村子里猫头鹰有三种不同的声调：降G大调或升F大调、降B大调和降A大调。他听到两只猫头鹰一唱一和，一只发出降A大调，另一只则为降B大调。试问：不同的声调是发自不同的鸟类，还是发自同一类鸟中不同的个体？我们这里仅有一种大杜鹃，那人经过测试却发现它们的声调高低不一。在塞耳彭林地周围，大杜鹃的叫声大都为D调。他听到两只鸟同时啼鸣，一为D大调，一为升D小调，听起来很不谐调。后来，他还听到一只大杜鹃发出升D调，在沃尔墨林地则听到过大杜鹃发出C大调。他说新疆歌鸲的叫声非常急促，变调太快，所以无法测准它们的音调，如果在笼中或屋内，或许会更易辨别。此人还试图测定雨燕和其他几种小鸟的声调，但是无法将其归入既定的标准。

　　我常说，白眉歌鸫之类的鸟最先感到受不了寒冬天气，怪不得一入冬便从斯堪的纳维亚半岛逃到我们这里。高脚类的鸟更不耐寒，随着冬季的临近，它们就早早逃离了北欧。"涉禽往往集体行动，仿佛事先已有共谋。它们说走就走，转眼间便飞得一只不剩。夏季，天气炎热，土地干燥，虫子难以生存，鸟在南方便待不下去。冬季它们离开北方也是出于相同的原因。"瑞典人埃克马克如是说。您正在研究鸟类迁徙这个问题，不妨读一下他写的《论鸟的迁徙》。这篇文章篇幅不长，观点新颖，刊于《问学之乐》第4卷第565页。

鸟的迁徙，往往因地而异。在某国会迁徙的鸟，在另一国则未必。但是，高脚类的鸟在冬季必然要离开北欧，否则就会饿死，因为它们全靠湿地和沼泽中的食物为生。①

得知您向林奈询问有关丘鹬的情况，我很高兴。他熟悉那里动物区系的情况，想必能对那里的动物的习性给出详尽的解释。

研究动物区系的学者往往并不满足于同物异名之类枯燥的描述，道理很简单，因为这样的描述，只要坐在书房内就能完成，而探究动物的生活习性则绝非易事，他必须深入乡野，酷爱运动，具有强烈的好奇心，才能有所成就。②

我认为，在一些细微的差别方面，国外的分类法显得不够清晰，通常仅指出一两个特征，其余多为陈词滥调。若论下笔精准，观点鲜明，非我们的同胞——杰出的雷先生莫属。追随并效法雷先生的后辈，虽然能借助新发现和现代信息的优势，却依然难以企及雷的造诣。

我不在野外打猎已有多年，记不清楚丘鹬什么时候动作迟钝，什么时候活泼机灵。曾和一位朋友谈及此事，他说据他的观察，丘鹬在风雷交加的天气最无精打采，若果真如此，那就是因为之前吃得太饱。人们经常看到，在暴风天前夕潮湿的夜晚，山羊也会大吃草料。

---

① 艾伦注：有关鸟类迁徙的原因，食物因素的作用要大于气候因素。
② 艾伦注：怀特此言为近代自然史学派的发展定下了基调，达尔文则使之臻于顶峰。他们的兴趣不仅仅在于分类，更注重动物的真实状况和生活习性。

/ 第11封 /

塞耳彭，1772年2月8日

尊敬的先生：

寒冬时节，骑马出行，但见群鸟飞舞，声势浩大，每每令人情不自禁赞叹不已，唯愿能尽绵薄之力，阐明这一冬季才有的奇特景象。左右禽兽行为的两大动因无非是情欲和食欲。前者让种族繁衍不息，后者使个体得以生存。两大动因中究竟主要是哪一个因素致使鸟类集体行动，这尚有待于进一步探究。至于情欲，毫无疑问一年中总有一段时间，鸟儿并不总是缠绵于柔情之中。一到发情期，雄鸟争风吃醋，几乎难以在同一片树篱或田野里安然相处。它们兴致勃发，啼鸣不已，在我看来，无非是为了竞相向雌鸟示爱邀宠。在春季，鸟儿之所以不喜群居，多半也是出于好妒的本性。

不妨再来谈谈食物。人们想当然地以为，在食物不足的时候，鸟类出于本能应该不会聚集在一起觅食。实际上，气候严酷，鸟儿反而喜欢聚集在一起。天越冷，鸟群的规模越大。这样的行为显然是出于自利和自保的本能。是不是因为天气恶劣，它们感到无助才聚集起来，正如人类在大难临头时也会莫名其妙地聚集在一起。结伙抱团或许能驱走一点寒意，在面对猛禽的攻击和其他种种险情时，多少也会感到更有安全感。

同类的鸟喜欢群居固然令人赞叹，品种不同的鸟也爱聚集在一起，并能和睦相处，则更让人称奇。一群寒鸦紧随着秃鼻乌鸦群，也许不足为奇，但秃鼻乌鸦身旁总有许多紫翅椋鸟如众星捧月一般不离左右，这就有点令人费解了。难道是因为秃鼻乌鸦嗅觉更灵，能将它们领到食物更多的地方去吗？据解剖学家说，秃鼻乌鸦双眼中间有两条大神经通向上颌处，所以它们的嘴巴比其他圆喙鸟感觉更加灵敏，能够察觉到视线之外的食物。看来那些尾随者也是为了有利可图吧。就像猎犬按猎人的示意而动，狮子会追寻豺狼的叫声而去。凤头麦鸡与紫翅椋鸟有时也会相伴而行。

第12封

1772年3月9日

尊敬的先生：

 去年11月4日，在路易斯河口附近的纽黑文，为了考察自然界的知识，我和一位先生沿着海岸一路前行。有三只家燕突然从我们身边倏地飞过，把我们吓了一跳。那天早上，朔风劲吹，寒意甚浓。前些时，天气大体还算不错，中午时分尤其暖和。亲历此事，加上以往多所耳闻，我越发相信，燕类的鸟大多冬季不会飞离本岛，而会像昆虫和蝙蝠那样藏身洞穴，直到气候变暖再出来。以后，再重新回到洞中。假如我住在纽黑文、西富德、布莱特埃姆斯通或任何一个位于苏塞克斯海岸附近的小镇，通过适当的观察，我就可以充满自信地声称，只要中午气候和煦宜人，阳光普照，生机勃发，肯定可以看到燕子活泼的身影。此外，我曾提到过的一件事，也不失为有力的佐证。燕子一般在4月13日或14日这两天出现，如果朔风劲吹，天气恶劣，它们就会迅速撤退，蛰伏数天后，待到气候转好时重新归来。①

---

 ① 艾伦注：这些燕子若不是死于寒潮，便是迁徙到了南方，直到天气转暖后再回归。不过，我认为很可能是被冻死了。

/ 第13封 /

1772年4月12日

尊敬的先生：

去年秋天，我曾造访苏塞克斯，寄寓于路易斯附近的一个村庄，在那里给先生写过一封信。信中提到的那只老龟已在11月1日开始掘土，在长满獐耳草的地方营造越冬巢。它用前爪刨开泥土，后爪将泥拨到身后，动作极慢，与时针的速度不相上下，令人哑然失笑。据说乌龟性交时也是这般不急不躁，交配一次耗时竟达一月。它不分昼夜地刨土挖洞，硬生生地将自己肥大的身躯挤进狭窄的洞穴，干活时的那股韧劲简直无与伦比。不过，只要中午气温升高，阳光灿烂，它就会动辄停工，被午后的暖意引到洞外。我在那里一直待到11月13日，它的洞穴还没有最后竣工。遇到恶劣的天气或霜重的早晨，它会加快工程进度。最让我惊讶的是，它极怕下雨。龟壳很硬，哪怕载重大车从背上碾过，乌龟照样安然无恙。但它最忌雨水，就像盛装出行的女士，天一下雨，便会慌忙钻到墙角，唯恐避之不及。关注它的行为，便可预知天气雨晴。如果它在早上踮着脚尖，跑得十分欢快，并大口猛吃，那么，傍晚肯定有雨。乌龟是典型的昼行性动物，天一黑，它就不再乱动了。和其他爬行动物一样，乌龟的肺和胃功能极佳，可以任意而为，每年有很长一段时间竟能不吃不动，照样存活。春天刚苏醒时，它不吃不喝。晚秋行将冬眠之时，同样点食不沾。盛夏时节，它却非常会吃，看到任何食物，便大口吞入肚皮。出乎我的意料，这只乌龟相当聪明，竟能认出善待自己的主人。那位慈祥的老妇一出现，它就会拖着笨拙的身子，立刻爬向这个赡养自己30年的恩人。对于陌生人，它却摆出一副爱答不理的样子。

看来，不仅是"牛识主人驴认槽"①，连卑微蠢笨的爬行动物也有感恩之心，能够识别那只喂食之手。

又及：我离开苏塞克斯三天后，那只乌龟钻入了獐耳草皮下的土洞。

---

① 怀特注：《圣经·以赛亚书》第1章第3节。

/ 第14封 /

塞耳彭，1773年3月26日

尊敬的先生：

动物之间天生的爱怜，令人越想越觉得难以捉摸。情感之热烈固然令人惊叹，但更令人称奇的则是它持续时间之短暂。母鸡有时会成为院子里"悍妇"，小鸡越弱，母鸡越勇，为了保护小鸡，它敢于和狗或猪当面对峙。但几个星期后，却又忍心将儿女从身边赶走，真是何等无情。

即便是禽兽，天伦之爱也能使其激情得以升华，心智得以开放，感觉更为敏锐。母鸡一朝成为母亲，便会性情大变，一反往日温驯谦和的脾气，动不动就竖起羽毛，拍打着翅膀，喉咙里发出咯咯的吼声，东奔西跑，一副失魂落魄的模样。为了稚儿免受侵害，母鸡敢于直面危境。所以为了保护一窝无助的小鸟，山鹬竟在猎人面前飞来飞去，故意装出昏头昏脑的样子，以便引开猎狗。在筑巢期间，最纤弱的鸟也会奋起抗击最凶残的食肉猛禽。一看到鹰，村里的燕子就会马上奋起反击，与其纠缠不休，直到鹰败兴而走。一位老练的观鸟者常说，有一对渡鸦在直布罗陀的岩石上筑巢，它们绝不容忍任何雕或鹫在附近出现，一旦发现，就会怒气冲冲地将它们从山上赶走。在孵卵期，蓝矶鸫也常常会从石缝中冲出来，驱赶红隼或雀鹰。假如你站在育有小鸟的鸟巢附近，母鸟绝不会因为怜爱幼鸟而疏于防范，为了不暴露鸟巢的位置，它会叼着肉，在远处徘徊近一小时之久。

为了证实上述看法，我还得旧话重提，想必您不会嫌我说话啰唆吧。

《动物学》一书提到的一种鹟，也就是雷所谓的斑鹟，每年都在我家依墙而攀的葡萄藤上搭窝。有一年，鸟儿糊里糊涂地将巢筑在一根光秃秃的枝上。可能因为当时天气比较阴凉，它们没能预料到日后的诸多不便。雏鸟羽翼未丰，灼热的夏季便降临了。从墙面反射回来的阳光使鸟巢酷热难耐，这样下去，娇弱的小鸟早晚会被热死。爱子心切的父母急中生智，赤日炎炎之时，它们张开翅膀，在鸟窝上方不停地盘旋。虽然老鸟热得气喘吁吁，却为雏鸟树起了一道隔热的屏障。

　　在此不妨再举一例，来证明鸟儿的睿智。有一只柳莺将鸟窝建在我的田垄上，我和一个朋友发现母鸟正在抱窝，它以警戒的目光盯着我们，我们小心翼翼，唯恐惊了它。几天后，路过那里，我们很想瞧瞧孵化的情况，却找不到鸟窝了。后来我掀开一捆绿苔，发现下面有个鸟巢，看似随意堆放的绿苔，原来是为了转移入侵者的视线。

　　动物的聪明大半出自天分。有一天，为了给温床添加新肥，雇工拉开上面的挡板，有一只动物从侧面猛地蹿了出来。它动作敏捷，模样怪异，经过一番折腾，总算将它逮住，原来是一只白腹田鼠。它个头不小，身上还吊着三四只幼崽，嘴和爪子紧紧地抓着母鼠的奶头。母鼠蹿上蹿下，动作极快，幼鼠还没长毛，也没开眼，居然没掉下来，令人啧啧称奇。

　　动物固然有温情脉脉的一面，与之相对的却是极为暴躁的脾气，对留心观察自然的人来说，这种现象屡见不鲜。由于主人疏于管理，将它们的窝东挪西移，盛怒之下，雌性的禽兽甚至会吃掉自己的孩子！猪就会犯下这等有违伦常的弥天大罪，性情较为温和的狗和猫有时也会做出如此残忍的行径。以至于有时听说被遗弃的母亲虐杀自己的孩子，我也并不感到十分出乎意外。当理性被践踏，恶念肆虐之时，任何骇人听闻的罪恶都会发生。动物的亲子之爱往往十分强烈，但有时为什么竟会一反常态呢？看来这个问题只能让高明的哲人来解答了。①

---

① 艾伦注：无论是人类还是低级动物，母亲产后有一段时间情绪波动相当厉害，暴躁、恐惧、忧郁、痛苦，乃至行为反常，这一点已经为人所公认。情绪错乱后，往往会丧失理智，做出极端的举动。

仓鸮

/ 第15封 /

塞耳彭，1773年7月8日

尊敬的先生：

　　日前有几个小伙子在沃尔墨林地边上的池塘里打猎，他们抓到好几只小野鸭。其中有数只活禽虽然个子不大，羽毛已经长齐，仔细一看，原来是绿翅鸭。想不到在英格兰南部居然也有绿翅鸭，这真让我感到喜出望外，这个发现值得在自然史上大书一笔。

　　从我能够记事起，就有一对仓鸮经常到这座教堂的屋檐下筑巢。在繁殖时节，我整个夏季都特别注意观察它们的生活习性，所以下述观点想必不无可取之处。每当夕阳西下的一个小时之前，田鼠开始外出活动，这对仓鸮也开始了狩猎行动。田鼠似乎是仓鸮唯一的食物，它们在树篱内的草地和小片的围场仔细搜索，捕捉田鼠。那里的地势高低不平，站在高处，便可看到仓鸮如警觉的猎狗，一次又一次地冲向草丛或庄稼地。我曾花了一个小时，用手表来测量它们活动的频率，发现每隔五分钟，就有一只返回鸟巢。这时我就会感叹，只要事关自身和后代的安康，动物竟会表现得如此机敏。在此，我还得描述一下它们返巢时的本领。仓鸮用利爪抓着猎物飞回去，但降落时须用脚着地，于是它们便先飞到教堂的高坛上，用嘴叼住猎物，腾出双足扣住墙板，钻进屋檐下的鸟窝。

仓鸮似乎根本不会大声叫嚣（我吃不准眼下这对仓鸮的情况如何）。在我看来，只有森林中的猫头鹰才喜欢狂呼乱叫。这对仓鸮也会叫，发出咝咝的声音，犹如打鼾，听起来挺恐怖的。有一次村民听到这样的啸叫，还以为教堂闹鬼了，纷纷抄起家伙准备自卫。仓鸮常常边飞边叫，啸声带有肃杀之气，平民百姓觉得那是不祥的预兆。迷信的人认为这种凶鸟停到窗前，家中必有将死之人。我仔细观察过各种猫头鹰，发现它们翅膀上的羽毛都十分柔韧。正因为如此，它们才能悄无声息地掠过夜空，一举逮住那些灵巧而警觉的猎物。

谈到猫头鹰，在此不妨说说威尔特郡一位绅士告诉我的事情。他家乡有一棵被截头的椈树，又粗又大，树心已经烂空，几百年来，一直是猫头鹰的府邸。掘倒那棵树时，他发现底部有一大堆东西，也不知道究竟是什么。经过查验才看出，那是这里长年来的居民从嗉囊里吐出来的老鼠残骨（也许还有鸟和蝙蝠的遗骨）。就像鹰一样，猫头鹰也会把吃下去的骨头、毛皮和羽毛吐出来。他告诉我，那堆残骨竟达数蒲式耳。

灰林鸮叫起来喉咙胀得如鸡蛋那么大。我知道曾有一只灰林鸮终年不喝水，也许所有食肉的猛禽都是这样。猫头鹰的脑袋又大又沉，飞行时双腿向后伸展，从而身体得以平衡。夜间活动的鸟类往往眼大耳大，所以脑袋也大。我推测，眼睛大，才能窥见每一道光线，耳朵又大又凹，才能察觉到最微弱的动静。

/ 附录 /

有一事须先行交代：第16、第18、第20和第21封存信，均曾发表于《哲学会刊》，后经深入观察，对旧文多处修正增补。此次结集再版，还望读者不以为忤。如果不收入这几封信，本书就会显得有所欠缺。况且，许多读者无缘接触初版，对他们而言，这些内容仍是新的。

燕子性情温和，乐于群居，招人喜爱，它们从来不去糟蹋园中的水果，称得上是最最有益无害的鸟类。除了一种燕子，其他燕科鸟都喜欢寄居在民宅中。燕子秋去春来，歌声悦耳，身姿敏捷，真是人见人爱。它们吃掉排水口里扰人的蚊子和其他害虫。在南太平洋的爪亚奎尔①，有些荒无人烟的地区，那里毒蚊成群，铺天盖地，人们根本无法在沿海一带生存。那里为什么没有任何一种燕科鸟呢？这个问题倒是颇值得探讨一下。我们这个国度，每当夏日夕阳西下之时，便能看到群蚊乱舞。燕子益人，若是没有它们的相助，可想而知，蚊子会猖獗到何等程度。

各种各样的鸟身上都长有各种各样的虱子，但似乎只有燕科鸟为双翅类昆虫所扰，每一种燕科鸟身上都有这样的寄生虫。相对燕子而言，这种虫子个头不算小，由此造成的痛苦想必也不会少。这种昆虫的学名为燕虱蝇，翅膀呈锥形，寄生在每一个燕子窝内。燕子孵蛋时体温升高，虫子附体而生，在鸟的双翅下爬来爬去。

"林虻"是英格兰南部马夫常见的一种小虫，它总是像螃蟹那样侧身而行，所以也有人称其为"横行虻"。它寄生在马尾下方的腹股沟处，初次从北方过来的马会感到奇痒难忍，几近疯癫，本地的马却能处

---

① 怀特注：参见乌勒阿《旅行纪实》。

之泰然。

  雷奥米尔先生好奇心甚强，他曾发现这种昆虫的卵（或者说是蛹）很大，和成虫大小相差无几。他还把虫卵放在自己的怀里加以孵化。人们不难在燕巢中发现这种虫蛹又黑又亮的外壳。限于篇幅，在此不便进一步展开。欲知详情，可参阅这位可敬的昆虫学家所著的《昆虫志》第4卷图11。

/ 第16封 /

塞耳彭，1773年11月20日

尊敬的先生：

应先生所嘱，我将静下心来，描述一下毛脚燕的习性。这种本地的小鸟，大家都非常熟悉。此文若能得到您的嘉许，我可能还会进而探究不列颠其他的燕科鸟，诸如家燕、普通雨燕和崖沙燕。

每年4月16日前后，便有几只毛脚燕开始现身，家燕比它们来得还要早些日子。最初这段时间，燕子并不忙于筑巢，它们飞来飞去，到处嬉戏。如果它们确是候鸟，这样做也许是为了消解旅途的疲劳，也可能是因为漫长的严冬使其关节麻木，它们要活动一番，以便打通血脉，舒展筋骨。约到5月中旬，只要天气晴朗，毛脚燕便开始认真考虑为一家老少营造府邸。燕巢的外壳是用附近的泥巴和熟土建成，其中掺和了一些碎稻草，使其更为牢固。燕巢大都造在垂直的墙上，下面没有任何支撑，因此必须竭尽全力打好基础，然后才能层层加高。此时，它就用双爪紧扣墙壁，尾巴顶在墙面上作为支点，这样它才能安稳地进行作业，将各种建材粘在砖石的表面。如果基座湿软，就会因自重而塌陷，好在"建筑师"富于远见，考虑周到，干起活来不急不躁。它们只在上午工作，其余时间则用来觅食和游玩，这样就能让燕巢干透变硬。也许正是受到这种小鸟的启发，谨慎的工匠用泥砌墙时，往往在抹上一层厚度适中的泥土后就停工，从而避免墙体承受不起自重而垮塌。燕子以这样的方式筑巢，经过10~12天，半圆形的鸟巢就建成了，上面有一个小口，牢固结实，保暖宜居，完全符合最初的设想。可是，巢才建成，家燕便强行撵走主人，将新屋据为己有，并按自己的习性布置燕巢。这种事情经常发生，也是见怪不怪了。①

　　造物主不为无效之功，燕子筑巢亦复如此，辛辛苦苦建造起一座大宅，总得住上几年，靠它挡风避雨，在里面生儿育女。燕巢的外壳凹凸不平，相当粗糙，细观内部，虽然也不见得平整，但铺有碎麦秸、青草和羽毛，有时还会有一层用苔藓和杂毛拼织成的床垫，既柔软，又暖和，相当适合孵卵。经常在筑巢期间，它们便会在里面交尾生产，雌燕每次产下3~5枚白色的卵。

　　刚出壳的幼鸟身上没毛，体质虚弱，全靠父母悉心照料，它们及时将幼鸟的粪便叼到窝外扔掉。燕巢深幽幽的，要是没有这些慈母慈父打扫卫生，小鸟恐怕早就给臭气熏死了，因为鸟粪极具腐蚀性。四足动物也讲究卫生，尤其是狗和猫，幼崽沾上粪便后，母亲会马上把它舔干净。鸟类自有其特殊的手段，它们的粪便外面包有一层较硬的胶状物，容易搬运，也不会东涂西抹，搞脏鸟巢。鸟爱干净，出自天性，用不了多久，小鸟在排便时就会将尾巴伸到巢外。小燕子一长大，便不甘藏匿在巢内，而喜欢整天在巢口探头探脑。雌燕会抓住鸟巢的边沿，从早到晚忙于给幼鸟喂食。有些时候，它们一边飞，一边喂食，动作非常迅速，堪称绝技。你的注意力必须高度集中，否则根本察觉不到它们在干什么。一旦小鸟能够自食其力，母鸟立刻就会倾心关注孵化下一窝小燕。在晴朗的早晨或傍晚，这些失去了父母的照管，却已羽翼丰满的小鸟便聚集成群，盘旋于教堂的尖塔和民居的屋顶上。通常在8月的第一个星期，这些小鸟便开始集体行动，由此可见，第一窝小燕的群体飞行已大功告成。小燕子告别老家并非同时倾巢而出，一些早熟的要比其他雏燕先走几天。看到有些燕子在屋檐下飞来飞去，嬉戏玩耍，人们会以

---

① 艾伦注：曾经有毛脚燕在我的屋檐下筑巢，因此我将家麻雀窝移走，前后至少移了12次。每次移走后不久，家麻雀就会衔着筑巢的枝叶，在周围跳来跳去，看上去十分调皮。它们摆出一副傲慢无礼、不依不饶的样子，似乎在声称："谁会怕你？我们就是要在这里做窝，看你怎么办！"好在它们最终还是被我们搞得累坏了，只得放弃。毛脚燕这才得以在此安居。

为每个窝内总有几只老燕。燕巢的选址往往相当随意，开工后，又经常半途而废。①但是，只要在某个隐蔽的地方造好了一个窝，通常能用上好多年。与筑新窝的燕子相比，回老巢的燕子往往较早生蛋，一般要提前10天或两个星期。这些能工巧匠非常勤快，在昼长夜短的日子里，它们凌晨4点就开始工作。燕子飞快地晃动着脑袋，用下巴将建筑材料涂抹在墙上。在炎热的天气下，它们有时会在飞行途中蘸水洗洗身子，不过次数不如家燕那样频繁。人们注意到，毛脚燕的巢通常面向西北或东北，这样就能避免因暴晒而裂坏。当然也有相反的情况，记得曾有许多毛脚燕，多年来在一家旅馆闷热的院子生长繁衍，它们的窝都面朝南方。

　　一般而言，鸟在筑巢时大多善于选址。但是，在我家附近，每年夏天都能看到一种相反的情况。在一片空地上，坐落着一栋没有屋檐的房子，每年总有几只毛脚燕来到此地，将燕巢搭在窗户的角上。窗角甚浅，而且面朝东南和西南，所以大雨经常冲坏燕巢。夏日周而复始，燕子却始终任劳任怨地在原址重新动工造窝，既不改变朝向，也不移居他处。燕巢被冲坏一半时，燕子就开始衔泥补窝，忙个不停，瞧那辛苦的样子，真是怪可怜的。本能的反应真是千差万别，有时绝对精明，有时何其愚蠢！毛脚燕喜欢光顾市镇，尤其喜欢那些附近有江湖水域的地方，甚至爱去空气浑浊的伦敦。它们不仅在市郊的区镇筑巢，在河滨街和舰队街也能看到燕子窝。它们的羽毛脏兮兮的，显然是沾染了空气中的煤灰。在四种燕科鸟中，毛脚燕的动作最不灵活。它的翅膀较短，尾巴也不长，所以不能像家燕那样在空中急速盘旋，左右翻飞。它们只是平缓地在空中滑翔，几乎从不直击高空，也不急速下降，飞快地掠过地面或水面。它们不为觅食而远行，却喜欢待在隐蔽的去处，如幽静的湖边、偏僻的山谷和树木浓郁的地方，在大风肆虐的天气更是如此。在燕

---

① 艾伦注：通常是由于家麻雀搞乱，或是因为有些墙体没法挂住鸟巢。

怀特的橡树

科鸟中，毛脚燕繁殖的时间最晚。在1772年，时间已迟至10月21日，燕子窝内还有未离巢的雏鸟。在米迦勒节之前，羽毛未丰的幼燕还是很多的。

在夏季行将终结的那段日子里，第二窝雏燕相继出巢，结群而行的燕子也日益增多。最后，泰晤士河边村落周围的燕子多得不计其数。燕群飞往河中小岛的歇宿处时，漫天飞舞的燕子竟使天色变得昏暗。燕子成群飞离本地的时间大约在10月初，不过，最近几年，11月3日至6日，这里仍然可以看到许多燕群。本来人们以为它们早在两个星期前就离开了，可它们偏偏还要待上一两天。由此可见，毛脚燕是最迟离开我们的鸟。如果燕子没能重回出生地，那么，除非它们本来就短命，否则就可能不知在什么地方，因为某种原因遭遇了劫难。因为每年回归故地的燕子与离开时的数量往往不成比例。

毛脚燕从腿到脚趾长有柔软的绒毛，这是它们与同科鸟的区别所在。它们不是鸣禽，但也会在巢内轻轻地嘀咕几声。①在抱窝的时候，它们可得饱受虱子的骚扰。

---

① 艾伦注：在飞临鸟巢、准备喂食时，它们会发出叫声，呼唤雏鸟。

/ 第17封 /

路易斯河附近的灵默镇,1773年12月9日

尊敬的先生：

　　正打算起身前往灵默之时，获知拙文得到您的赞许，真是不胜欣慰。文中所论，均基于鄙人历年观察，自信内容基本上准确无误。当然，我也不敢断言此文毫无瑕疵，无须其他敏于观察的人有所补正。毕竟这门学问的探讨是永无止境的。

　　若认为拙文倘若能入贵协会的法眼，尽可供其一阅。本意原为对动物的生活习性有更深入的了解，从而能为博物学的研究略尽绵薄之力，但愿贵协会能拨冗审察。或许，今后我的兴趣还会延伸到家燕以及其他燕科鸟的研究。

　　30多年来，多次造访苏塞克斯冈。群山巍峨，胜景不绝，每年到此，感受常新。从奇柴斯特向东到伊斯特郡，这段山脉长约60英里，人称"南冈"，确切地说，那是一片环绕路易斯河的区域。途经此地，但见景物壮观，一边是森林和旷野，另一边是广袤的山冈和辽阔的海洋。雷先生当年曾经造访山冈下的一户人家①，普拉普顿的景色让他心醉神迷。他在《上帝造物的智慧》一书中对这里的景色赞不绝口，认为这里的风光绝不亚于欧洲任何一处美景。

　　石头山陡峭崎岖，形态怪异。与之相比，我更偏爱错落有致的白垩丘陵，土山的景致更为妩媚可人。②

---

① 怀特注：丹尼的考特索普先生。
② 艾伦注：在此我们可以再次领略18世纪的风尚。在他们眼里，山石嶙峋显得形状怪异，面目可憎。那个时代，人们推崇的景色是"妩媚优雅"，荒山野岭则太可怕，令人望而却步。

我的观点或许与众不同，在此直抒己见，似乎也有点不甚得体。每当大山引起我的沉思，我总会情不自禁地联想到蘑菇生长时的模样——外表光滑，缓缓隆起。那起伏不平的山梁、静谧幽深的山谷、排列有序的斜坡，颇具植物发芽展枝时的风范……或许，在某个时期，外来的潮气致使大片石灰质的物质发酵膨胀，从而将山体塑造成这般模样，致使它宽厚的脊梁直上云天，那些呆滞的黏土则被沉积在旷野上。①

根据我对房子周边山丘的测量，它们要比原野平均高出500英尺左右。

至于绵羊，有件事值得一提。如果向西一直走到阿杜尔河，那一带几乎看不到一只没角的绵羊，所有的绵羊都有角，脸部长着光滑的白毛，腿上的毛也是白色的。可是一旦向东渡过阿杜尔河，登上比丁山，你就会发现，那里的羊全都没角，当地人称之为"秃羊"。那里的羊脸上长黑毛，前额上有一撮白毛，腿上的毛也是有黑有白，斑驳相间。你会联想到《圣经》所述：拉班的羊在河的这边吃草，他的女婿雅各在河的另一边牧羊，他的羊身上全是斑斑点点的。从布兰墨谷和比丁山向东，以及向西面一带，山冈两侧的羊品种毛色都迥然不同。如果你问牧羊人，这是怎么一回事？他会回答道：向来如此，难以深究。如果你问，能不能将不同的羊群易地而牧？他会笑你头脑太简单。不过，有一位住在奇柴斯特的朋友人很聪明，也不怕别人嘲笑，他决定在今年秋季试验一下，将一些黑脸无角的公羊和他自己在西边的长角母羊群混在一起放养。黑脸无角的羊两腿极短，羊毛的质量最优。

过去我从未在年末时节造访苏塞克斯冈，所以这次决心要尽可能好好考察南部海岸区域，寻找短翅夏候鸟。我们花了不少工夫考察燕科鸟的撤离，对于冬季为何不见这种短翅鸟的踪影却所知甚微，它们的消

---

① 艾伦注：我们现在知道，这种形状是由于雨水的侵蚀所致。雨水的侵蚀使草皮下的白垩层渐渐流失，白垩层下面厚厚的土层曾经从北面的丘陵向南面的丘陵扩展。白垩层的中心部位长期受到侵蚀，不过，其中较为坚硬的部分依然覆盖着原土，只是侵蚀的过程仍在慢慢地持续中。

失更为离奇，其中的原因也更令人费解（此言不足与外人道）。毫无疑问，燕子冬眠并不罕见。但如果想迁徙，它们也是完全有长途迁徙的能力。欧亚红尾鸲、新疆歌鸲、灰白喉林莺、黑顶林莺这类鸟却未必有长途飞行的本领，但也从没听说有人曾见过这类鸟会冬眠。人们每天每日都能看到在本地越冬的小鸟，而红尾鸲这类鸟通常是成群结队的，如果它们也每年在这里过冬，又怎么可能完全躲过人们好奇的目光呢？尽管我倾心观察，却始终未曾捕捉到一只夏候鸟的身影。秋季本应有很多穗䳭，牧羊人能靠捕鸟来挣点外快。据我所知，在英国南部，冬季很多地方都有这种鸟，我这次却一只也没见到，真是太奇怪了。有些牧羊人头脑相当灵活，他们告诉我说，3月，山冈上出现过一些穗䳭，它们很快便躲到养兔场石矿那边去孵小鸟。山冈上的休耕地里不时会翻出一窝小鸟，往往被人们当作稀奇事。到收割麦子的季节，就能捕获许多穗䳭，大批量的鸟被运到布莱特埃姆斯通和顿桥去卖，出现在高档餐厅的酒桌上，绅士们将它视为佳肴。穗䳭飞离的时间，大约在米迦勒节前后，直到次年3月才会重新露面。在麦收时节，路易斯周边的南冈上会飞来许多穗䳭，但在山冈东面的伊斯特郡，这种鸟更是多得不计其数。有一个现象值得注意，虽然人们能在盛季捕到成百上千的穗䳭，可是它们从来不会成群结伴地行动，很少有人看到过三四只以上的穗䳭聚集在一起。想必它们一向是来去匆匆，代代相承。看来也从来没有人将穗䳭带过顿桥，送到阿伦河以西的地方。

我最近一直在注意环颈鸫迁徙的情况，特别想知道在眼下这个季节它们是否依然待在山冈上。过去，在10月中旬，从奇柴斯特到路易斯一带，凡有灌木和树丛处，我都看到过穗䳭，这次却一只也没见到。仅看到几只云雀、草原石䳭、一些秃鼻乌鸦，偶尔还看到几只莺和鹞。

每年仲夏，总会有一群红交嘴雀来到屋子附近的小松林，但不久就会飞走。

上次信中提到的老乌龟还在这家的花园里。它在11月20日躲入洞中，30日又钻出来待了一天。如今，它钻到了朝南的墙脚下，那里的土质潮湿松软，它居然浑身裹满了泥土！①

这里屋旁有个很大的秃鼻乌鸦窝。天气暖和时，老鸦一天大部分时间都待在窝里，看来此处吃喝不愁，日子过得挺自在。一到冬季，它们在黄昏时都要飞到丛林深处过夜，只是白天在经过此地时顺道逗留片刻。黎明时分，它们又会重访故居，而且往往还有一群寒鸦先期到达，仿佛就像是秃鼻乌鸦的先遣部队。

哈克小径

---

① 艾伦注：怀特的侄子已将这只老龟的壳捐赠给大英博物馆，现收藏在南肯星顿的自然史部。

/ 第18封 /

塞耳彭，1774年1月29日

尊敬的先生：

家燕，又名"烟囱燕"，肯定是英国燕科鸟中最先现身的。根据我长年观察所得，它们抵达此地的时间是4月13日前后。[1]有时也会有个别失群的燕子来得更早。少年时代，记得是在一个天朗气清阳光和煦的"周二忏悔日"，从早到晚，我一直在观察一只家燕的动静。具体时间大概是在2月初，应该不会迟于3月中旬。

值得说一下的是，人们最早看到家燕的地方，往往是在湖畔或磨坊的水池边。还有一点不同寻常，先期抵达的燕子如果正巧遇上霜雪天，如1770年和1771年那般严酷的春寒，它们就会立刻退避一段时间。在这种情况下，"躲避"自然胜过"迁居"，与其长途飞行到较暖的地方待上一两个星期，不如就近在越冬巢内暂避风寒。[2]

虽然家燕又名"烟囱燕"，可它们绝对不会举家蜗居在烟囱里，倒是经常在谷仓或厅堂的房椽上筑巢。早在维吉尔时代就已如此：

...Ante
Garrula quam tignis nidos suspendat hirundo.
燕子啁啾，

---

[1] 艾伦注：此后的观察者已达成共识，即崖沙燕通常比家燕早到七八天，我的经验也与此吻合。在海恩德海德，毛脚燕回归故居之前，崖沙燕经常绕屋而飞，捕食蚊蝇。一旦毛脚燕回巢，崖沙燕便远离民舍，飞舞在沼泽旷野的上空。

[2] 艾伦注：怀特重蹈覆辙，这些燕子很可能已被冻死。

> 悬巢于椽。
>
> ——维吉尔《农事诗》第4首

瑞典的家燕在谷仓内筑巢，又被叫作"谷仓燕"。除了英式房屋，在欧洲比较暖和的地区，房子大多不装烟囱，那里的燕子通常在门廊、门道、走廊和厅堂这些地方做窝。①

不管在哪，总有鸟儿会喜欢居住在一些怪异的地方。我们那里有一口老井，过去人们在那里取土酿肥，曾有一只燕子把窝搭在老井的椽上。一般而言，燕子还是喜欢在有烟火的地方筑巢，当然主要还为了取暖，在那里生儿育女。不过它们不会选择直冒火焰的烟囱，而是喜欢毗连厨房的烟道，哪怕里面烟雾弥漫。看到这般情景，每每让我惊叹不已。

到5月中旬，这小鸟就开始在五六英尺深的烟道里筑巢，家燕的巢与毛脚燕大同小异，外壳用泥土杂以短短的麦秸秆构成，牢固而经久耐用。不同之处在于，毛脚燕的巢呈半圆形，家燕的巢上端敞开，就像一个浅浅的盆子，里面铺着细软的干草和飞行时捡来的鸟毛。

烟道相当狭窄，这灵巧的燕子整天在里面跃上跃下，居然毫发无损，真是身手不凡。在飞临烟囱出口时，双翅击打着浓缩的气体，会发出雷鸣般的隆隆声响。母燕不嫌麻烦，把窝藏在又深又窄的烟道内，也许是为了使自己的雏鸟免遭猛禽的攻击。猫头鹰最为凶残，为了抓小燕子，常常会陷入烟囱之中。

家燕每次生4~6个蛋，白壳上带有点点红斑。第一窝小鸟破壳而出的时间，在6月的最后一周或7月的第一周。小燕子渐渐长大的过程颇为有趣。它们得费好大的劲才爬出窝，常常一不小心又滑了回去。在烟

---

① 艾伦注：令人感到奇怪的是，现在烟囱燕寄居在人造的建筑中。很可能是因为在房屋出现之前，燕子是在洞穴和悬崖上定居繁殖。随着人为的建筑日渐增加，燕子的种类也越来越多了。

囟口喂了一两天后，小燕子被领到一棵枯树枝上，并排而栖，接受父母的悉心照料。此时，它们可谓是"栖鸟"，几天后它们就会成为"飞鸟"。不过，此时小燕子仍不能自己觅食。母燕忙于捕虫，小鸟则在一旁嬉戏。母燕嘴中含满昆虫后，就发出某种信号，母燕和雏燕同时迎面振翅向上，对准角度在空中交接，此时，为了表示感激，心满意足的雏燕会发出短促的鸣叫声。不常留意这种绝技的人，平时想必也不会关注大自然的种种奇迹。①

第一窝小鸟一旦能够自食其力，母燕便转而倾心关注第二窝小鸟的孵化成长。出窝的小家燕会与第一窝小毛脚燕结伴而行，大家一起结集在洒满阳光的屋顶、教堂的尖塔和树林。第二窝小家燕出巢的时间，在8月中旬至8月底。

在漫长的夏季，家燕不知疲倦地忙忙碌碌，对幼鸟施以无微不至的关怀，真是堪称鸟中楷模。为了赡养一家老少，它们从早到晚忙个不停，时而掠过地面，时而急速转身，时而盘旋翻飞。林荫大道、乡间小路、田野牧场、花园草坪，都是它们喜欢光顾的场所。尤其爱到树木稀疏的地方，因为那里虫子最多。它逮到一只虫子，嘴巴里就会发出噼啪一声，就像合上表盖时的声音，鸟喙啮合的动作速度极快，肉眼根本看不见。

家燕（也许是雄性）是毛脚燕和其他小鸟的哨兵，若有猛禽来袭，它会发出警报。一看到鹰，它就会发出长长的一声尖叫，召集附近的家燕和毛脚燕群起而攻之。它们猛击鹰的后背，然后腾空直上，全身而退。它们反复进攻，直到将来敌逐出村庄才罢休。当野猫爬上屋顶或靠近鸟巢时，家燕也会用叫声发出警示，加以阻击。燕科鸟都会边飞边饮水，在掠过水面时啜上一口。唯有毛脚燕会在飞行时反复扎进水池，冲

---

① 艾伦注：不少人即便平时注意观察自然现象，也容易忽视燕子空中喂食的习惯，唯有目光十分敏锐的观察者才能捕捉到如此迅捷的瞬间。

洗身子。毛脚燕和崖沙燕只是在大热天才在河面蘸蘸水，稍微洗一下。

家燕的嗓音十分柔美，在风和日丽的时候，无论是栖息于枝头，还是在天上飞翔，它都会发出阵阵啼鸣。它们站在树梢或屋顶上，众鸟齐鸣，宛如一场音乐盛会。家燕还是勇敢的飞鸟，哪怕狂风呼啸，它也不惧路途遥远，飞往丘陵和原野，而别的鸟往往都视为畏途。它们甚至还经常光顾临港的城镇，在咸涩的海面上飞上一阵。放牧人在宽阔的山冈上策马而行，马前鞍后常常伴随着一小队家燕。数英里的路程，它们一直紧跟不舍，飞来飞去，捡食被马蹄惊起的昆虫。刮大风的天气，就没有这种机会了，它们只能低头去翻寻躲藏在泥土中的虫子。

这种燕子的主食是鞘翅类昆虫，也吃蚊子和苍蝇，还经常在翻过的土地和小路上捡沙砾，吞到胃囊中打磨食物，以助消化。在迁徙之前的几个星期，它们便离开民舍和烟囱，栖息在树林里。10月伊始，它们就动身了。但在11月的第一个星期，还能看到几只掉队的燕子。

伦敦近郊新开的街道上，也会出现几对家燕飞来飞去，但它们和毛脚燕一样，从来不会涉足闹市区。

无论雌雄，家燕叉开的长尾巴和同科鸟显然有所区别。①燕科鸟中，数它动作最为灵敏。雄燕在向雌燕求爱时，它们飞行的速度不同寻常，快得连肉眼都跟不上。

家燕天资颖异，尤重亲情，有关它的生活习性我已谈了不少。但它有时也会犯傻，在此不妨再说一两件逸事，以供先生一笑。

有人将一把修枝的大剪刀插在外屋的木板墙上，一只家燕就在剪刀上搭了个窝。每次用剪刀时，都会搞坏燕巢，可整整两年，那只家燕硬是在剪刀上做窝。还有一件事更为离奇。一只猫头鹰碰巧死在谷仓的房椽上，被风干后悬在那里。一只家燕居然在猫头鹰的翅膀和身子上搭

---

① 艾伦注：雄燕的尾羽更长，叉得更开，其原因很可能是为了显摆。雌燕当然心仪更漂亮的对象。

了个窝。一只死猫头鹰翅膀上有鸟巢，巢里还有鸟蛋，真是堪称奇观，其价值绝不亚于大不列颠私人博物馆内的最佳藏品。见此情景，房屋的主人也啧啧称奇，他让取走猫头鹰的人在原处挂上一个大贝壳，也就是大海螺壳。那人听从了他的吩咐。第二年，一对家燕（很可能是原来那对）在大贝壳上搭了个窝，还在里面生了蛋。

猫头鹰和贝壳燕窝模样怪异，足以与艺术和自然博物馆的珍稀藏品相媲美。①

由此可见，只要稍稍脱离常规，动物本能便会显得力有未逮，不知所从了。而且，对于那些不会立刻保障自身安全，或无法马上促进其繁衍保种的情形，它们也会感到茫茫然，不知如何适应。

---

① 怀特注：阿什顿·利佛先生的藏品馆。

比丁镇的阿杜尔河

/ 第19封 /

塞耳彭，1774年2月14日

尊敬的先生：

您8日寄来的信，我已拜读。得知您已阅拙文"家燕小志"，我感到不胜欣慰。先生一向以诚待人，对于您提出的不同意见，我也深以为幸。

所引维吉尔诗句，究竟是否确指家燕，实难断言，因为古人不像当代博物学者会对燕子的品种做出细分。不过，就我所知来推测，这两行诗可以表明作者看到的或许正是家燕。

首先，用"巧舌鸟"这个绰号来形容家燕真是十分贴切，它的确是伟大的歌唱家。毛脚燕就配不上这个称号，它总是沉默不语，即便叫起来，也是低声低气的，好像唯恐被他人察觉。此外，在我看来，诗句中"建筑材料"一词似乎当指橡木，而非横梁。所以诗句所隐喻的对象未必是毛脚燕，应该是指家燕。家燕常常在靠近屋顶处的橡木筑巢。就我所知，毛脚燕则往往在露天的屋檐和檐口筑巢。

关于那个比喻，虽然不必过分强调其重要性，但是，用"黑色的"这个词来形容，显然就是指背和翅膀毛色全黑的家燕。毛脚燕的尾巴为乳白色，背和翅膀呈青色，腹部则洁白如雪。相对而言，毛脚燕动作笨拙，不太可能用它来比喻茹图尔纳送给她兄弟的战车。埃涅阿斯怒气冲冲，急速追来，那架战车左躲右闪，巧妙地摆脱了追赶。诗句中的动词"唧啾"似乎也是暗指巧舌如簧的家燕。

今年秋冬频频下雨，泉水猛涨，达到1764年（那年洪水泛滥）以来的最高点。在苏塞克斯、汉普郡和维尔特郡，人们称之为"拉文特"①的地泉喷涌而出。当地的农民说，泉水涨，谷价也会涨。意思就是地里的水量过多，就会导致泉水从山冈上涌出，淹没庄稼。过去十多年来，情况确是如此。在人们的记忆中，地泉的水位还不曾有过高于那个时期。由于现代农业技术的巨大进步，人们尚未遇见过比那时更大的灾荒。我相信，今年这种多雨天气，如果发生在一两个世纪之前，难免会引发饥荒。在上帝施恩，天气变得风调雨顺之前，我们不可能奢望五谷丰登，所以报纸杂志上的种种言论容易产生误导，搞得人心惶惶。

去年，这里整个地区和路特兰郡等地，小麦全都歉收。近来气候反常，霜冻严重，大雨滂沱，我们地里的小麦长势堪忧，萝卜也烂得很快。

---

① 艾伦注：多雨季节才会喷涌的间歇泉。

崖沙燕

/ 第20封 /

塞耳彭，1774年2月26日

尊敬的先生：

在不列颠的燕科鸟中，最不起眼的是崖沙燕，又名"灰沙燕"。就目前所见，在已知的燕科鸟中数它个头最小。不过，据布里松所言，还有更小的"可口燕"。

但几乎没人能对这种小鸟的生活习性做出精确详尽的描述，因为它是野鸟，这委实令人不无遗憾。至少在我们这里它就表现得野性十足，断然拒绝与人共处，整天在湖水环绕的石楠地或公地飞来飞去。而其他种类的燕子，尤其是家燕和毛脚燕，往往显得性情温驯，容易驯服，似乎只有在人类的庇护下，它们才会有安全感。①

在塞耳彭教区的沙坑和沃尔墨林地的湖畔，可以看到几群崖沙燕，但在村子里根本看不到它们的身影，它们也不常光顾散布在荒野上的小木屋。它们进入民居的事例，我记得只有一次，那是在本郡主教居住的沃潭镇，威克罕的威廉家马厩后墙的脚手架孔中，有许多崖沙燕在那里做窝，繁殖后代。不过，那个地方相当偏僻，而且面对美丽的大湖。这种鸟似乎喜欢亲近宽阔的水域，它们聚集的地方，往往靠近大江大湖。② 人们经常看到它们聚集在伦敦桥下的泰晤士河畔。

对于同一类鸟，上帝却赐予不同的筑巢技能，以适应它们各自不同的生活习性，这等奇妙的现象，真是太吸引人了！家燕和毛脚燕擅长用黏土来涂抹鸟巢的外壳，造出来的窝相当牢固，当作哺育幼鸟的摇篮。崖沙燕则善于在沙土地里打洞，圆圆的洞口相当规整，沿水平方向延伸，弯弯曲曲深达2英尺。燕子藏身于洞穴尽头，非常安全。在这个粗陋的鸟窝内，乱糟糟地铺着许多细软的干草和羽毛，通常以鹅毛居多。

世上无难事，只怕有恒心。燕子显得如此弱小，它用娇嫩的鸟喙和脚爪在坚硬的沙土岸上掘洞，居然没有累垮身子，简直令人难以置信。但我曾亲眼见到一对燕子，用它们娇嫩的爪以极快的速度挖沙掘洞。松软的陈沙经日晒后会褪色，显得比新沙更白，从新挖出来的沙土可以看出它们一天能完成相当大的工作量。

究竟得花多少时间，这些小小的能工巧匠才能挖好一个洞穴，我始终没搞明白。任何博物学家在从事相关研究时，不妨做一番认真的考

---

① 艾伦注：在怀特所处的时代，情况的确如此。当时英国与现在不同，荒野丘陵人迹罕至。现在英国南部不少地区，崖沙燕已为人所常见。须知由于建造了大量的铁路和公路，形成大面积的斜坡，从而为崖沙燕筑巢提供了更开阔的空间。所以燕子的数量比从前更多了，在许多人口稠密的地方也常能看到崖沙燕的身影。例如在铁路东南线的高曼车站附近，这种漂亮的小鸟纷纷在那里筑巢。

② 艾伦注：现在看来，怀特此言未必正确。在许多远离江湖的干燥地区也有很多崖沙燕。

察。夏季行将结束时,我注意到几个鸟洞,这些洞挖得有深有浅,却还没竣工。如果推断这只是鸟儿暂时停工,准备来年继续干,那似乎是高估了它们的智力,燕子不可能想得这么周全,有这般远见卓识。这些鸟洞之所以半途而废,莫非是因为沙土层过于坚硬,只得放弃,另找较易开挖的新址?也可能另找一处后,又发现土质太松,容易垮塌,有被活埋的危险,所以也只好再次弃置。

有一事值得注意,几年以后,它们便会抛弃老洞,另挖新穴。或许是因为老宅住久了,里面太脏,秽气难忍。也许是因为老窝跳蚤太多,实在难以忍受,这种燕科鸟最怕跳蚤。我们曾在洞口看到许多人蚤[①],密密麻麻的,就像蜂房里的蜜蜂。

还有一事必须说一下,也许有人会以为这些鸟洞可以充当越冬巢,其实未必。因为当人们在冬天小心翼翼地挖开河岸上的燕子洞时,发现里面空空如也。

崖沙燕差不多与家燕同时飞抵本地,产卵也相仿,每次生4~6个白壳蛋。不过,这种燕子属于隐形鸟,筑巢、孵蛋、哺育幼鸟这些事,无不在暗中进行。所以我们很难确定母燕何时产卵,也不知道小鸟何时出巢,估计与家燕同时,也可能稍微早一点。雏燕的食物和别的燕子也差不多,主要是蚊子和其他小虫。有时也会吃与它们身长相等的蜻蜓。6月的最后一个星期,在池塘边的栏杆上栖息着一排雏燕,显得那么弱小无助,很容易被人捉住。我们不知道母燕会不会像家燕和毛脚燕那样,在空中哺食。也不知道它会不会驱赶来犯的猛禽。

如果它们碰巧将蛋生在树篱和围场附近,家麻雀就会侵占它们孵卵的鸟洞。蛮横的家麻雀也是毛脚燕的死对头。

这种燕科鸟并不善于鸣叫,简直就像个哑巴。只有当有人走近它们的巢穴,才会发出些许沙哑的叫声。它们似乎不太合群,从没见过它

[①] 艾伦注:怀特有误,叮咬崖沙燕的是一种特殊的跳蚤。

们在秋季与同科鸟结伴而行。可以确定的是，它们也像家燕和毛脚燕一样，先后产两次卵，并在米迦勒节前后离开这里。

在极个别地区，崖沙燕可能数量不少，但总体而言，它还是属于珍稀鸟类，在英国南部尤其罕见。在市镇和规模较大的村庄，随处可见成群的毛脚燕。凡有教堂、塔楼和尖塔的地方，都有雨燕出没的身影。在偏僻的村落和农舍的烟囱上，也能见到家燕。崖沙燕则不多见，它们形单影只地索居在陡峭的沙丘和僻静的河岸。①

这种鸟飞起来颇有特色，忽快忽慢，左右腾挪，就像蝴蝶当空飞舞。为了追逐昆虫，燕子会根据某种昆虫的动态调整自己的动作，它们的飞行方式也难免受到相应的影响。因此，各个品种的燕子以什么昆虫为主食，很值得加以探究。

虽说崖沙燕不多见，但我还是在伦敦近郊看到过一些。它们常常出现在圣·乔治领地里的脏水塘和白色教堂附近。但问题是周围既没有河岸，也没有危崖，它们在什么地方筑巢呢？或许它们的窝就在过去或最近被废弃的老房子脚手架的孔隙中。就像家燕和毛脚燕一样，它们在飞翔时也会不时啜一口水，或洗一下身子。

与其他的燕子相比，崖沙燕长得更为娇小，羽毛的颜色也不同，呈鼠灰色。据威鲁比说，在西班牙的瓦伦西亚附近，人们常常将捕获的崖沙燕在市场出售，供人食用。也许是因为它们飞翔时飘忽不定的模样，乡下人将它们叫作"山蝴蝶"。

---

① 艾伦注：现在情况已经和过去不一样，即便在怀特旧居的附近，崖沙燕也十分寻常。

/ 第21封 /

塞耳彭，1774年9月28日

尊敬的先生：

普通雨燕，又名黑燕，不列颠的燕科鸟中数它个头最大①，无疑也是最后飞临此地的燕子。记忆所及，仅有一次在4月最后一个星期看到过它们。5月之前，春寒料峭，晚霜犹存，雨燕通常是不会露面的。它们总是那么成双结对地姗姗来迟。

若论筑巢的技能，雨燕和崖沙燕不相上下，都笨得很。它们的窝十分简陋，没有黏土外壳，只是随意铺点干草和羽毛。根据我多年观察，从没见过它们收罗或搬运过这类建材。所以我猜想它们有时很可能强行霸占家麻雀的窝（两者的巢几乎没什么区别），就像家麻雀驱逐家燕和崖沙燕那样，将窝占为己有。我曾看到这两种鸟在雀巢门口斗嘴，家麻雀被入侵者搅得惊慌失措，不得不振翅反击。不过，有个细心的观察者告诉我，在安达卢西亚，为了筑巢，雨燕确会搜集羽毛，他还击落过嘴上叼着羽毛的雨燕。②

雨燕和崖沙燕一样，都是在黑暗中筑巢。它们的窝常常搭在城堡、塔楼和尖塔的缝隙处，或在教堂的屋顶与墙壁相连接的地方，所以不太容易近距离观察，不像那些在光天化日之下筑巢的燕子一望既知。据我的观察，它们大约在5月中旬开始入巢孵蛋。从取出的鸟蛋来推测，一

---

① 艾伦注：我在前面已经提到，如今人们已知雨燕并不属于燕科，它应归于另一种完全不同的种类。实际上它是热带蜂鸟的近亲。由于习性相似，雨燕与燕科鸟外表长得很像。阿尔弗雷德·罗素·华莱士先生著有《热带自然》一书，其中对雨燕的论述令人信服。

② 艾伦注：与别的鸟类习惯相似，雨燕也是边飞边采集筑巢的建材。

直会孵到6月9日。高楼、教堂和尖塔是它们经常活动的场所，而且也只在这些地方繁殖后代。不过，在本村也会有几对雨燕经常光顾一些低矮简陋的茅屋，并在茅屋顶上驯养雏燕。我仅知道一只雨燕在野外繁殖的例子，本郡奥迪厄姆镇有一个白垩深坑，人们看到雨燕成双作对地出没于其中，在裂隙和危崖四周翻飞啼鸣。

为了考察这种有趣的鸟，我可是花了不少精力。若要谈谈雨燕与其他鸟类的不同之处，我的见解自有其新颖独到之处。但愿人们能相信这一点，因为那些是我多年来观察的结果。我要揭示这样一个真相：雨燕是在空中飞翔时进行交配的。倘若任何一个认真观鸟人对此感到惊讶，不妨请他亲眼看个仔细，我想他很快就会承认此言不虚。就其他种类的动物而言，例如昆虫，边飞边交配是很常见的，许多昆虫莫不如此。雨燕好像总是飞个不停，几乎很少在地上歇脚，或栖息于枝头和屋顶。如果不能在空中交尾，那就很难找到耽于情欲的机缘了。谁想观赏这种场景，最好是在5月晴朗的早晨，你将看到，雨燕纵情飞舞，直上青天，时不时会有一只雨燕落到另一只的背上，伴随着尖厉的叫声，一对燕子从高空直线下坠数英寻。在我看来，传宗接代的大事，恰在此刻进行。

看来，觅食、饮水、采集筑巢的建材，乃至雌雄交配这等大事，雨燕都是在空中完成的。与别的鸟相比，它们在天上的时间最久，除了睡觉和孵卵，其他事情几乎都是在空中进行的。

雨燕产卵的情形，与其他的燕子大不相同。它们每次仅生两个白壳蛋，蛋身略长，两头稍尖，别的燕科鸟则每次可生4~6枚蛋。雨燕极为警觉，它清晨既起，入夜方眠。仲夏时节，它们每天至少要飞上16小时。在白天最长的那段日子，要到晚上8点45分之后，它们才会入窝休息，与别的鸟相比，归巢时间算是最晚的了。返巢之前，成群的雨燕在高空盘旋，发出尖厉的啼鸣，俯冲的速度相当惊人。气候闷热，雷雨将临之时，雨燕最为兴奋，它们以极其敏捷的动作，在空中大展身手。在炎热的早晨，它们三五成群结伴而行，在尖塔和教堂四周飞来飞去，叽叽喳喳叫个不停。老练的观鸟者说,这可是雄燕在向栖息的雌燕唱情歌呢。此言不虚,雄燕只是在飞近墙壁和屋檐时才引吭高歌,与此同时,里面的雌燕也会高兴地发出含情脉脉的低鸣。

雌燕整天在窝里孵蛋,直到夜幕降临之前,才冲出鸟窝,舒展一下疲倦的身子,啄几只残存的昆虫,几分钟后,又回到窝里继续孵卵。如果正在哺育雏燕的母鸟被狠心的家伙无端击落,你能在它嘴里找到一小团虫子。那是它逮住昆虫后藏在舌头底下,准备喂幼鸟的。相比其他的燕子,雨燕抓虫时飞得更高。蚊蚋之类的昆虫大多飞得较高,这便是一大佐证。雨燕天生就有强健的双翅,擅长飞行,根本不怕路途遥远。鸟的体力往往取决于翅膀的长度,雨燕的翅膀与身子比例通常超过别的鸟。它们飞行时,如在不叫或想放松片刻时,便会将左右双翼高高举起,在背上相交。

我注意到,在夏季某些时段,雨燕会花好几个小时,在池塘和小溪上方低飞捕食。我不禁兴趣大增,很想搞清楚,究竟是什么东西有如此大的吸引力,能将它们从高空引向水面?我费了好大的劲,总算发现原来它们是在捕食刚出蛹的石蛾、蜉蝣和蜻蜓。原来下面有这么多营养丰富的美食,怪不得天上的雨燕甘愿屈尊低就。

到7月中下旬,雨燕才将雏鸟领出巢。据我观察,雏燕从不会栖落枝头,雌燕也不在空中哺食。小雨燕出窝的经历可不像其他燕科鸟那样人所共知。

今年6月30日,我揭开屋檐上的瓦片,发现好几对雨燕在那里做窝,每个窝里都有两只还没长毛的幼燕。7月8日,我再次揭瓦查看,发现小鸟变化甚微,仍是光秃秃的,一副稚嫩无助的模样。由此可见,虽然雨燕天生好飞,终年不辍,但至少在7月底之后,雏燕才能够离开鸟窝,展翅试飞。家燕和毛脚燕子女较多,每隔两三分钟就得喂一次小鸟,雨燕就没这么忙,因为它们只有两个孩子,所以也不至于连续数小时来照看家室。

若遇鹰隼来犯,雨燕也会奋起反击,尽力驱赶,但是不会像家燕那样暴怒，那么凶猛。在潮湿多雨的日子，它们毫不在乎，照样整天飞个不停四处觅食。由此可以得出两个结论：首先，即使是雨天，高空中仍有不少昆虫。其次，它将自己的羽毛舔得油亮光滑，雨水不易浸湿。它们讨厌刮风，尤其害怕风雨交加的恶劣天气，在这种日子，雨燕往往躲进窝里，不再现身。

至于雨燕的毛色，有一种情况颇值得关注。它们在春天刚飞来的时候，除了白色的下巴，浑身上下漆黑油亮。日复一日，经过风吹雨打，阳光暴晒，羽毛渐渐褪色泛白，待到行将离开时，已显露出饱经风霜的神态。不过，来春重归故地，它们的毛色变得又黑又亮，重现了往日的风采。有人猜测，燕子南飞是为了能在低纬度的地方避寒，终年沐浴夏日的阳光。若果真如此，为什么归来时毛色没被晒得褪色呢？别的鸟过了繁殖期后都会换毛，在远走他乡的那个季节里，雨燕的羽毛是不是也弃旧换新了呢？

雨燕有很多方面不同寻常，相比同科鸟，雨燕不仅产卵的数目较少，而且每个夏季只产卵一次，英国别的燕科鸟一年都产卵两次。[①]雨燕无疑只产一次卵，因为小鸟会飞后没多少天，它们便要离开了。用不了多久，其他燕子的第二窝小鸟也将出巢。因此，可以断言，每个夏季，雨燕产卵一次，数量仅有两枚。而其他燕子可产卵两次，每次4~6枚，后者产卵的数量是前者的5倍。

不过，雨燕最特别的地方，是离开得很早。到8月10日，大多数雨燕都已飞走，有时还会早几天。落伍的雨燕也会在20日撤离。其他的燕子却会滞留到10月初才动身，不少燕子会待到10月底，个别的甚至能拖到11月初才走。这些日子堪称一年中最好的时段，它们为什么这么早就撤离了呢？这实在令人既感到惊讶，又十分费解。然而，更非同寻常

[①] 艾伦注：怀特的观察相当正确，普通雨燕与家燕的不同之处甚多。由于受限于当时流行的看法，怀特仅看到表面的相似和适应性造成的趋同，却没能注意到本质的不同。自达尔文时代以来，人们已从不同的视角来看待这个问题。

的是，在安达卢西亚，雨燕离开得更早，那里的位置更靠南，不可能是因为气候不够热，也谈不上是食物匮乏吧。雨燕的来来往往这么有规律，那是因为要觅食，还是要换毛？是因为疲于忙碌的生活，打算休息一下？抑或是别的什么原因？在自然史的研究中，不仅会陷入这样的困境，甚至连猜测都无从着手。

普通雨燕从来不会站在树枝或屋顶上，也不和其他种类的燕子一起玩耍。它们在燕窝旁边进进出出，毫无戒备之心，甚至连枪都不怕。结果在俯身飞进屋檐时，常常被棍棒击落。最让它们苦恼的是一种害虫，名叫燕虱蝇。它们在飞行时总是扭来扭去，又抓又挠，试图甩脱身上那些讨厌的虱子。

雨燕没有动听的歌喉，它们只会发出单调嘶哑的尖叫。不过，只有在美好的夏日，才能听到雨燕的叫声，想到这一点，有些人会感到这种声音也很悦耳。

除非遭遇不测，雨燕从不主动降落到地上，一着地，它就几乎起不来了。因为腿短翅长，不便行走，只能跟跟跄跄地爬。不过，它们的爪子相当有力，能牢牢地抓住墙壁。雨燕的体形呈扁平状，却能钻进狭窄的墙缝，如果肚子过不去，它会扭转身子顺势挤进去。

雨燕双脚的构造非常奇特，与英国其他的燕科鸟迥然不同，除了高山雨燕（直布罗陀白腹大雨燕），也有别于其他已知的鸟。它的四个脚趾全部向前张开，抓住东西不易松脱。后趾仅有一根骨头，其余三趾均有两根骨头。这么奇特的骨架非常罕见，却便于它们运用自如。雨燕的鼻孔和下颌的构造也别具特色[1]，以至于一位目力老到的博物学家[2]曾言：雨燕当能自成一属。

在伦敦，有一群雨燕频频光顾伦敦塔，还常在桥下的河面上觅食嬉

---

① 艾伦注：是由饮食习惯控制其动作所造成的。
② 怀特注：卡尼奥拉的医学博士约翰·安东尼·斯科波利。

戏。另有一些雨燕则屡屡出没于近郊市镇的教堂。但是，雨燕不敢像毛脚燕那样飞入人口稠密的闹市区。

雨燕总是围绕着自己的窝不停地盘旋，瑞典人称它为ring swala（环飞燕），倒是相当贴切。

雨燕以食虫为生，主要吃鞘翅目昆虫和翅膀上有硬壳的小甲虫，也吃软一点的昆虫。像家燕一样，它们也靠沙砾来消化食物。它们向来脚不沾地，真不知这些沙砾究竟取之何方。有时窝里虱蝇成灾，小燕实在受不了，它们就会扑出巢来，坠落到地上。雨燕还经常光顾村子里那几处简陋的农舍，农舍虽日渐破旧，燕子却多年来不弃不舍，这真是再次证明了"老鸟恋旧巢"。屋檐低矮，燕子只能低飞入巢，埋伏在一旁的猫便会一跃而起，逮住低飞的燕子。

1775年7月15日，我再次揭开屋檐上的瓦片，查看里面的燕窝。母燕正趴在窝内照顾小鸟，它爱子心切，不顾自身危险，气呼呼地护着幼鸟，一动也不动，听任我们把它抓走。我们把羽毛未丰的小鸟放到草地上，它们摇摇晃晃的，像新生的婴儿那般娇嫩。看着它们光秃秃的身躯、笨拙的大肚子、脖子都撑不起的大脑袋，难以想象再过两个星期，这些娇柔无助的小生命竟能快若流星般地直刺云天，在迁徙途中飞越辽阔的大陆和茫茫大海。大自然的力量何等神奇，竟能在如此短的时间内让稚嫩的小鸟迅速发育成熟，而人类和其他大型四足动物的成长过程却需长年累月地慢慢熬。

槲鸫

/ 第22封 /

塞耳彭，1774年9月13日

尊敬的先生：

今年夏天，我利用闲暇时间，凭借一家农舍的烟囱，仔细观察了家燕是如何在笔直的烟道内上上下下的。看到燕子在如此深的烟囱里却能行动自如，固然相当有趣，与此同时，我多少也有点忐忑不安，唯恐双眼遭到多比那样的厄运。①

不同种类的燕子，今年春天是何时飞抵本国相当偏远的三个郡的？或许您有兴趣听我谈谈这方面的情况。早在4月4日，我们这里已经能看到家燕。雨燕抵达本郡的日子是4月24日，崖沙燕为4月12日，毛脚燕则迟至4月30日。在德文郡的南齐勒，4月25日之前是难以见到家燕的。5

---

① 怀特注：参见《多比书》第2章第10条。（译者注：参见张久宣译的《圣经后典》第2章第10条："在我的头顶正上方的墙头上栖息着几只燕子，我也没有察觉。它们的热屎落在我的眼睛里，致使我的双目蒙上一层白色的角膜翳。我到处求医，可是眼睛越治越坏，直到最后，我全然失明了。"——《圣经后典》第6页，商务印书馆1987年版。）

月1日，大批雨燕来到本地，毛脚燕则要到5月中旬以后才来。在兰开夏郡的布莱克伯恩，雨燕最早到来的日子是4月28日，家燕是4月29日，毛脚燕则要等到5月1日。燕子抵达这些偏远地区的时间迟早不一，这究竟是证实了燕子迁徙确有其事，还是恰恰提供了反证呢？

威希尔附近有个农民，他用两队驴上下午轮流耕地。干完活后，就将这些驴像羊一样围在休耕地里过夜。到了冬季，就将驴关在大院内喂干草。一冬下来就能积上一大堆粪肥。

林奈曾言：在大杜鹃啼叫的那段日子，鹰隼与众鸟相安无事。不过，在我看来并非如此，在这段时间，路边和树篱下经常能看到被撕碎的羽毛，可见有不少小鸟遭到猛禽的残杀。

槲鸫在孵卵期相当凶猛，一旦发现别的鸟靠近它的窝，便会怒气冲天，立刻将入侵者驱逐出境。韦尔奇称它为"灌木林中的霸主"。凡是它经常出没的园圃决不容许喜鹊、松鸦和乌鸫涉足。对于新播的豆子，这时倒是来了一个好卫士。一般而言，槲鸫总能成功地保卫家园。但是，有一次，我在自家的园圃中看到，好几只喜鹊向槲鸫的巢发起猛攻。雌鸫竭尽全力，为生活和家园——西塞罗拼死一战，终因寡不敌众败下阵来。喜鹊捣毁了槲鸫的巢穴，将窝里的小鸟活活吞下了肚子。

在孵卵期，野性十足的鸟也会显得比平时温驯一点。比如欧斑鸠就在我的地里孵卵，当然它们平时也常来。秋冬两季，槲鸫的性情相当狂野，极易受惊。可它们还是在我的园子里安了窝，而且旁边就是一条整天人来人往的小路。

今年，我沿墙种植的瓜果收成还不错，但葡萄到现在还没成熟，往年这个时候成熟的葡萄早已挂满枝藤。更糟糕的是，恶劣的天气，阴冷的夏至，致使日常所需的果蔬大为减产，地里的麦子也变得枯萎了。不过，蛇麻倒是有望获得大丰收。

最近耳疾频发，令人相当苦恼。作为一个博物学者，考察自然的能力难免因此大受影响。一旦犯病，就听不到乡野种种悦耳的声音，也无法察觉自然界隐秘的迹象。5月的鸟鸣，我听而不闻，8月的秋声，我无动于衷。感谢上帝，我的视力还算相当敏锐。但其他官能已是每况愈下，时常让人感到心有余而力不足：

　　智慧被拒之门外。
——弥尔顿《失乐园》第3卷

穗䳭

/ 第23封 /

塞耳彭，1775年6月8日

尊敬的先生：

1741年秋，我曾客居他乡，9月21日那天，我打算清晨到田间去散散步。天未破晓，我就起床外出，来到围场，发现麦茬和三叶草上铺着厚厚一层蜘蛛网，上面挂满沉沉的露珠，成片的田地就像被几张大网罩住了。狗要去追赶猎物，却撞上了蛛网，两眼迷糊，动弹不得，只能趴在地上，试图用前爪抹去迷眼的蛛丝。晨猎的兴致因此受挫，我只得悻悻然打道回府，一路上脑子里还在琢磨着这件怪事。

红日初升，阳光明媚，暖风轻拂，万里无云，四周一片静谧。唯有秋季才能遇上这般好天气，怡人美景足以与法国南部相匹。

9点左右，一种怪异的现象引起我们的注意。一阵阵蛛网从天而降，绵绵不绝，直至日落西山。这些蛛网并不是一丝一丝地在空中四散，而是如棉絮一般，成片成片地飘过来，有些竟有1英寸宽，五六英寸长。它们坠落的速度相当快，看来要比空气重得多。

举目四顾，但见片片蛛网漫天飞舞，在阳光的衬映下，宛如满天繁星闪烁着银光。

谁也说不准这场神奇的"蛛网雨"究竟覆盖了多大的区域。不过，据我们所知，它一直延伸到布雷德利、塞耳彭和奥莱斯福。三地相连，地势呈三角形，其中最短的一边也有8英里左右长。

在塞耳彭有一位绅士，学识过人，德高望重。他在看到那场"蛛网雨"时，以为只要爬上那座他时常遛马的小山顶，就能俯瞰"流星雨"了。他当时认为，就像蓟草的花絮一样，蛛网是从公地那边吹过来的。但出乎他意料，当他策马跑上高出地面300英尺的山顶时，却发现蛛网依然高高在上，并且仍在不停地往下飘落。对此奇景，哪怕再麻木的人，也难免怦然心动。

这可是一场空前绝后的"蛛网雨"，片片蛛网粘满树枝和篱笆，厚厚一层，若有勤快的人提篮收集，当可满载而归。

蛛网轻若游丝，飘忽不定，充满了神秘感，在过去的年代里，难免让人有点疑神疑鬼。看来现在大家都已知道那不过是小蜘蛛的产物。在秋高气爽的日子，田地里的小蜘蛛不计其数，借助尾部喷丝时的作用力，它们的身体变得相当轻灵，可以飘浮在空中。但是，我没法搞明白，蜘蛛没有翅膀，它们为什么要选这一天进行神奇的空中远足呢？这些蛛网为何一下子又变得沉甸甸的，比空气更重，以致急速下降呢？倘若让我斗胆猜测，可能是刚喷出的细丝缠上了升腾的湿气，连同蜘蛛一起被托上了云端。如果蜘蛛有能力在高空继续吐丝织网（李斯特博士认为确实可以——见他致雷先生的信），网越来越厚，重量超过空气，肯定就会往下沉。

每逢晴天，尤其是在秋季，我都能看到蜘蛛飘浮在空中吐丝织网。如果你用手去捉，它们会从你的指间飞走。去年夏天，我在厅里读书，一只蜘蛛从天而降，它爬到页眉处，喷出丝网后便一跃而去。最让我感到惊讶的是，当时没有一丝微风，我肯定也没有吹气去帮助它起飞，它的动作却是如此迅速。由此看来，借助某种动力，这个小爬虫虽无双翅也能腾飞，动作之快捷超过气流。

/ 第24封 /

塞耳彭，1775年8月15日

尊敬的先生：

异性相悦乃禽兽本能，除此之外，动物还具有神奇的社交倾向。喜爱群居的鸟类在冬季常常聚集在一起，就是一个典型的事例。

在有伴的时候，许多马匹不吵不闹，表现相当驯顺。但若让它独自待在田里，哪怕是一分钟也不行，再坚固的围栏也拦不住它们。我的邻居有一匹马，平时非常老实。但它从不愿独自外出，一旦发现被单独撇在陌生的马厩里，就会变得暴跳如雷，用前蹄乱踢马槽和栏杆。有一次为了追寻同伴，居然从马厩卸粪的窗口一跃而出。无论是公牛还是母牛，单独放养的都不会长膘。没有伴侣同行，再好的牧场对它们也没有吸引力。羊就更不必提了，它们总是成群结队地来来去去。[①]

不过，爱交往的习性并不局限于同一类动物。我们这里有一头母鹿，从小就和一群奶牛一起长大，每天和奶牛一同下地，又随着牛群一同回到院子。这头母鹿现在还活着呢。家里的狗和它很熟，不会去吠它。如路遇陌生的狗，便会展开一场追逐。主人面带微笑，看着自己的宠物越过篱笆、大门或栅栏，直到将狗引入奶牛群。奶牛会立刻发出低沉的吼声，伸出吓人的双角，将来犯的狗逐出牧场。

有的动物尽管种类各不相同，体形大小悬殊，但这并不妨碍它们相互交往，发展友情。有一个敏于观察的人告诉我，他年轻时曾经养过一匹马，与此同时，家里还有一只孤单的母鸡。两个截然不同的禽兽，却

[①] 艾伦注：这些牲畜的远祖全是喜欢群居的野生动物，它们需要互相爱抚，彼此交流，已成为一种本能。群居性的动物不习惯独处，**本性孤独的动物则讨厌同伴**。

在这僻静的果园里长年待在一起,四目相对,从来见不到其他动物。两个离群索居的动物渐渐开始相互关注。那只家禽常常兴奋地叫着,走近那只四足动物,温柔地在马腿上蹭来蹭去。马也会低头看着母鸡,显得十分满意,并且蹑足前行,唯恐踩伤自己的小伙伴。双方善意相慰,共同打发那无聊的时光。看来,弥尔顿借亚当之口所言未必得当:

飞鸟和走兽,鱼儿和家禽,
无社交可言,
公牛和猿猴,亦复如此。
——弥尔顿《失乐园》第8卷

/ 第25封 /

塞耳彭，1775年10月2日

尊敬的先生：

有两大帮，或者说两大部族的吉卜赛人在英国南部和西部到处流浪。他们每年都会沿着自己常走的路线绕上两三圈。其中一个部落有点自命不凡，称自己为"斯坦利"，对于他们，我没啥可说的。另一个部落的称呼就显得有点别具一格，他们的语言深奥难解，就我的理解，他们似乎称自己的部落为克尔里奥普。现在看来，这个词的后缀显然源自希腊语。麦泽雷和那些最严谨的历史学家都认为这些游民肯定是在两三个世纪前来自埃及和东方，后来渐渐散居于欧洲各地。那么这个多少有点讹误的部族的称呼是否可能来自利凡特呢？有心人如果遇到流浪部落中的智者，不妨打听一下，他们的黑话中是否还保留着希腊词汇。在"手""脚""头""水"和"土"等词中，希腊语的词根仍依稀可辨。那么在他们的黑话和杂乱的方言中，或许仍能找到其土话残留的痕迹。①

吉卜赛人与众不同之处甚多，由于他们来自比较温暖的地区，所以有一件事颇引人注目。当别的乞丐都以谷仓、马厩和牛棚为暂居点时，这些粗野强健的吉卜赛人却不惧冬日的严寒，一年四季都露天而宿。去年9月，正值多雨时节。就在这淫雨成灾的日子里，一个年轻的吉卜赛姑娘却在我们的蛇麻地里宿夜。几根榛树枝弯成弧形，上面搭一块毯子，就这样躺在冰冷的地上，再也没有其他任何御寒之物，如此严酷的

---

① 艾伦注：已知吉卜赛语言很可能源自印度旁遮普地区的方言。

环境，可能连牛也受不了。在这个园子内有一个很大的烘蛇麻的窑，足以遮风避雨，可那个吉卜赛姑娘不屑一顾。

看来，这些吉卜赛流浪者并不会止步于欧洲的疆域，从北京归来的贝尔先生中途曾在鞑靼地区遇到一伙吉卜赛人，他们正在努力穿过沙漠，想到中国去撞大运。①

法语称吉卜赛人为"波希米亚人"，意大利语和现代希腊语则称他们为"津加利人"。

塞耳彭蛇麻园

---

① 艾伦注：参见贝尔的《中国之行》。

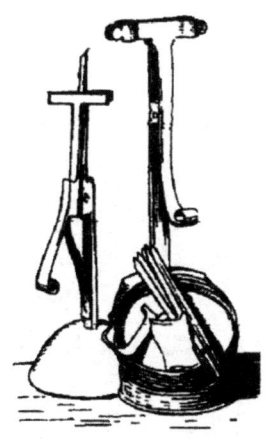

灯芯草灯台和火绒盒

/ 第26封 /

塞耳彭，1775年11月1日

尊敬的先生：

　　Hic... taedae pingues, hic plurimus ignis
　　Semper, et assidua postes fuligine nigri.
　　此时此地，
　　饱含树脂的松木火炬熊熊燃烧，
　　不息的火焰蹿得高高，
　　乌黑的门柱，盖因
　　长年累月的烟熏火燎。

　　　　　　　　——维吉尔《牧歌》第7首

　　物无巨细，凡可用者，先生皆一视同仁。有鉴于此，敝人不惮冒昧，欲与先生细论一下家政琐事。主要谈谈以灯草替代蜡烛这件事。据我所知，许多地方和我们这里一样，都常用灯草来照明，当然也不是没有例外。这个话题我已考虑良久，多少还能讲出点道道，所以在此直陈己见，所言是否在理，先生自有明断。

　　用于照明的灯草，似乎属于灯草科，也就是通常说的软灯芯草。潮湿的牧场、小溪边、树篱下都长有这种灯芯草，盛夏时节长得最旺。不过，秋天采来的也一样可以用作照明。毋庸赘述，最粗最长的灯草，质量自然最好。灯芯草的采集和整理通常是由一些年迈体衰的农夫和妇女儿童来完成。刚割下来的灯芯草必须马上浸泡在水里，否则干枯后，就很难把外皮剥下来。要剥去外皮，削出一根又细又长完整光洁的灯芯，对新手而言，亦非易事。不过，凡事熟能生巧，即便是小孩，也很快就能干得又快又好。我们看到一个老奶奶，虽然双目失明，可干活相当利落，削出来的灯芯草几乎每根都很齐整。去皮的灯芯草必须摊在草地上晒白，吸上几夜露水，然后再在太阳下晒干。

　　将灯芯草浸入煮沸的油脂中也需要有一定的技能，但也不是很难学会。汉普顿有个勤劳的农夫，他的老婆很能干，利用熏肉锅里的渣渍，省了不少油费。如果那些渣里含有盐分，放在锅里烧一烧，盐就会沉淀到锅底。有的地方猪养得不多，如近海地区，人们就用价格更低的劣质动物油来代替猪油。通常花4便士就可以买到1磅普通的油脂。浸1磅灯芯草需要6磅油脂，1磅灯芯草值1先令，1磅涂上油，可供照明的灯芯草值3先令。若是有人养蜜蜂，在油里掺一点蜂蜡，能使灯芯草烧得更久，更干净。加羊板油也可以产生同样的效果。

　　一根好的灯芯草长度为2.45英尺。据测量，其燃烧时间可长达1小时差3分。更长的灯芯草则可燃烧1小时15分钟。

　　灯芯草照明相当清晰，而涂羊油的值夜灯的光线则比较昏暗。弥尔顿称之为"黑暗中依稀可辨"（《失乐园》第1卷）。这种灯需要两根灯芯草才能维持亮度，用涂过油脂的灯芯草则只要一根就够亮了，之所以用两根，是为了让灯火燃烧得慢一点，从而延长照明的时间。

据我估算，1磅干灯芯草约有1600根之多。如果一根灯芯草可燃烧的时间为半小时，那么，一个穷人花3先令，就可以买到800小时的照明，也就等于33个日日夜夜。以此类推，一根没上油的灯芯草仅值1/4便士的1/33，一根上过油的灯芯草也不过是1/4便士的1/11。由此可见，一个贫穷的农户，仅需花区区1/4便士，便可享受5个半小时的照明。一个老管家告诉我，1磅半的灯芯草可供全家一整年的照明。因为农民总是白天干活，入夜既睡，而大白天是从来不用点灯的。

在昼短夜长的日子里，早晚时分，小农在牛棚和厨房里大多用灯芯草照明，而那些穷光蛋却每晚要用蜡烛。一根蜡烛，价值半便士，由于房间透风，不到两小时就烧完了。本来用这点钱买灯芯草可以照明7小时，结果点蜡烛只能用两小时。所以穷人不擅勤俭持家，只会越来越穷。

谈到勤俭持家，不妨再说说本地家庭主妇常用的一种扫帚，这种扫帚做得相当精致，外地不多见。这里的守林人把"少女的金发"又称"丝木"的茎扎成扫帚。沼泽地里有很多这种植物，采来后剥去外皮，梳洗掉沾在上面的苔藓，就会显出亮丽的栗色。它十分柔软，且富有弹性，非常适合用来清扫床单、窗帘、地毯和各种挂件。要是城里的制刷匠知道有这种材料，想必能派上更多的用场。①

---

① 怀特注：阿什顿·利佛爵士的藏品馆有这种扫帚。

/ **第27封** /

塞耳彭，1775年9月12日

尊敬的先生：

我记得非常清楚，20多年前，村子里有个智障男孩。他从小就迷上了蜜蜂，以蜜蜂为食，以蜜蜂为乐，舍此别无他求。痴癫的人脑子不转弯，往往执迷于一件事，所以这个傻小子便将有限的才智都倾注在蜜蜂身上。入冬以后，他总是待在老爸的房间里，蜷缩在火炉旁昏昏欲睡，难得走开几步，好像进入了冬眠状态。可一到夏天，他就变得异常活跃。烈日当空，田野河岸都是他追逐猎物的场所。无论是蜜蜂、土蜂还是胡蜂，一经发现，无不收入囊中。他赤手捕蜂，根本就不怕蜇。捉住后，立刻卸掉蜜蜂的武器，张嘴吮吸蜜囊内的汁。有时候，他在胸襟处的衬衫里面贴身藏满捕获的小蜜蜂，有时则装在瓶子里。这家伙简直就是一只黄喉蜂虎，成了养蜂人的灾星。他经常偷偷溜进养蜂场，坐在凳子上，用手指敲击蜂箱，蜜蜂一出来就被他立刻捉住。他嗜蜜如命，不惜将蜂箱翻个底朝天。遇到有人用蜂蜜酿酒，他便绕着酒桶迟迟不愿离去，死皮赖脸求人赏他一口"蜜酒"。①他一边绕圈，一边鼓起嘴唇嗡嗡地模仿蜜蜂叫。这孩子骨瘦如柴，面无人色。做这件自己喜爱的事情，他显得格外机灵，除此之外，什么事情都不懂。若是他再能干一点，并专注于同一件事，当代那些喜欢炫技的养蜂人就会显得相形失色，我们可以称他：

---

① 艾伦注：这段描述十分有趣，由此可见，100多年前的威塞克斯仍然风行酿造蜂蜜酒。

>当你
>这颗主星射出吉祥的光芒
>维尔德曼①岂不就……

后来这个瘦长的少年离开此地,移居到一个遥远的村庄。据我所知,未及成年,他就不幸夭折了。

---

① 怀特注:托马斯·维尔德曼所著《养蜂论》一书中记述了古今养蜂的各种方法。

/ 第28封 /

塞耳彭，1776年1月8日

尊敬的先生：

人生在世，最难摒弃种种迷信的偏见。它与母亲的乳汁一起吸入子女的体内，一旦扎根便与生俱长，渗入骨髓，在心灵深处打上持久的烙印。有识之士必须摆脱迷信的偏见，而心智未曾接受过启蒙教育的芸芸众生，终其一生都难以应对迷信的困扰。

当今开明之世，还要在此探讨本地的迷信陋习，可能会被人指为夸大其词，不合时宜，所以在切入正题之前，有必要先行表白一番。

赫特福郡特凌城的居民至今记忆犹新，在不久前的1751年，离首都20英里的地方，人们抓住两个老态龙钟的巫婆，这两人年迈体弱，一副疯疯癫癫的样子，被人怀疑在施行巫术。为了试其真假，结果被抛入饮马池活活淹死。

在靠近村庄中央的一个农家大院里，至今还长着一排曾被截过头的梣树。树干上留有裂痕和长长的伤疤，由此可见，这些树以前曾被切开过。当年幼树的木质还比较柔韧时，人们在树干上剖口，用楔子撑开。患疝气的婴儿被脱光衣服，塞进树缝，人们指望用这种手段来治愈可怜的孩子。手术结束后，人们马上在树干的切口上敷上肥土，仔细包扎好。这些创口通常会渐渐长好，若果真愈合了，就意味着孩子的病也会痊愈。如果创口没能愈合，也就表明手术以失败告终。前些时扩建园子时，我曾砍倒几棵梣树，发现其中有一棵树干上残留着没能弥合的裂痕。

据说村子里有些人小时候也用这种方法治愈过疾病，或许这种做法传自我们的先祖撒克逊人,早在皈依基督教前,他们就已经施行这套迷信的仪式。

在教堂附近普莱斯特广场的南端,20年前曾有一棵老梣树,树梢被截,树心空空,形状怪异,多年来却一直被人们奉为神明,称之为"鼩鼱梣"。那是因为如将这棵老树的嫩枝轻轻地敷在家畜的肢体上,鼩鼱导致的伤痛就会立刻消除。据说鼩鼱的毒性相当厉害,一旦和它有过接触,无论是牛是马,还是羊,都会痛得要命,甚至会恶化成四肢残疾。[①]为了防范这种极易发生的祸害,我们聪明的祖先身边总是备有"鼩鼱梣",因为一经产生疗效,便能永保无虞。培养"鼩鼱梣"的方法如下:用钻在梣树的躯干上打一个很深的洞,然后将一只活的鼩鼱塞进去,封住洞口,当然还得念几句离奇的咒语。这种咒语早已失传,今人也难以理解这种献祭仪式,世代相传的习俗也就无疾而终了。现在,在这片领地或郡县内再也见不到这种树了。

至于普莱斯特广场的这棵树,

　　已故的牧师已将它连根拔起,一烧了之。

他身为执事,全然不顾旁人的苦苦规劝。他们说这棵树能治病有神效,但他们的求情终归徒然。他们说:

　　Religione patrum multos servata per annos
　　由于先祖的顶礼膜拜,它得以长年保存
　　　　　　　　——维吉尔《埃涅阿斯纪》第2卷

---

① 艾伦注:这些观察称得上是现代民俗学的先声。在怀特所处的时代,类似的事情常常为人所鄙视。为了治愈患"鼩鼱病"的马,人们常常将病马从荆棘的缝隙中拖过去。弗雷泽所著《金枝》中对人们用"鼩鼱灰"来做祭品之类的植物崇拜有详尽的描述。

娱乐场

/ 第29封 /

塞耳彭，1776年2月7日

尊敬的先生：

　　大雾弥漫天，树木简直就像一个完美的蒸馏器，地势越高，效果越佳。蒸汽在枝叶上凝聚成水珠，沿着枝条滴到地上，形成一片水洼。不曾留意的人难以想象，一夜之间，一棵树能蒸馏出来多少水。牛顿巷有一棵大橡树，长得枝繁叶茂，在1775年10月的一个大雾天，这棵树上滴下大量的水，一会儿工夫，车辙里便积满了水，大路几成泽国，平时这里可是干得尘土飞扬。

　　如果我没搞错的话，在西印度有一些我国的小型岛屿。那里既没有泉水，也没有河流，生活必需的用水全靠大树所赐。那些树又高又大，长在云遮雾障的大山深处，一年到头不停地洒着水滴，施惠于当地的居民。正是靠这些大树的化汽为水，人类才能在那里定居。

　　枝繁叶茂的树比光秃秃的树接触水汽的面积更大，从理论上说，前者凝聚的水汽应该远远超过后者。但前者自身也要吸入不少水分，所以很难确定究竟何者能产生更多的水滴。据我所知，躯干上爬满常春藤的落叶树蒸馏出来的水分似乎最多。常春藤厚厚的叶片非常光滑，凉丝丝的，水汽一沾上去马上就会凝成水珠。此外，四季常绿的植物几乎不需要汲取多少水分。有些人头脑灵活，打算在池塘周围植树，以保持水源长年不涸。他们在选树种时，倒是可以从中有所借鉴。①

　　树分泌的水分越多，凝结的水汽也更多，从而使大量的水汽不易蒸

---

① 怀特注：参见威德·考尔姆《北美洲之行》。

发，所以树林里常常是湿漉漉的，自然也就有助于池塘小溪保持清水长流。

绿树成林大大有益于江河湖泊，这在北美已是人所皆知的事实。树林一旦遭到滥伐，必然导致江河湖泊的萎缩。有一些溪流，百年前水量相当充沛，如今却已推不动一座水磨。① 而我们这里森林和猎场的周围大多有水塘和湿地，也是出于上述同样的原因。

对于爱动脑筋的人而言，最奇怪的现象要数白垩山顶上的小池塘。即使在旱情极为严重的盛夏，许多池塘里的水也不会枯竭。我指的是白垩山，而在岩石和沙砾组成的地方，高地和山崖上常常会喷射出泉水。哪怕是熟知白垩地的人，也从来不曾在白垩山崖上见过喷泉。他们所见的泉水都位于山谷的底部。一位掘井人对我反复强调，白垩地层极具渗透性，地下水最终都会聚集到同一个平面上。

这般圆圆的小池塘在我们这个地区委实不少，尤其值得一提的是牧羊坡上的那口池塘。那里高于我的居所300英尺，池塘直径不到30英尺，中央的最深的地方也不过3英尺，蓄水量两三百毫格。虽然来这里饮水的羊多达三四百只，还有20头大牲畜，但它一年到头从不干涸。实际上，就在小池塘的上方，有两片榉树林，面积虽然不是很大，却肯定能为池塘提供水源。不过，还有一些同样的小池塘，周围没有什么树林，尽管四季风吹日晒，牛羊常年在此饮水，却总能维持相当的水量。在1775年5月的日记中，我写道："山谷下的小池塘都没水了，甚至连一些较大的池塘也已经干涸。但是，山顶小池塘里的水却依然丰沛。"虽说谷底的水更容易蒸发，但差别如此悬殊，难道全是因为蒸发所致吗？是不是高处的池塘还有隐蔽的水源，在夜间能补充白天消耗的水量？要不然，光是牛羊就能将池里的水喝得一干二净。其中的原委，值

---

① 艾伦注：现在众所周知，干燥的地区如植有树木则能增加雨量，而原先潮湿的地带，如树木被大肆砍伐，则会沦为干旱的沙漠。

得做一番更仔细、更深入的探究。黑尔斯博士在《植物静力学》一书中断言，实验证明"越潮湿的地方，夜间滴落的露水就越多，洒落在水面上的露水，是洒落在湿地上的两倍"。由此可见，因为水温比较低，所以在晚上能汲取大量的湿气，天上大雾弥漫，空气中充满水分，自然形成了取之不尽的水源。如牧民和渔夫这类早晚出门的人都知道，入夜后的高地雾气甚浓，连酷热的夏夜也同样如此。尽管感觉不到水往下滴，但涌动的潮气早已将东西的表面搞得湿漉漉的。

/ **第30封** /

塞耳彭，1776年4月3日

尊敬的先生：

　　埃里桑先生是法国解剖学家，他似乎以为自己已经解开大杜鹃不孵卵的原因。他认为，那是因为大杜鹃体内组织的构造比较特殊，致使它们不能孵卵。按照这位先生的说法，大杜鹃的嗉囊不像鸡和鸽子那样，位于颈部下方的胸骨前面，而是紧挨在脖子后面，下接内肠，高高突起，就像在肚子上长了一个大瘤。①

　　他的这种说法勾起了我们的好奇心，于是也搞来一只大杜鹃进行解剖。打开胸腔便露出了内脏，消化器官确实位于上述地方。大杜鹃的胃又大又圆，里面塞满食物，像个鼓鼓囊囊的针线包。仔细查看，发现里面有圣甲虫、蜘蛛和蜻蜓等各式各样的昆虫。我们曾看到过大杜鹃在空中捕食刚蜕皮羽化出来的蜻蜓。一肚子的杂物中还有蛆和各种植物种子，如鹅莓子、黑醋栗、蔓越橘等水果种子。看来大杜鹃主要还是靠吃昆虫和果实为生，我们并没有在它的肠胃内找到任何动物的骨头和羽毛之类的残留物。由此可见，说什么大杜鹃是食肉的猛禽，显然为无稽之谈。

　　我们看到，大杜鹃的胸骨好像特别短，嗉囊位于胸骨和肛门之间，相连的肠子则贴着背脊骨。

　　这位解剖学家的描述准确无误，大杜鹃的胃囊的确位于肚肠上方，孵卵的时候会很不自在，如吃得太胀，则更加难过。但是，我们需要查

---

① 怀特注：参见1752年出版的《皇家学会志》。

证一下，那些能够孵卵的鸟类，是否与大杜鹃身体构造完全相同。我打算有机会就逮一只欧夜鹰，亲自做一番探究。如果其器官位置并无不同，那么，这位解剖学家的论断未免就有点草率了。①

根据欧夜鹰的习性和体形，我们猜测它的内部器官结构应与大杜鹃没多少差别。没过多久，我们就抓到了一只欧夜鹰，经过解剖，果然证明我们的猜测是有道理的。它的嗉囊正在内脏之上，胸骨后面，夹在外皮与内脏之间。嗉囊又大又硬，里面塞满蛾类昆虫，好多蛾子和蛾卵，肯定是在吞咽时将昆虫的卵挤了出来。

埃里桑先生认为，大杜鹃不会孵卵的原因在于其特殊的器官结构。大家都知道，夜鹰会孵卵，而它的身体构造与大杜鹃相差无几，由此可见，埃里桑先生的推断未必站得住脚。大杜鹃偏偏不愿孵卵，为何会有这等怪癖，我们还是搞不清其中的原因。

雀鹰的身体结构与大杜鹃也大同小异，就我所知，雨燕的情况也差不多。看来不吃谷子的鸟类，其体内结构很可能都是这样。

---

① 艾伦注：大杜鹃体内并没有阻碍其孵化小鸟的机制，有关大杜鹃和其他类似的鸟类靠寄生来哺育后代的情况，达尔文做过详尽的阐述。

/ 第31封 /

塞耳彭，1776年4月29日

尊敬的先生：

1775年8月4日，我们惊讶地发现，有一条大蝰蛇在草地上晒太阳。这条蛇身子肥硕，显得很笨重。剖开蛇腹，肚子里居然怀有15条小蛇，其中最短的一条也有7英寸长，大小和成年的蚯蚓差不多。初见天日，这些小东西便将毒蛇的本性暴露无遗。一出娘肚，它们就绕来窜去，扭作一团，反应极为敏锐。虽然这些幼蛇还没长牙，用放大镜也看不出，但拿棍子去逗一下，它们立马昂起脑袋，张大嘴巴，摆出一副凶狠的模样，凛然不可冒犯。

在好学善思之人看来，小动物的本能反应，可谓神奇无比。虽然天生的爪牙尚未长成，但它们知道这些武器长在哪里，该如何恰当地利用这些武器来进行自卫。小公鸡爪子还未完全长好，就会用脚爪与对手打斗。小牛小羊头上还没长出锐角，就会用脑袋顶撞。同样，小蝰蛇未现毒牙，便已经想要张口乱咬了。不过，那母蛇的毒牙确实厉害，我们用剪刀将它撬起来（不咬时蛇牙是倒伏的），剪了下来。

有人猜测，小蛇之前是在外面的，母蛇预感到危险时，就会将它们藏入嘴中。这种说法似乎言之无据，如果真是那样的话，我们本该在母蛇的脖子里，而不是肚子里找到小蛇。

/ 第32封 /

　　阉割自有奇效，无论是人，还是禽兽，一旦遭到阉割，就会变得阳气委顿，雄风不再。因此，太监的手臂、大腿和小腿的皮肤光滑细嫩，臀部肥大，下巴无须，讲起话来尖声尖气的。去势的公鹿不会长角，模样和雌鹿差不多。阉过的公羊两角甚小，就像母羊。阉牛的角又大又弯，叫起来嗓门粗糙，就像母牛。公牛的角却又短又直，咕哝声虽然低沉，一旦发飙，嗓音极为高昂。阉鸡的鸡冠和腮下的垂肉都很小，怯生生地就像小母鸡。走起路来也不再雄视阔步，还会像母鸡那样伏窝。阉猪的獠牙也长不大，就和母猪一模一样。

　　由此可见，雄性器官一经摘除，代表雄性特征的那些器官也就不再发育生长了。莱尔先生天资聪颖，他在有关农事的书中，更为深入地探讨了这一点。他有一头公猪，脾气暴烈，性欲极强。为了防止它闯祸，就让人将公猪的獠牙卸了下来。这一来，公猪元气大伤，以前它看到母猪就如痴如狂，拦都拦不住。如今见到母猪，却显得没精打采无动于衷。[1]

---

　　[1] 艾伦注：怀特在这里探讨了有关器官和功能的相互关系，对后人有所启示。达尔文《人类的由来》中有关章节对性的选择有详细的论述。

/ **第33封** /

  猪的寿命究竟能有多长，人们所知甚微。原因很简单，因为将这种粗野的动物养到寿终正寝，那是既无利可图，也会带来诸多不便。不过，我有一位邻居，家道殷实，虽然他无心细究物理，却养了一只杂种矮脚母猪。这头母猪又大又肥，肚皮垂到地面。由于已经活了17个年头，它显得老态龙钟，牙齿脱落，生育能力也大不如前。

  在将近10年的时间里，这头母猪每年都生两窝小猪，每次约10只，有一次居然生了20只。由于小猪的数量超过了奶头的一倍，不少小猪被活活饿死。在世日久，这头母猪变得十分狡黠，一旦发现有与公猪交配的机会，它常常会拱开各道门栏，独自跑到很远的农庄，与那里的公猪交配，心满意足后才会打道回府。大约在15岁那年，母猪产崽的数量下降到了四五头。膘肥体壮时，它栏里的小猪个个养得细皮嫩肉，白白胖胖。保守估计，它至少生了300头小猪，真是个多产的母亲。这般大的一个四足动物，居然有如此强盛的生育能力！直到1775年春天，这头母猪才被宰杀。

/ 第34封 /

塞耳彭，1776年5月9日

尊敬的先生：

...admorunt ubera tigres.

想必雌老虎给你喂过奶。

——维吉尔《埃涅阿斯纪》第4卷

前信[①]曾经谈到，在孤独无伴的环境中，不同种的动物，也会因内在的社交精神而互生依恋之情。异种之间的情愫可谓不同寻常，在此，不妨对其不同的原因再做一番探讨。

我的朋友搞到一只可怜的小野兔，仆人用勺子给它喂奶。与此同时，他的家猫也生了小猫。主人让人将小猫搞死后埋了。没过多久，小兔子失踪了，人们推测，小兔大概就像许多宠物一样，被狗或猫吃掉了。然而，大约过了两个星期，一天黄昏时分，主人坐在花园里，蓦然看到家猫翘着尾巴疾步朝他跑来。那老猫一边跑，一边发出满意的叫声，就像它过去爱抚小猫时的模样。老猫的身后蹦蹦跳跳地跟着一个小东西，原来正是那只走失的小兔。老猫用自己的乳汁喂养了小兔，后来也一直对小兔施以母爱。

瞧，凶残的肉食动物居然会尽心哺育草食动物！

猫科动物，嗜血成性，林奈称猫为鼠狮，如此凶狠的动物为何却对天然的猎物柔情有加，个中原因，委实令人费解。

[①] 怀特注：参见致巴林顿先生的第24封信。

或许，这种奇怪的情感缘于母兽的本能，失去了子女反而激发了内在的母爱，饱胀的奶头也需要幼崽的吮吸才会产生快感。于是，出于天性，老猫也乐于将小兔视为己出，百般呵护。

失去幼崽的母兽哺育被遗弃的孩子，亦不失为一种善举，严肃的历史学家和史诗作者对此都曾有所描述。史载母狼曾经养育过罗慕路斯和瑞摩斯，不过，嗜血的老猫哺育可怜的小兔，可要比前者更为离奇。

...viridi foetam Mavortis in antro
Procubuisse lupam: geminos huic ubera circum
Ludere pendentes pueros, et lambere matrem
Impavidos: illam tereti cervice reflexam
Mulcere alternos, et corpora fingere lingua.

正是伏尔坎雕刻了这个场景：产崽后的母狼舒展着身子，躺在马尔斯绿色的洞窟里。一对孪生的男婴攀着母狼的乳房嬉戏，毫不畏怯地吮吸着狼乳。母狼扭动着俊美的脖子，轮流抚摸着这对婴儿，用舌头舔着孩儿的身体。

——维吉尔《埃涅阿斯纪》第8卷

塞耳彭教堂之北面

/ 第35封 /

塞耳彭，1777年5月20日

尊敬的先生：

经常被洪水淹没的田地往往比较贫瘠，很可能是因为地里的虫子被淹死了。昆虫和爬虫显得微不足道，对自然界造成的影响却非同小可。小小的虫豸毫不起眼，但它们的繁殖能力相当旺盛，数量惊人，造成的后果可不容轻视。例如，在自然之链中，蚯蚓仅为卑微的一环，如一旦缺失，则会造成可悲的断裂。且不论有一半的鸟以蚯蚓为主食，有些四足动物也几乎全靠蚯蚓为生，这种虫子本身也对植物的生长贡献颇大。若是没有蚯蚓钻孔打洞，翻泥松土，雨水便没法完全渗入田地，植物的根须也难以吸收足够的水分。若是没有蚯蚓搬来碎草和枝叶，并用"蚯蚓屎"筑起一个个小土堆，谷物和青草便没了这等优质的肥料。雨水冲走了山坡上的泥土，很可能就是蚯蚓为之提供了新的土壤。蚯蚓喜欢斜坡，也许是因为那里不易积水。①园丁和农夫讨厌蚯蚓，前者可能是因为嫌蚯蚓会搞得园中小径不够整洁，还得花很多工夫去打扫，后者也许以为蚯蚓会啃坏他们的嫩玉米。但是，如果没有蚯蚓，土质就会变得僵硬，不易发酵的土壤终将沦为不毛之地。此外，我们理当为蚯蚓正名，与其他虫害相比，蚯蚓对庄稼、植物和花朵的伤害显得微不足道。严重的虫害来自幼虫期的鞘翅目昆虫，或长脚昆虫，还有背上无壳的小蜗牛。这种小蜗牛俗称"鼻涕虫"，常常会悄无声息地给田地和花园带来一场浩劫。②

区区数言，但愿能引起人们对蚯蚓的兴趣，从而做出更深入的研究。③

有关蚯蚓的优秀的论文，既能让人增长知识，也会让读者感到兴趣盎然，并将在自然史的研究上开辟出一片广阔的新领域。蚯蚓在春季活动最为频繁，不过，在冬季也不会冬眠，遇到温暖的夜晚，它们就会爬出来活动。在草地上不计辛劳、秉烛夜巡的人，都能证实这一点。蚯蚓雌雄同体，性欲旺盛，繁殖能力极强。

---

① 艾伦注：怀特的这段描述相当有趣，虽然没有详述实验或观察的细节，但他提出的一些重要原理后来在达尔文有关植物形状与蚯蚓的论文中得到充分的阐释。那篇论文相当出色，作为一个作者，达尔文一向为人坦诚，言必有据，奇怪的是他这一次却有点失忆，他对这个问题进行了孜孜不倦的研究，起初肯定是受到了怀特这段描述的启发，但在这篇论文中对怀特只字不提。

② 怀特注：诺顿农庄的农夫杨说，1777年春季，小麦的叶子上爬满鼻涕虫，嫩叶才冒头就被吃光，4亩小麦全被毁了。

③ 艾伦注：怀特希望有人能就这个问题做出专门的研究，达尔文完成了他的愿望。

/ 第36封① /

塞耳彭，1777年11月22日

尊敬的先生：

您肯定还记得，去年3月26日和27日，连续两天，热得要命。闷热的天气搞得人们心情烦躁，坐立不安。突然暴热，让人一下子很难适应。

酷热如夏，猝然而至，一些夏日才有的景致也与之俱来。那两天，哪怕在阴凉的地方，气温也高达66℉，许多昆虫纷纷醒来，到处乱爬。教区四周，蜜蜂云集。苏塞克斯郡路易斯城附近的老乌龟也爬出了它的卧室。与我当下的话题最相关的是，许多地方出现了不少家燕。它们飞来飞去，显得非常机灵。家燕最多的地方是苏雷郡的科伯罕。

但是，高温持续的时间极为短暂，恶劣的天气随之而来，霜冻频降，寒风凛冽。昆虫纷纷藏匿，陆龟又退居地窟，家燕也不见了踪影。再次看到家燕已是4月10日，那时早春的寒意已消，天气开始回暖。

而且，根据我多年日记所录，毛脚燕飞离的时间约在每年10月初。疏于观察的人往往就此以为，它们正是在那时与我们告辞的。但我日记中的相关记载表明，11月的第一个星期，还能看到许多毛脚燕。11月4日那天，仍旧有毛脚燕现身，但也只是仅此一天而已。虽然如此，它们还是悠然自得地嬉戏，平心静气地进食，情绪如常，没有表现出任何行将远徙他乡的激动。本月初，情况亦复如此。10月7日那天，毛脚燕似乎已经全部撤离，可到了11月4日，又看到20多只毛脚燕。整整一个上午，

---

① 艾伦注：巴林顿在出版《杂论集》时，将此信收入书中，显然是巴林顿在通信时引发了这个话题，怀特予以回复。

它们在我的田园和垂林之间嬉戏玩耍，在昆虫聚集的阴凉处鼓腹而游。前一天还是大雨滂沱，狂风怒号，到11月4日却已是转阴，刮西北风，变得暖和，气温升至58.5℉。在这个季节，气温通常不会如此之高。此外，值得一提的是，无论在秋季还是冬季，只要气温超过50℉，蝙蝠都会飞出来。

综上所述，可见只要天气稍有反常，气温陡然升高，冬眠的昆虫、爬虫和四足动物都会从沉睡中苏醒。可以说，正是低温造成了死气沉沉的冬眠。由此进而做出合理的推断：不列颠的两种燕科鸟，全部或大部分未必飞离本岛，而是遁入了蛰伏状态。如果认为，为了在11月的某个早晨亮个相，毛脚燕在飞离一个月后，又从南方飞了回来。或者说，为了稍纵即逝的两个暖日，毛脚燕会在3月飞离非洲，那简直是难以想象的事情。①

---

① 艾伦注：这种情况很可能是因为燕子在南迁的途中暂时为食物所诱，稍稍向北方折回一小段时间。

/ 第37封 /

塞耳彭，1778年1月8日

尊敬的先生：

　　几年前，这小村庄里有个贫民，他生来命苦，自小就患上了麻风。我们发现，他的病有点不同寻常，感染部分仅限于手掌和脚底。这种鳞状的麻风疹一年暴发两次，通常是在春季和秋季。剥掉外面的疹子，里面露出细嫩的皮肉，手脚根本派不上用场。这个可怜的人经常拄着双拐，什么活都干不了，无所事事地艰难度日。他瘦得形销骨立，简直像个活死人。这种苟延残喘的生活苦了他自己，也拖累了供养他的教区。他在三十出头时就死了，也总算得到了解脱。

　　有些女人品不坏，但喜欢就小孩子的生理缺陷说三道四。她们认为，那个孩子之所以得麻风，是因为他母亲过于贪食牡蛎，饕餮无度，所以她的孩子手脚皮肤变得乌黑粗糙，就像牡蛎的外壳。我们认识那孩子的父母，两人都没生麻风，老爸还特别长寿呢。

　　自古以来，麻风一直是人类的致命大患。早在远古时代，以色列人就曾饱受麻风的折磨。利未人的法典中就有专门的记载[①]，并再三强调相关的戒律。直到王国晚期，人们对这种恶疾的怨恨依然十分强烈，《新约》中有不少段落论及此事。

　　几个世纪之前，这种恐怖的瘟疫席卷整个欧洲，我们的先辈也未能幸免于难。大难临头之际，人们建造了不少救助患者的设施。林肯主教区就有一家医院，专门收治女性麻风病人。达雷姆附近则有一家医院，

[①] 怀特注：参见《圣经·利未记》第13章和第14章。

专收贵族患者。有三所医院在伦敦和南沃克,在一些规模较大的镇子和城市周围,也许有更多这样的医院。而且,一些王公贵族、达官富豪,也大发慈悲,纷纷解囊相助,留下大笔遗产,救济那些绝症患者。

想到这种瘟疫行将被扑灭,麻风患者已不多见,仁而好思之士自然会感到喜出望外。而且,他还会进一步去探究其中的原因。情况之所以持续好转,或许是因为这些王国里的人时兴吃鱼,与过去相比,腌肉的摄入量已大为减少。此外,内衣的材料也大多改为亚麻布,面包又多又好,每家每户都有足够的水果、萝卜之类的根菜、豆子和各种绿叶蔬菜。三四个世纪之前,还没有什么围场和人工草场,不种蔓菁和胡萝卜,也不储存干草。过了米迦勒节,那些在夏季养肥后没被宰杀的牛羊便被赶到外面去过冬,冬春两季没有新鲜的牛羊肉供应。所以在爱德华二世统治时期,老斯宾塞家中的储藏室内堆满各种腌肉①,足够吃到5月3日。正是因为有了这些储备,野心勃勃的贵族豢养了一帮游手好闲的侍从,随时准备犯上作乱。如今,农业技术已日臻完美,冬季也有上等的鲜肉供应,有钱自然首选刚宰杀的新鲜牛羊肉,除非有人特别爱吃咸肉。

老百姓食用大量劣质腌肉和咸鱼,无疑是导致麻风的一大因素。过去人们一年四季都吃这种东西,连四月斋也不例外。如今,连穷人都不再碰这类食物。

过去,人们的贴身衣裤往往是羊毛制品,时间一长,变得又脏又臭。这些年来,换成了亚麻制品,就干净多了,显然对防治皮肤病相当有效。现在,在比较贫困的威尔士地区,人们主要还是穿毛制内衣,所以,那里的人易得疥癣。

过去人们常吃大麦和豆粉做的面包,那种食物没有活血功能,也不利于平衡体液。如今,在南方各阶层的餐桌上,优质面包已经不是什么

---

① 怀特注:也就是600份熏猪肉、80份牛肉和600份羊肉。

稀罕物了。而山区的居民因为食物匮乏，依然饱受疥疮之类皮肤病的折磨。

至于园圃中的农产品，凡是有心观察的中年人，无不意识到如今城乡居民消费大量的蔬菜，那是过去没法比的。城里的菜摊，让许多人日子过得更加方便舒适，菜农也赚到了钱。每一个体面的农民都有一片菜园，既能养家，又可消遣。地主通常都会给雇工提供大量的豆角、豌豆和各种绿叶菜，和熏肉一起食用。个别雇主不这样做，就会被人鄙视，认为他们过于吝啬，无视雇工的福利。这20年来，由于政府补贴，这一区域已经广种土豆，现在穷人都爱吃土豆。在前一个王朝，人们可是连尝都不敢尝一下。

我们的撒克逊先祖想必种过某种甘蓝，因为他们将2月叫作"萌芽时节"。但此后很长一段时间，园艺一直遭到冷落。英国人中最早重视园艺的当属宗教人士，他们生活悠闲，常与意大利人有书信往来。在大大小小的修道院内，他们自栽果树，种植蔬菜，农艺水平日臻完善。① 贵族们则不屑农事，他们始终关心战争，或热衷于行猎作乐。

自从绅士们开始重视园艺，相关的种植技术才得以迅速发展。科伯罕勋爵、伊拉勋爵和孔斯菲尔德的沃勒先生等人开风气之先，他们既推进了庭院装饰艺术，也不鄙视事关厨艺的蔬果经营之道。

雷先生称得上是位高人，他在欧洲游记的一席话，让我们既感到吃惊，同时也证实了上面的说法。那时，他观察到"意大利人常用几种香草拌色拉，英国人则直到很久以后才这样吃。芹菜只是一种野芹菜，略含甜味。意大利人将它带根切下，加上油，和辣椒一起生拌吃"。他还说："远离海边的居民常吃开水泡过的苣荬菜，用它来做色拉，似乎比莴苣味道更佳。"雷先生此次欧洲之行不会晚于1663年。

---

① 怀特注："在修道院内，知识之灯虽然略显昏暗，却始终不曾熄灭。经世之才可以从政，学问之道则由僧侣切磋传承。若论机械、园艺和建筑，他们才是唯一的行家里手。"引自道利姆普尔的《苏格兰编年史》。

哈特利·毛堆特

/ 第38封 /

塞耳彭,1778年2月12日

Forte puer, comitum seductus ab agmine fido,
Dixerat, ecquis adest? et, adest, responderat echo.
Hic stupet; utque aciem partes divisit in omnes;
Voce, veni, clamat magna. Vocat ila vocantem.

那个小伙正巧与同伴走散,他大声发问:"此地可有人?"回声响起:"有人!"他惊讶地环顾四周,再次大喊:"出来!"回声答道:"出来!"

——奥维德《变形记》第3章

尊敬的先生：

　　本地山谷幽深，垂林遍野，回声易起，不足为奇。群犬乱吠，猎号声声，铃儿叮当，百鸟齐鸣，回音纷繁，耳不暇听。尽管如此，我们还是难得听到清晰多变的回声。直到有一个夏天，时值黄昏，一位年轻的绅士在散步时与同伴走散了。他边喊边找，却意外听到了奇妙多变的回声。刚开始，他大吃一惊，还以为是哪个男孩在捉弄他。他试着用不同的语言呼喊，却发现居然有问必答，而且通晓各种语言。他这才恍然大悟，原来是空谷回声，造化弄人。

　　黄昏时分，乡野的嘈杂声尚未停息，此间回声荡漾，音节竟可多达10个，无不清晰可辨。若以轻快的"扬抑抑格"听之，则效果更佳。

> Tityre, tu patulae recubans...
> 哦，提泰鲁斯，你斜倚在枝繁叶茂的榉树下……
> ——维吉尔《牧歌》第1首

　　回声中这句诗的最后几个音节，和前几个音节一样清晰。如果在静寂的子夜，空气富有弹性，还能多听到几个音节。只是地处僻远，深更半夜去那里挺不方便的。

　　我们注意到，轻快的"扬抑抑格"回音效果最佳。我们曾试以音节相同、缓慢低沉、局促拗口的"扬扬格"诗句，虽有回声，却只有四到五个音节。

> Monstrum horrendum, informe, ingens...
> 一个庞大的畸形怪物，面目可憎……
> ——维吉尔《埃涅阿斯纪》第3卷

　　总有某个点上产生的回声更有力度，更为清晰，这个点与发声处的距离当不远不近,角度须恰到好处。与垂林和山谷相比,建筑物和光秃秃的岩石产生的回声更加清晰。回声会受树林和山谷的阻滞,力度大为减弱。

通过各种试验后,我们终于发现,原来回声来自一座烘蛇麻的窑,窑址位于"盖里巷"。石窑顶上铺瓦,前面长40英尺,窑檐高出地面约12英尺。激发回音真正的地点在国王田中的某处,位于一条垄沟陡峭的边缘,那是在通往诺尔山大路的上方。在这种情形下,原本无所谓距离可言,但在这条路上碰巧都能听到回声,因为地势忽高忽低,无论进退,开口发声的人不是高于回音处,便是比它更低。

对于多音节的回声,我们做过相当精确的测试,所得结果显然短于普劳特回声定律所设的距离。在《牛津郡志》一书中,普劳特博士曾设定过有关远距离回声的定律。他认为,产生一个清晰的回声,距离至少需要120英尺。以此类推,回声若要产生10个清晰的音节,就得有400码的距离,也就是每个音节120英尺。然而,我们测定的距离却仅为258码,每个音节约75英尺。可见我们测量的结果与博士所设的定律不符,两者的比例约为5∶8。必须承认,这位哲学家还是相当坦率的,他后来认可,产生回声的距离,往往因地因时而有所不同。

测试回声,千万不可忘记气候和时辰的极大影响。潮湿阴沉的空气会阻滞声音的传播,灼热的阳光也会让空气变得稀薄,使其失去任何弹性。狂风怒号,则会令所有的回音销声匿迹。静谧的傍晚,天朗气清,露水莹莹,此刻的空气最富有弹性。为时愈晚,则效果愈佳。

回声是多么有趣,它能激发人们的想象力,诗人墨客往往将其拟人化。在他们的笔下,多少美丽动听的故事因此而展开。如若迷恋于回声,严肃认真的先生也大可不必因此而略感羞怍,因为它也可能成为哲学或数学关注的问题。

一般来说,即便有人对回声毫无兴趣,至少也不会认为回声有损于人。但是,维吉尔提出一个怪论,说什么回声对蜜蜂不利。他说,谨慎的养蜂人都希望自己养蜂的花园远离回声。他列举了一些由此带来的烦恼，还说：

> ...aut ubi concave pulsu
> Saxa sonant, vocisque offensa resultat imago.
> 声音振动了穹石，激起一阵回声。
>
> ——维吉尔《农事诗》第4首

现今的哲学家自然不会认可这种荒诞不经的论调，尤其是他们似乎都相信昆虫根本没有任何听觉器官。①但是，如果有人强调，昆虫虽然不能听到，却能感受到回声的震颤，在我看来也并非不可能。不过，我并不认为回声会让蜜蜂感到不适，或有所伤害。因为在晴朗的夏天，我屋外的蜜蜂好生热闹，而那里正是回声嘈杂的地方。我们的村子恰如另一个亚拿突——回声频发之地。实验也证明，声音并没有对蜜蜂造成什么干扰。我经常拿着大喇叭，对着蜂房高声喊叫，声音很响，连1英里外的船上也能听到，可那些蜜蜂依然各行其是，根本无动于衷，也没表现出任何反感。

发现回声之后，过了一段时间，石窟还在，这里的回声却完全消失了。原因并不费解，那是因为中间新辟了一片蛇麻地，藤蔓茂密，枝叶缠绕，消解了各种声响。等到秋收季节，割了蛇麻后，令人失望的是，我们还是没盼来原有的回声，因为人们筑起了高高的篱笆，用来保护蛇麻地，与此同时，也完全阻断了声音的传播和反弹。不除去这些障碍，就别指望再能听到那婉转多变的回声。

如果哪位家道殷实的绅士对回声有兴趣，希望在自己的花园或门外也能欣赏到回声，要营造这一现象，其实花不了多少钱，甚至根本就用

---

① 艾伦注：现在已经证实昆虫对声音相当敏感。不少昆虫会发出悦耳的声音，为了求偶，或浅吟低唱，或引吭高歌。

不着花钱。你只要在新建谷仓、马厩、狗窝之类的东西时，将位置选定在一座小山坡上，对面几百码的地方也得有一面小斜坡就行了。两地之间如果有人工河渠、湖塘或小溪则效果更佳。傍晚时分，邀三两好友，在距离恰当的位置就座，便可与那位"巧舌的仙女"谈天说地了。这位"仙女"绝对高冷，非其他女子可比，因为她：

> ...quae nec reticere loquenti,
> Nec prior ipsa loqui didicit resonabilis echo.
> 厄科有问方答，别人发声，她才打破缄默，你若不言，她自金口不开。
>
> ——奥维德《变形记》第3章

又及：古典诗词对回声的描写极为细腻，充满诗意，尽管这些解释基于流行的迷信。在下引用几行美丽的诗句，热爱古典文学的读者想必不会介意。

> Quae bene quom videas, rationem reddere possis
> Tute tibi atque aliis, quo pacto per loca sola
> Saxa paries formas verborum ex ordine reddant,
> Palanteis comites quom monteis inter opacos
> Quaerimus, et magna dispersos voce ciemus.
> Sex etiam, aut septem loca vidi reddere voces
> Unam quom jaceres: ita colles collibus ipsis
> Verba repulsantes iterabant dicta referre.
> Haec loca capripedes Satyros, Nymphasque tenere
> Finitimi fingunt, et Faunos esse loquuntur;
> Quorum noctivago strepitu, ludoque jocanti

Adfirmant volgo taciturna silentia rumpi,
Chordarumque sonos fieri, dulceisque querelas,
Tibia quas fundit digitis pulsata canentum,
Et genus agricolum late sentiscere, quom Pan
Pinea semiferi capitis velamina quassans,
Unco saepe labro calamos percurrit hianteis,
Fistula silvestrem ne cesset fundere musam.

当你意识到这一点,
就能对他人和自己道明原因。
在昏暗的山谷,向四周
呼喊寻找迷路的同伴。
在幽静荒僻的地方,岩石能将喊声
逐字逐句依次弹回。
有些地方,高喊一声,
回声多达六七次。
此伏彼起,只因群山相应, 余音不绝。
居民臆测,此间或有半人半羊的仙人和森林女神,
农牧神通宵夜游,尽情狂欢,
嬉闹声打破林中的寂静。
高山流水,横笛竖琴,
弦歌声声,凄美动听。
远近百姓,如闻仙乐,
潘神摇首,似人似兽。
舞动花冠,吹响芦笛,
林间仙乐,声声不息。

——卢克莱修《物性论》第4卷

从美丽的大街看垂林

花园墙上的门牌

/ 第39封 /

塞耳彭，1778年5月13日

尊敬的先生：

普通雨燕，与众不同之处甚多，颇能讨人欢喜。据我多年来的观察，至少可以断言，成双成对飞来的雨燕，每年的数量总是一成不变。家燕和毛脚燕的数量实在太多，四散在村子里，数也数不清。雨燕筑巢，虽非全在教堂，却经常在那里聚集，绕着教堂盘旋嬉戏，比较容易数清楚。我常看到八对雨燕，其中一半将燕窝搭在教堂，另一半则筑巢于乡间低矮简陋的茅草房。即使考虑到有些幼鸟会意外夭折，八对雨燕每年孵出的小燕也远不止八对。但是，每年增添的燕子又去了何方？春天来临时，究竟是哪几对雨燕回到我们身边，重归旧巢？

自打关注鸟类学以来，我一向认为，鸟类之所以在世界各地分布得如此均衡，其原因在于"亲情的突变"，即继亲子之爱后的断然割舍。如果没有这种情感的逆转，那么鸟儿原来喜欢的地带就会鸟满为患，而别的地方则将沦为被舍弃的无鸟区。不过，老鸟似乎拥有可羡的优势，它们逼迫小鸟自谋出路，自寻新舍。雄鸟间的互不相容，也致使它们各居东西。如前所述，很难说清每年飞回的家燕和毛脚燕是否数量相同。不过，正如我在论文中所言，返乡的燕子与离开时的数量显然不是对等的。①

---

① 艾伦注：马尔萨斯的《人口论》探讨人口增殖这个深奥的问题，达尔文和斯宾塞学派从"自然选择""适者生存"学说推导出"生存竞争"的理论。从怀特的这封信中多少可以看到上述这些理论得以产生的先兆。纵观思想的萌芽发展到思潮的形成，是一件很有意思的事情。

灰林鸮

/ 第40封 /

塞耳彭，1778年6月2日

尊敬的先生：

　　世人一向对植物学很反感，他们认为玩花弄草无非是为了寻欢作乐，消闲解闷，并不能真正有益心智，也未必可以推进知识的进步。如果植物学仅仅止步于系统分类，那么，对它的攻讦自然无可厚非。植物学家如果希望能消弭这种种非议，他就不能只是满足于植物的分类冠名，而应从理论的高度研究植物学，探究植物的生长规律，检验草药治病药理和功效，加强培植。植物学家当身兼数职，他既当园丁，也是种植者和农夫。这并不是要完全舍弃分门别类的工作，没有分类，自然领域将成为无路可循的荒野。但那仅仅是一种辅助性的工作，而不应成为植物学研究的主旨。①

---

　　① 艾伦注：怀特此言的内涵相当丰富，它预示了林奈时代将过渡到达尔文时代，前者注重分门别类，后者注重对事实的阐释。

植物与人类的生活息息相关，理当引起我们的高度重视。优雅舒适的生活离不开各种植物。木材、面包、啤酒、蜂蜜、葡萄酒、油料、亚麻和棉花等，无不源自植物。它不仅使我们身心健康，精神饱满，还为我们提供了遮风挡雨的设施和美丽的服饰。人类处于自然状态时，依靠自生自灭的植物为生。在草木葱茏的温带，人们荤素皆食，既吃动物的肉，也吃田园里种植的谷物和蔬菜。只在气候严酷的极地，人才会像熊和野狼那样唯肉是噬，饥饿难耐之时，甚至同类相残，连野兽也不至于如此凶狠。①

植物的收成对国际商贸有极大的影响，也大大促进了航海业的发展。糖、茶叶、烟草、鸦片、人参、槟榔和胡椒等产品的贸易证明了这一点。各地不同的气候环境，培植出各地的特产，借助贸易，互通有无，所以偏远的地区也不乏产自世界各地的物品。如若没有植物学知识和栽培技术，我们英国人就只能吃到本地产的蔷薇果和山楂，不可能尝到印度水果的美味，也无缘秘鲁的良药。

作为一个植物学家，没必要事无巨细去了解每个未知种类的各个亚种的区别，而应当努力熟知那些有用的物种。有的人认识田里的各种野草，却分不清小麦和大麦，至少也不知道各个品种的小麦和大麦。

在所有的植物中，牧草似乎最易为人们所忽视。无论是农夫还是牧民，都说不清楚哪种草耐寒，哪种草容易枯萎，分不清哪些草富有水分和营养，哪些草干瘪无汁。

对于一个地处北方，畜牧业发达的王国，研究牧草绝非小事一桩。一个植物学家若能改良本地的牧草，他就是这个社会的功臣。能让贫瘠的土地长出萋萋青草，价值超过卷帙浩繁的植物分类专著。谁能使"原先仅有一叶草的地方，长出两棵草"，他就是最杰出的国民。

---

① 怀特注：参见最近出版的《南海纪行》。

道尔顿农庄

/ 第41封 /

塞耳彭，1778年7月3日

尊敬的先生：

　　崇山幽谷，万象森罗，田园牧场，纷然杂陈，无怪乎这里的植物种类如此繁富。此处有白垩、黏土、沙地、牧场、丘陵、沼泽、石楠地、林地和旷野。风水各异，土质不一，自然能孕育出五花八门的植物种群。乡间凹陷不平的碎石小路上蕨草丛生，牧场和潮湿的林地中蘑菇遍野。若要说这里缺哪一类植物，那想必就是大型水生植物了。这个地方远离大江大湖，又位于泉源所在的山区。要将我们已经发现的植物一一列举，似乎无此必要。不过，列举几种稀有植物，说明发现这些植物的地方，这样做或许能为众人所接受，也能为他们带来些许乐趣吧。

臭嚏根草，又名"熊掌"或"塞特草"，在"高林"和"兔园垂林"随处可见。这种草长得枝繁叶茂，入冬也不会枯萎，大约在1月开花。将它们栽在林荫道边或灌木林旁，煞是好看。良家妇女常把它的叶子碾成粉末，敷在孩子被虫咬过的皮肤上。不过，这是一剂猛药，使用时谨慎为上。

绿花嚏根草，长在乡间小路左边的石缝中，前往诺顿农庄的转弯处。在道尔顿的树篱下也长有这种草。它们一入秋就会枯死，来年早春二月重新发芽，一旦破土而出，几乎马上就会开花。

红莓苔子，又名"酸果蔓"，常见于斯宾塘的沼泽地①。

黑果越橘，又名"欧洲越橘"，生长在沃尔墨林地的干沙丘。

圆叶茅膏菜和长叶茅膏菜，均常见于斯宾塘的沼泽地。

紫委陵菜，又称"沼委陵菜"，见于斯宾塘的沼泽地。

金丝桃，又名"圣约翰草"，常见于乡间小路的石缝中。

小蔓常春花，长在塞耳彭的垂林和灌木丛中。

松下兰，又名"鸟巢草"，常见于榉树成荫的塞耳彭垂林，好像寄生在树根上，垂林的西北角也长有这种草。

贯叶龙胆，长在"国王田"的田埂上。

四叶重楼，又名"真爱草"或"独果草"，常见于丘奇里顿灌木林。

对叶金腰，长在幽暗凹陷的石板路。

秋龙胆草，又名"费尔草"，常见于"曲径"和"垂林"。

石芥花，常见于丘奇里顿灌木林步行桥周边的榛树下，也长在格兰治农庄对面的干墙上。

小起绒草，长在短石地和长石地。

林生山黧豆，又名"林地香豌豆"，长在离大路不远的短石地脚下

---

① 艾伦注：现在塘水已被排干。

的灌木丛中。

绶草，常见于长石地靠近大路的南端。

鸟巢兰，常见于长石地山毛榉下的落叶中，"大道尔顿"的灌木丛和垂林中也长有不少。

火烧兰，长在"高林"的榉树荫下。

桂叶瑞香，长在塞耳彭的垂林和"高林"中。

欧亚瑞香，常见于东南角农舍上方的塞耳彭垂林的灌木丛中。

松露，常见于垂林和"高林"。

矮接骨木，又名"墙草"，长在普莱厄里的垃圾堆和废弃的地基上。①

植物习性各异，而花期不同这种现象最令人称奇。有些花开在冬季或早春，有些在仲夏或秋后，绝大多数都是在春天确已来临之时才竞相绽放。臭嚏根草和黑嚏根草在圣诞节前后开花，冬嚏根草在1月开花，绿花嚏根草一出土就开花。对此，我们并不感到奇怪，因为它们属于同类植物，花期相继而至并非出乎意料之事。有些植物属于同类，花期却迥然不同，真是堪称奇观。且举藏红花为例，春藏红花和秋藏红花原本同种，其花冠和内部构造并无二致，最优秀的植物学家也将它们归为出于同一种属下的两个品种。早春寒意仍浓之时，春藏红花便开始绽放，花期可以一直持续到3月，除非遇到极端恶劣的气候。秋藏红花则丝毫不为暖春和酷暑所动，直到大多数植物果熟叶萎之时，它才竞相开花。这称得上是自然界的一大奇观，可不该因为见得多了反而不予重视。这种现象虽然常见，要道明其所以然，难度绝不亚于解释自然界中最壮观的现象。

---

① 艾伦注：在《塞耳彭自然史》的第1版中，这封信就此结束，但在米替福所编的四开本里，则加上了以下的内容。在我所参阅的后出的版本中，都有后加的段落。我不知道米替福所加的材料来自何处，也不知道他的依据何在。

白雪遍野,
谁令藏红花怒放?
红似火焰。
秋风萧瑟,
谁令藏红花绽开?
虽曾默默于夏日炎炎。
是时令之神,神力无比!
调度阳光,洒下绵绵细雨。
令朵朵红花,顷刻绽放,
令点点蓓蕾,静候时光。

丘鹬

/ 第42封 /

Omnibus animalibus reliquis certus et uniusmodi, et in suo cuique genere incessus est: aves solae vario meatu feruntur, et in terra, et in aere
其他各类动物都有其特定的运动方式，唯有鸟类，在天上飞，在地上跑，运动的方式各不相同。

——普林尼《自然史》10.38

塞耳彭，1778年8月7日

尊敬的先生：

凡是出色的鸟类学家，无不擅长识鸟。他们不仅根据鸟的毛色和体形，也能根据鸟的叫声来辨别。无论鸟是在天上飞，还是在地上走，栖息在篱笆上，还是在手上，他们都能认出那是什么鸟。虽然不能绝对而言，说每一种鸟必有其独特之处，但至少大多数鸟都自有其特征，老练的观鸟者一眼就能辨出什么鸟，而且正确率极高。让一只鸟飞起来：

Et vera incessu patuit……
哪种鸟在飞，一望即可知……

  鸢和鵟在空中盘旋时，双翅平展，不拍不打，任其滑翔。在英格兰北部地区，人们至今还是称鸢为*gleads*，这个词源于撒克逊语的 glidan，意为"滑翔"。红隼，又名"御风"，它能轻快地抖动双翅，以独特的方式高悬在空中，似乎处于静止不动的状态。白尾鹞会贴着石楠地和玉米田的上方低飞，不时像猎狗那样击打一下地面。猫头鹰羽大身轻，悠然飘浮在天，似乎比空气更为轻盈。渡鸦的动作十分怪异，连那些最没好奇心的人也会被它所吸引。渡鸦根本就闲不住，动不动就在天上嬉戏打闹。当它们从一个地方飞往另一个地方时，往往会在空中打个滚，嘎地大叫一声，仿佛顷刻便会从高空坠落。其实那是因为它们用一只脚挠自己，在空中失去重心，才会出现这般惊险的场面。秃鼻乌鸦非常调皮，有时会在天上翻筋斗，似乎要从云端直降地面。小嘴乌鸦和寒鸦走起路来左摇右摆。啄木鸟飞起来翅膀一张一合，在空中行进，就像波浪一起一伏。这些鸟在上树时，都会用低垂的尾羽来撑住身体。鹦鹉和其他爪呈钩形的鸟一样，走起路来十分笨拙。无论是攀上还是爬下，它都会用嘴巴来充当第三只脚，战战兢兢的样子，相当逗人。雉类鸟都爱显摆，走起路来雄视阔步，动作优雅，奔跑起来相当敏捷，飞起来却显得力不从心，气喘吁吁，扑腾着向前直冲。喜鹊和松鸦双翅无力，难以远行。苍鹭身轻体弱，似乎不易长途飞行，但是若要搬运如大鱼之类的重物，它那对硕大而空灵的翅膀却是必不可少的。鸽子，特别是那些人称"打击者"的那种鸽子，常用翅膀击打同伴的后背，发出啪啪的响声。另一种叫作"翻飞鸽"，会在空中翻筋斗。在发情的季节里，有些鸟的举止会一反常态。欧斑鸠在平时动作干脆利落，但到了春天，飞行时就会瞻前顾后，戏耍摆弄。雄沙锥一到繁殖季节，似乎忘了习惯动作，扇动着双翅，御风凌霄，气势非凡。欧金翅雀露出一副愁肠百结的模样,形容憔悴,动作迟钝,仿佛身受重创,奄奄一息。翠鸟快如飞矢。天色昏暗之时,欧夜鹰(或称夜鹰)掠过树梢,宛若流星坠落。椋鸟飞起来就像在水中游泳。檞鸫狂野,行动飘忽不定。家燕贴着地面和水面一闪而过,腾挪急翻,一眼就能认出它们的身影。雨燕迅速地在空中绕圈,崖沙燕则像蝴蝶那样,忽左忽右,上下翻飞。大多数小型鸟起飞时,总是向前猛冲,一上一下地飞向前方。大多数小鸟都是跳着走,鹡鸰和云雀却会双脚交替向前走。云雀一边鸣叫,一边在空中直上直下。林百灵能悬停在空中。无论是起飞还是降落,草地鹨总会在空中划一个大大的弧线,下降时还会发出一阵鸣叫。灰白喉林莺在篱笆和灌木丛上跳来跳去,忽高忽低,动作怪异。鸭科禽鸟走起路来无不大摇大摆,潜鸟和海雀走路时简直就像戴镣前行,站立时则用尾巴将身子撑得笔直。林奈将这类鸟统称为潜鸟。雁、鹤和大多数野鸟飞行时都会在空中列出阵形,并不时改变各自的位置。鹬、野鸭和其他一些鸟的次级飞羽都很长,飞行时翅膀会形成钩状。小䴘䴘、黑水鸡和骨顶鸡飞行时,双腿下垂,所以飞不快。原因很简单,它们的翅膀太靠前,重心前移。海雀和潜鸟的腿则过于靠后。

雀鹰

/ **第43封**① /

塞耳彭，1778年9月9日

尊敬的先生：

　　谈过各种鸟的动作后，自然而然会将话题转到它们的鸣叫声和鸟语。据说奥斯曼帝国的大臣曾经通过描述两只猫头鹰的对话，让凶残好战的苏丹改邪归正。②鄙人岂敢自诩如此精通鸟语。我仅仅想要表明，众多羽族，叫声各异，鸟鸣禽啼，无非是为了表达它们各自的爱欲、诉求和感觉。如愤怒、恐惧、情爱、仇恨、饥饿等。并非所有的鸟都天生善鸣，有的鸟巧舌如簧，有的鸟要言不烦。虽然有的鸟沉默少语，但没有一种鸟像鱼那样，完全哑而不言。③鸟类的语言历史悠久，如同其他

---

① 艾伦注：这显然也不是一封真实的信件，而是在决定出版书信后补写的。
② 怀特注：参见《旁观者》杂志第7卷第512号。
③ 艾伦注：也有极少数的鱼会叫。灰鲂的咕哝声很远的距离也能听到。不过，通常人们还是认为鱼儿"有点沉默寡言"。

古老的语言,虽多省略,却言简意赅。①

鹰的叫声十分尖厉,在繁殖期,音调多变。有个人多次向我证实这一点,他热爱自然,敏于观察,曾长期住在多鹰的直布罗陀。我们这里的鹰叫起来就像"百鸟之王"。猫头鹰的枭叫富有表现力,音质优美,宛若人声,可以用律管来测出它的音阶。雄性猫头鹰似乎以这种声调来自鸣得意,也用以表示相互之间的敌意。它们会发出短促的吼声和恐怖的尖叫,还会用骅声和嘘声来震慑对方。渡鸦不仅会嘎嘎乱叫,也能发出凝重肃穆的声音,在寂静的森林中激起阵阵回响。乌鸦发情求偶,叫声怪异可笑。秃鼻乌鸦在繁殖期间十分兴奋,有时会发出由衷的啼鸣,但往往徒劳无功。鹦鹉巧舌,好学人语,所以它们的声调婉转多变。鸽子咕咕叫,含有几多情伤,乃是情侣绝望的象征。啄木鸟的叫声清澈嘹亮,如开怀大笑。夜鹰的啼鸣犹如响板②,节奏明快,一曲情歌,从黄昏奏到天亮。雀类善鸣,常以花哨的旋律、甜美的歌声来抒发内心的快感。前信曾提到过家燕,它们常常用尖厉的叫声提醒同类:鹰隼近在咫尺!水禽和喜欢群居的鸟类,尤其是那些爱在夜色下迁居的鸟类,都爱吵吵闹闹,叫个不停。鹤、雁、野鸭之类全是这般德行。无休止的聒噪,能够使群体加强联络,相伴而行,不至于掉队。

鸟类世界,万象纷呈,殊难事无巨细一一道来,唯求择其所要,概而言之。所以接下来且谈谈我们园内为人熟知的几种家禽。先说孔雀,孔雀的长尾何等华丽,颇能引人注目。但就像许多长相艳丽的鸟一样,孔雀的叫声粗涩刺耳,简直比猫叫驴鸣更加难听。雁的叫声清脆有力,如吹号角。按照严肃的史学家所言,雁的叫声曾使古罗马的朱庇特神庙免遭劫掠。公雁呕呕的吼声极具威惧力,意在"保护它的儿女"。雌鸭

---

① 艾伦注:这个观点极具识见,再次显示了怀特确有先见之明。后来的研究表明,早期人类和一些尚未开化的种族的语言都非常简略。

② 艾伦注:可惜怀特低估了夜鹰发出的音符,它的叫声虽然不那么悦耳动听,却十分深沉,富有情感,颇为神秘。

和雄鸭的叫声截然不同，雌鸭的声音圆润洪亮，雄鸭的声音则低沉嘶哑，微弱难辨。雄火鸡高视阔步，咯咯地叫着扑向它的情侣，动作极其粗野。攻击对手时，叫声尤其横蛮。带幼崽的雌火鸡目光锐利，十分警惕。一旦发现猛禽，即便对方还在天上，雌火鸡还是相当小心，它两眼紧紧盯着来敌，发出低沉的呜咽声。如果对方已经靠近，它的声调会变得非常急切，显得惊恐万分，音量翻倍。

园子里的居民要数家禽最会饶舌，语言最为丰富。抓一只才四五天大的小鸡，放在有苍蝇的窗台上，它会立刻啄住猎物，并自鸣得意，发出叽叽的叫声。若是将小鸡放到黄蜂或土蜂面前，小鸡的叫声马上就变得尖厉刺耳，充满着恐惧，表明它急于避开眼前的险境。小母鸡总是以欢快而轻盈的叫声宣称它就要下蛋啦。在鸡的一生中，生蛋似乎称得上是头等大事。生下蛋后，母鸡如释重负，冲出笼子，大声欢叫。公鸡和它的妻妾也立刻随声应和。群鸡的喧哗并不止于一家，鸡鸣声挨家挨户此伏彼起，谁都能听到，直闹得整个村庄不得安宁。母鸡当上了妈妈，地位一变，语言也随之更新。它好像着了魔，一边高声大叫，一边疯疯癫癫地到处乱跑。鸡老爹的词汇量也相当丰富，一找到食物，它便招呼宠幸的小妾前来分享。如发现猛禽路过，它就会引吭发出警报，告诫家人千万小心。这只勇敢的公鸡不仅擅长谈情说爱，也不惮发出蔑视来敌的吼声，但最为人称道的还是它的报晓声。古往今来，公鸡的报晓声一直是唤醒村民的闹钟，宣称夜尽晨临的更夫。诗人曾以优美的诗句写道：

　　……高冠雄鸡，
　　以嘹亮的啼声，
　　标示无言的时辰。
　　　　——弥尔顿《失乐园》第7卷

有一年夏季，邻近一位绅士的小鸡被雀鹰掠去了一大半，那只鹰是从柴垛和房子后面的间隙处飞进鸡笼的。眼看着自家的鸡日益减少，主人气得要命，于是就在柴垛和房子之间巧妙地布下一张大网。卑鄙的窃贼一头撞入大网，被网线缠住。为了泄愤，绅士下手报复。他剪下鹰的翅膀，斩断它的利爪，用软木塞堵住鹰嘴。然后把鹰扔到一群抱窝的母鸡中间。随后的场面简直令人难以想象，悲恨交加，怒火中烧，母鸡们由此爆发的复仇情绪实为罕见。痛斥、诅咒、侮辱，愤怒的"老妈"一拥而上，大有斩获。一言以蔽之：它们不停地猛殴仇敌，直将它撕得粉身碎骨方才罢休。

/ 第44封 /

塞耳彭[①]

...Monstrent

...Quid tantum Oceano Properent se tingere soles Hyberni; vel quae tardis mora noctibus obstet.

试问缪斯：

冬日的太阳

为何匆匆告辞,

只为隐入大海?

冬日的夜晚

为何如此漫长,

究竟障碍何在?

——维吉尔《农事诗》第2首

诸君宅第大门外如果通道宽敞，不妨设法在那里安置一个实用的摆设，在园子里竖一块方尖碑，可以起到装饰作用，还能当作日光仪。这样既好看，还能促进科学的发展。

无论是谁，只要生性好奇，乐于开阔视野，喜欢远眺天际，造两个日光仪并非难事。一个冬季用，另一个夏至用。两根木桩高10-12公尺,

---

[①] 艾伦注：此信仅有地点，未标日期。在我看来，这封信和后面大部分信都可能有"虚拟"之嫌，主要是为了呼应前信曾提及的一些话题，弥补一些重要的观察资料。这些信件均未标明确日期，遣词造句更为雕琢，缺乏信笔所至的亲切感。若论趣味和价值，要比真实的信函远为逊色。

底部宽约4英尺，周围用木板团团围住就行了，花不了多少钱。

在寒冬时节，日暮时分，人们通常不出家门。不妨将用于冬季的日光仪安置在客厅窗户可以看见的地方。用于夏至的日晷，则无论放在花园或户外的哪个位置都可以。夏日黄昏，天朗气清，主人可以在那里默默沉思，在昼长夜短的季节，日光北移最远能触及哪个方位。接下来要做的无非就是将两根木桩竖起来。只要找到准确的位置，在白昼最短的日子，西侧的阳光就能照到冬季日光仪的西面。在白昼最长的日子，落日的整个光环，也恰好落在夏至日光仪的北面。

凭借这般简易的做法，人们很快就会明白，从严格的意义上说，并不存在所谓的"至"。从白昼最短的那天起，每临黄昏，只要天气晴好，主人便能看到，落日的光环渐渐移向日光仪的西面。从白昼最长的一天起，夕阳西下之时，则能观察到日光逐日向日光仪的西面退隐，过了几个夜晚后，就退到了日光仪的后面，由此可见日光是逐日西向而行的。当日光靠近夏至日光仪时，整个光环首先落在日光仪的后面，过了一段时间后，又会在北面冒头，每个夜晚向前推进，直至太阳的整个直径都在日光仪的北面停留三夜。不过，中间一夜的直径显然要比前后两夜显得更为遥远。当太阳从夏至线退走，每个夜晚它便会渐渐隐去，最终再次退到日光仪背后，逐夜向西移动，渐行渐远。

怀特的月晷

/ 第45封 /

塞耳彭

...Mugire vedebis
Sub pedibus terram, et descendere montibus ornos.
你将会经历
脚下大地颤动，
梣树坠落山崖。
——维吉尔《埃涅阿斯纪》

幼年时曾经读过贝克的《编年史》，书中写道，丘会行走，山会游移，对此我既感到惊奇，同时也深信不疑。约翰·菲利普斯在他的诗歌《苹果酒》中也以隐喻的笔法提到人们对这种说法的认可。他著有《闪亮的先令》，文风优雅离奇，独具特色。

马克利斯山何去何从，
我既不出谋划策，
也不会说三道四。
此地产有优质苹果
非他处可比。
但信任这片蒙人的土地，
往往暗藏险情。
保不准哪天，
此山出行，
抛弃了故土，

> 将你的果树，
> 迁入邻人的领地。
> 惹出怪事，
> 招来讼争。

但细想一下，不免心生疑窦，我们这里的山丘或许从来未曾远走他乡，不过，年长日久，山石风化，塌陷坠落，仅留下光秃陡峭的山崖。诺尔和威特姆山的情形似乎就是这样，而哈特利垂林和沃德勒罕之间的山脊则更是如此。那里的地势奇形怪状，有的隆起，形成高丘，有的塌陷，沦为沟壑。何以如此，非其他原因所能道明。不久前发生的一件怪事，也证实了我们的猜测。事情虽然不是发生在本教区，毕竟还是属于塞耳彭方圆百里之内。这事情是如此独特，彰显了大自然的造化之功。

1774年1月和2月，大雨滂沱，大量的冰雪开始融化。到2月下旬，地泉（或称"拉文特"）水位猛涨，高度几乎可比1764年那个令人难忘的冬季。至3月初，情况依然如故。3月8日到9日的夜晚，在霍克利塌陷了一大片垂林，露出一排光秃秃的软石悬崖，就像一片白垩岩峭壁。看来是由于水的侵蚀和破坏，导致了大面积的塌方，整个断裂面垂直坠落。因为山顶上的田里原来竖有一扇木门，塌方后也随之下沉了三四十英尺，可门还是没倒，能开能关，保持原状。从高处坠落后，好几棵橡树依然生机勃勃地挺立在那里。大面积的塌方陷入山下的沟壑，山坡下有一片平坦的斜坡，草木不生，毫无阻拦。塌陷的山体，如果再朝前一点，就会被埋入垃圾堆中。离高坡上的灌木林约100码的路旁有一间小屋，再往下200码，路的另一边也有一间农舍。小屋里住着一个老婆婆和她的儿子和媳妇。农舍里住着一个农夫和他的家人，屋旁有一座谷仓，才建成没多久，挺结实的。那天傍晚，风雨交加，天昏地暗。他们注意到厨房的地砖隆起，裂成碎片，墙壁似乎也将开裂，屋顶上传来噼里啪啦的爆裂声。但他们众口一词，都说没有感觉到大地的颤动，可见并没有发生地震。狂风乱舞，在树丛和垂林中激起阵阵可怖的呼啸声。这几个可怜的住户惊恐万分，不知所措，吓得不敢上床睡觉，担心房子随时可能倒塌，自己将被埋葬在废墟之中。直到次日天明，他们才敢正视昨夜的惨状。他们发现，屋子地面形成了一条很深的缝隙，似乎要把房子裂成两块，谷仓的一端也被撕成了两半。农舍附近的池塘也发生了奇异的变态，原先较浅的地方，水变得深了，原来水深的地方却变浅了。许多大橡树的位置都直线下沉，有些倒地，有些被抛到邻近的树梢上。大门则连同篱笆向前移动了足足6英尺，这样一来，就得新开一条道路才能通到门前。悬崖下面是一片开阔的草地，向下渐渐倾斜，长达半英里，那里散布的一些小丘都产生了缝隙，裂痕呈放射状四散，有的面向一大片垂林，有的则朝相反的方向。深深的裂缝从第一片牧场开始向外延伸，横贯小巷，从地下穿过房屋，形成一大片断面，以致有一段时间，道路都难以通行。裂缝还殃及另一片耕地，搞得田里狼藉一片。由于土质湿润细软，第二片牧场仅向前移动了一小段距离，草地上裂痕虽不算多，地面却隆起了一道道长埂，就像一片墓场，相对地面移动的方向呈直角。在这片圈地的底部，紧靠着一些橡树，土壤和草皮堆起了好几英尺高，挡住了裂缝的进一步伸展，这场可怕的骚乱总算趋于平息。

悬崖的垂直高度一般为23码，从下面的田野往上看，塌陷的山体长约181码。有些土方坠落到灌木丛中，长度也有70多码。由此可见，塌陷的山体总长度可达251码。地崩山摇，致使方圆50英亩的田地沦为废墟，两家民舍彻底毁坏，新建的谷仓一边被夷为平地，石头砌成的墙面无不松动开裂，茂密的垂林变成了寸草不生的乱石堆，一些牧场和良田也显得千疮百孔，难以耕作，没法放牧。为了修复土地，填平这些龇牙咧嘴的缝隙，村民们付出了大量的劳力和钱财。①

---

① 艾伦注：英国地质学家莱尔认为地理现象并非由强大的灾变造成，而是因持续的运动渐渐形成。怀特的论述称得上是这种理论的滥觞。

/ **第46封** /

...resonant arbusta...

蚱蜢的尖叫声在林中回荡。

——维吉尔《牧歌》第2首

"碎石田"是一片远近皆知的牧场,它紧靠村后,斜坡面向西方,正迎着午后的阳光。那里地势陡峭,土质干燥多石,地上散布着荆豆花。这个地方有许多野生的黑蟋蟀,人称"田蟋蟀"。虽然这种昆虫在本地多得很,在别的郡县却是稀有品种。

夏夜,蟋蟀欢快的叫声势必引起博物学者的兴趣。因此我常常深入田头,观察蟋蟀的组织体系,研究它们的生活模式。不过,蟋蟀生性羞怯,极其谨慎,要和它们谋面可不是一件容易的事情。一旦察觉到人的脚步声,它们便会立刻不声不响,迅速遁入洞中,潜伏在那里,直到感到危险消除,万无一失时,才会钻出洞口。

一开始,我们企图用铁锹把它们挖出来,但收效甚微。要么碰到大石头,没法深入洞穴,要么就是在挖开地面时,无意中压死了这可怜的虫子。从一只受伤的蟋蟀体内,我们发现大量的虫卵。蟋蟀的卵又长又细,呈黄色,外壳非常坚硬。这一来,倒让我们无意中学会了辨别雌雄。公蟋蟀黑油油的,肩上有一条金色的纹。母蟋蟀色泽较暗,肚子肥大,尾部翘着一根长矛。也许母蟋蟀就是以这枚长矛为工具,将卵产到缝隙或其他安全的场所。

施暴难以奏效之时,怀柔往往可以打开局面。眼下的事实再次证明了这一点。用铁锹动静太大,过于蛮横,将一根柔软的草梗轻轻地伸入虫穴，它能七绕八弯一直探至洞底，很快就能将里面的居民诱出洞口。用这种方法，抓虫的人用不着伤害蟋蟀，也能使自己的好奇心得到满足。这种昆虫后腿很长，强壮有力，就像蚱蜢那样善于跳跃。可一旦被逐出洞外，就会显得十分呆滞，一副不知所从的模样，所以捉起来很容易。它们虽然长有一对精巧的翅膀，在关键时刻却往往不起作用。在繁殖季节，许多动物会发出兴奋的叫声，蟋蟀也一样，雄蟋蟀在打斗时会发出阵阵尖叫。双翅震颤，轻快的声音由此而发。蟋蟀喜欢独来独往，雌雄各处一方。不过，交配时自然还得成双作对，寻欢之夜，翅膀就有了用武之地。雄蟋蟀相遇，一场厮杀，在所难免。我曾将几只蟋蟀放养在干燥的石缝中，发现它们确实好斗。它们可以在那里安居，我本该感到高兴，虽然它们未必乐意离开原本熟悉的环境，可先期占据石缝的蟋蟀总是张开锯齿般的门牙，撕咬后来的入侵者。蟋蟀的颚强健有力，虽然没有蝼蛄那样的擅长掘土的前足，一对大颚就像龙虾的两个大螯，照样能挖出圆圆的洞穴，样子还挺可爱。虽有一对利颚，可每当我把蟋蟀抓在手里，它们却从不咬我，实在搞不懂到底是什么原因。不管是什么样的野草，只要长在洞口，就会被它们全部啃光。蟋蟀还会在洞口旁边造一个小小的平台，用来堆放自己的粪便。白天它们的活动范围似乎仅限于洞口两三英寸的地方，从5月中旬到7月中旬，它们总是坐在洞口，不分昼夜地叫个不停。大热天叫得更加起劲，能在小山坡上激起回声。夜深人静，蟋蟀的叫声能够传得很远。初夏伊始，它们的叫声还比较微弱，有点沉闷。随着盛夏的到来，叫声就越来越响，后来就渐趋沉寂了。

　　甜美的声音未必总是招人欢喜，粗糙的叫声也未必总是让人讨厌。人们喜欢或讨厌某种声音，原因不在于声音本身，而在于这种声音在你内心所引起的反应。由此可见，蟋蟀的叫声虽然尖厉刺耳，有些人听起来却十分悦耳，让他们联想到夏日的乡间，翠绿的田野，欢快的气氛，种种美景令人神往。

到3月10日左右，蟋蟀现身于洞口。它们亲自打造这些洞穴，形状还相当精致。那时我见到的蟋蟀尚处于幼虫阶段，翅膀也未曾发育完整，身上包着一层膜，待到它们发育成熟，这层膜会自行脱落。[①]我由此推断，去年的老蟋蟀未必都能活过冬季。到8月，就再也找不到蟋蟀洞了。直到来年春天，这种昆虫才会再度现身。

前些年的夏天，我在园子里的草坡上掘了几个很深的洞，将一些蟋蟀移居到这片殖民地上。新居民在那里安居了一段时间，也吃也鸣。但是没过多久，它们清晨的叫声便渐行渐远。可见，它们正借助自己的翅膀，返回曾经的故地。

如果将蟋蟀关在纸盒子里，挂在阳光下，把含水的食物喂给它吃，它就会长得很壮，叫得也很欢，同处一室的人可受不了。如果食物不沾水，蟋蟀就会渴死。

[①] 怀特注：根据我们的观察，蟋蟀在4月褪去这层膜，因为那时常能看到它们抛在洞口的膜。

/ 第47封 /

塞耳彭

尊敬的先生：

远离一切乐土，
仅剩炉台边的蟋蟀。

—— 弥尔顿《沉思者》

　　大多数昆虫栖居在田野、树林或水塘边。唯有家蟋蟀往往寄居在人们的家里。有意无意间，这种昆虫总会引起我们的注意。家蟋蟀喜欢住在新房子里，像蜘蛛一样，偏爱潮湿的墙。灰泥比较软，便于蟋蟀在砖石的缝隙中打洞，各个洞穴之间通畅无阻。厨房和面包师的烤炉更是它们的所爱，因为那里一年四季都很暖和。

　　在短暂的夏日里，野外纤弱的小虫才能怡然自得，在难熬的冬季，它们只能昏睡以度日。家蟋蟀的栖居地可不一样，那里就像地处热带，蟋蟀总是活蹦乱跳，异常兴奋。对它们而言，圣诞节熊熊的炉火，犹如三伏天的烈日。虽然白天也能听到蟋蟀的叫声，但它们通常在夜间更为活跃。天色一暗，蟋蟀唧唧的叫声便越来越响，从个头如跳蚤般的小蟋蟀到体形硕大的成虫纷纷登场。家蟋蟀的居住环境如此炎热，人们不难推断，这种昆虫一定很干渴，生性喜水。所以在盛水、牛奶和肉汤的器皿里经常会发现溺死的蟋蟀。凡是潮湿的地方，它们都喜欢，常常将挂在炉边的湿羊毛袜和围裙咬出一个个洞。在家庭主妇的眼里，家蟋蟀堪称晴雨表，它们能预报天气，还能预卜凶吉祸福，如通报某位近亲的噩耗，告知远方的爱人行将返家。家庭主妇生活单调寂寞，常与蟋蟀为伴，后者也就自然成了她们迷信的对象。家蟋蟀不仅易渴，而且饥不择食，锅里的残羹剩饭、酵母、盐、面包屑乃至厨房里的下脚料，它们全都吞入腹中。夏日的黄昏，常常能看到它们飞出窗棂，跃到邻居家的屋顶，动作非常敏捷，它们会突然离开原来时常出没的居所，造访以前从未涉足过的房子。值得注意的是，不少昆虫轻易不会动用它们的翅膀，除非它们打算搬迁到别的地方。它们飞行的样子就像啄木鸟，双翅一张一合，时起时伏，忽高忽低。

家蟋蟀如果大量繁殖，就会变成令人烦恼的害虫。它们会扑向蜡烛，撞到人的脸上。我现在正在写信的这间房子就曾遇到过这种窘境。不过，可以在它们躲藏的墙缝中塞点火药烧死它们。哪家蟋蟀成灾，就像法老的宫殿遭受了蛙灾。"上来进你的宫殿，上你的卧房、上你的床榻、上你臣仆的房屋、上你百姓的身上、进你的炉灶和你的抟面盆。"①通过振动双翅，它们发出尖厉的声响。猫会捕捉家蟋蟀，就像抓老鼠那样，先捉弄一番，然后再吃个精光。也可以用捕捉黄蜂的方法来消灭家蟋蟀，取一小口瓶，灌入半瓶啤酒或其他液体，放在蟋蟀时常出没的地方。蟋蟀爱喝水，就会挤进瓶子，直到塞满为止。

---

① 怀特注：引自《圣经·出埃及记》第8章第3节。

/ 第48封 /

塞耳彭

　　动物有多种多样的生活方式,不仅异科动物习性不同,连同科动物也迥然有别。较之不同的习性,动物的喜好更为繁杂。如田蟋蟀喜欢日照下的干土埂,家蟋蟀乐于待在厨房的热灶台或烤炉旁边。欧洲蝼蛄则偏爱潮湿的草地,它们出没于河岸和池塘畔,只在潮湿的土壤上大展身手。它们的前爪如鼹鼠一般,擅长挖洞穿穴,常常在地上垒起一道道土埂,却难得堆出小土包。

　　欧洲蝼蛄常在运河边上的花园里肆虐,园丁对这些家伙十分头痛,因为它们在地下打洞穿穴,拱起一道道土埂,破坏了园中小径的景致。如果它们涌入菜圃,植物的根茎很快就会被毁坏,成片的甘蓝、小豆荚和花苗都难逃一劫。如果将这种虫子挖出地面,它们就显得很呆,一副束手无策的模样。它们的翅膀在大白天无用武之地,一到夜晚则能凭借双翅飞往远处。我曾在清晨撞见过几只"误入歧途"的欧洲蝼蛄。4月中旬左右,如果天气晴好,每到黄昏,它们便会发出闷声闷气的叫声,音色嘶哑,久久不息,就像夜鹰的叫声,只是略为低沉。[①]

　　欧洲蝼蛄大约在5月初产卵,这可是我亲眼所见。5月6日,我曾去拜访一户人家,正巧遇到园丁在运河边除草。他用镰刀翻起一大片草皮,揭开了这种虫子的家庭内幕:

　　　　...ingentem lato dedit ore fenestram:

---

① 艾伦注:它的声音更引人注意,与蝗莺的叫声比较相似。

> Apparet domus intus, et atria longa patescunt:
> Apparent... penetralia.

　　（皮鲁斯）掀开一个巨大的缺口，里面洞穴密布，王宫的内部暴露无遗。可见长长的大厅，以及（普里阿莫斯）深深的内室。
　　　　　　　　　　——维吉尔《埃涅阿斯纪》第2卷

　　那里有许多洞穴，经由弯弯曲曲的甬道，通往一个圆润光洁的内室，内室与鼻烟盒的面积不相上下。近百枚虫卵就藏在这个隐秘的育婴室内，卵外皮坚硬，呈土黄色，黏糊糊的，尚未露出幼虫的形状。卵埋得不深，位于一个新堆的土丘下，可以受到阳光的哺育。土丘的形状有点像蚁垤。

　　如前述的几种昆虫一样，欧洲蝼蛄飞行的样子也是一起一伏，呈曲线状。英国各地对这种昆虫有各种称呼，有的叫"沼泽蟋蟀"，有的叫"唧唧虫"，还有叫"黄昏虫"的，倒也都十分形象。

　　研究过这种昆虫内脏的解剖学家认为，它们的胃的结构、位置和数量都可以证明，这种蟋蟀以及前述两种蟋蟀，和不少四足动物一样，有反刍的习惯。这个结论真是大大出乎我的意料。

黑翅长脚鹬

/ 第49封 /

塞耳彭，1779年5月7日

40多年来，我一直关注这个地区的鸟类，却依然难言对相关的知识已经无所不知。只要探索之心不泯，总能不断发现新的现象。

上月最后一周，人们在佛林斯翰水塘边打到五只珍稀禽鸟，这片水域位于苏雷郡的沃尔墨林地和法恩翰城之间，为温彻斯特主教所有。这种鸟极为罕见，所以没有常用的英文名字，博物学家称其为黑翅长脚鹬和黑翅长脚鸻。守塘人说，这些鸟原本为三对一群，他击落五只后，好奇心已得到满足，便手下留情，放走了第六只。我总算搞到一只，做成标本。它的腿特别长，乍一看，还以为是为了蒙人，故意拉长了它的腿骨。这双长腿颇像漫画中夸张的模样，这种比例的构图，在中国和日本的屏风画中并不少见，由此看来，画家的想象力确实值得人们称许。这种鸟属于鸻科，名之为长脚鸻倒还合适，有鉴于此，布里松将其命名为"高跷鹬"也还算贴近吧。我的那个标本被挖出内脏,塞入胡椒,重量仅4.25盎司,大腿没毛的部位长3.5英寸,小腿长4.5英寸。由此可以断定,就体重和腿长的比例而言,在已知的鸟类中,这种鸟的两腿长度称得上首屈一指。火烈鸟也算得上是长腿鸟,但以身腿比例来衡量,还是比不上黑翅长脚鹬。一只雄性火烈鸟平均体重约4磅,大腿和小腿的长度通常为20英寸左右。4磅是4.25盎司的15倍,如果对应4.25盎司的鸟腿长达8英寸,那么,体重4磅的鸟腿长应该是120英寸,等于长达10英尺多。体形的比例如此离奇,真是令人叹为观止。以这样的比例来推测体形更大的鸟,腿的长度和体重就显得更不相称了。观察一下长脚鹬走路的姿态,看看它细细的长腿是如何支撑庞大身躯的,想必是怪有趣的。人们至多以为它不擅长步行,却不料它们居然没有后趾。可想而知,没有后趾有力的支撑,重心难以企稳,它的步子想必会摇摇摆摆。

"黑翅长脚鹬"这个古老的名字源自普林尼的作品,作家用一个拙笨的隐喻,暗示它有腿纤细柔韧,好像一根皮筋。威鲁比和雷兴趣广泛的鸟类研究看,无论是在国内还是在国外,他们都不曾看到过这种鸟。彭南特先生也没在英国见过这种鸟,但在巴黎的珍稀鸟类陈列室里见过多次。哈塞尔奎斯特曾言,这种鸟在秋季会迁徙到埃及。有一个人考察自然极为细致①,他告诉我,他肯定在安达卢西亚的河畔见过这种鸟。

根据我国的记载,这种鸟仅在英国出现过两次。有关记述都表明这些长脚鹬来自南欧,通常难得光顾英伦诸岛。不远万里来到北方很可能是因为失群迷路,或是一些我们不知道的变故。不过,可以推断它们来自大陆。它们的模样这般怪异,假如真的早就在英国繁衍生长,却从没引起国人的注意,那是难以想象的。

---

① 艾伦注:怀特经常提及这位"考察自然极为细致"的人,他无疑就是怀特的兄弟——直布罗陀的约翰·怀特牧师。

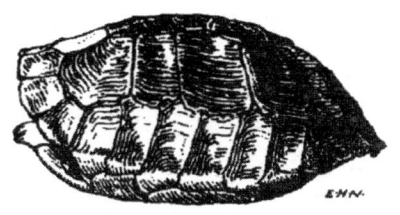

怀特的龟甲

/ 第50封 /

塞耳彭，1780年4月21日

尊敬的先生：

我曾数次对您提起过那只苏克塞斯的老乌龟，如今它已经归我所有了。3月，我将它从冬眠的卧室中挖出来，那时它其实已经苏醒，可以发出咝咝的叫声，以示不满。我把它装进一个盒子，里面盛了一些泥带回家。驿站的马车一路颠簸跑了80英里，嘎吱嘎吱的声音把老乌龟完全闹醒了。我把它放入花坛，它两次爬到花园的尽头。傍晚，天气转凉，老乌龟又钻入松软的土层，继续躲藏起来。

现在老乌龟就生活在我的眼皮底下，我自然可以更深入地观察它的习性和喜好。我发现，在钻出洞穴之前，乌龟会先在头部附近捅一个出气口。我想这大概是为了呼吸更为顺畅，行动自然也就会更有活力。从11月中旬到来年4月中旬，乌龟通常入土冬眠，但在夏季大部分时间里，它也是在睡大觉。在昼长夜短的夏日，下午4点它就入睡了，次日上午迟迟起身。每逢阵雨，它便藏起来休息。天气潮湿，它就懒得动弹。

想想这乌龟奇怪的习性，你会情不自禁地感叹，上帝赋予它漫长的寿限，它却毫不珍惜，整日昏昏沉沉虚掷光阴，将一生中三分之二时间都浪费在毫无乐趣可言的睡眠中，一年之中昏睡不醒的时间竟长达数月。

我写这封信时,正是下午,气候闷热,温度为50℉。成队的带壳蜗牛倾巢而出,老乌龟也扒开土层,探出头来。第二天一早,它便如起死回生一般,钻了出来,到处乱爬,直到下午4点。希腊语称蜗牛和乌龟为"负屋者",两者的反应如此相似,这真是有趣的巧合!太好玩啦!

今年天气比较冷,春天姗姗来迟,夏鸟也怯于露面,迄今为止我仅看到过一只家燕。鸟儿的出现与否与天气冷暖相关,这更使我确信它们是冬眠的。

(有关老乌龟的一些生活细节,《自然史》有所省略。)

我们常将乌龟这种动物视为"卑贱的爬虫",所以往往低估了它的本领,小看了它们与生俱来的能力。其实它正如蒲伯描述其主人时所言:

……绝顶聪明,不会掉入落深井。

它心明眼亮,不会失足,一到墙沿,便会止步不前。

虽然乌龟喜欢气候温暖,但也害怕赤日炎炎。正如诗人所言,它有坚硬的盔甲护身,鳞片却会在酷热下剥落。烈日当头之时,它总会躲在大片的卷心菜叶下避暑,要不就在随风摇曳的芦笋丛中栖身。

老乌龟躲避夏日的骄阳,一到深秋气候转凉,阳光趋弱,它就会爬到果园的墙边,借助反光来取暖。虽然它不知道面向地平线的地方比较暖和,却会斜靠在墙边,汲取每一束微弱的阳光。

这可怜的爬虫,一副窘态,背负沉甸甸的盔甲,没法侧身躺下,日子过得够惨。瞧它被困在自己的硬壳里,人们想当然地以为它生性懒怠,毫无进取心可言。但是,每年总有一个时节(通常是在6月初),它会显得异常活跃。清晨5点,它便踮起四足到处乱爬。它穿过园子,窥视着每一道便门和空隙,想伺机出逃。护园人稍不留神,它就会逃之夭夭,一下子溜到很远的大田里。看来正是因为情欲难忍,才促使它匆匆出游。老乌龟一向举止沉稳,此刻却一反常态,变得如此轻狂,这真是为了性爱,急不可待。

春寒料峭,甚于往年,夏候鸟姗姗来迟,至今我仅看到过一只家燕。它们到来的早晚因天气的冷热而定,这更使我确信,燕子肯定会冬眠。①

---

① 艾伦注:重犯旧错。

塞耳彭一瞥

/ 第51封 /

塞耳彭，1781年9月3日

大作《杂论集》已仔细拜读，深感获益匪浅。书中还提及鄙人，称之为"博物学家"，在此深表谢意，但愿本人能做到名实相符。

在以往的信中，我表示过自己的猜疑，认为许多毛脚燕在冬季并不至于远离本乡。所以我决定在小山的东南角做一番考察，我觉得它们很可能就是在那里度过难熬的冬季。我认为若要寻找毛脚燕，最佳的时节当数春季，因为直到4月11日，还没出现任何毛脚燕。于是就在这一天，我雇了一些人到那里去寻觅燕子的踪迹。大家在小树丛中和洞穴中努力搜寻，还是一无所获。但在搜寻中途发生了一件耐人寻味的事情，人们正在干活，今年第一只毛脚燕突然出现了，好几个人眼看着它飞进村子，钻入燕巢。没待多久，它又飞越民舍，不见了踪影。此后好几天，人们都没看到燕子，直到4月16日，才看到一对毛脚燕。总的来看，毛脚燕的出现迟于往年。

/ 第52封 /

塞耳彭，1781年9月9日

我观察普通雨燕已逾多年，最近却遇到一件怪事，与我已有的认知相悖。雨燕飞离本地的时间一般在8月1日左右，但今年有一对雨燕到这时还没飞走，过了两三天，还留有一只。我想它之所以迟迟不愿离开，肯定是出于强烈的恋子之情。于是我注意观察它的动静，到8月24日那天，我终于发现它正在教堂的屋檐下照看两只雏燕。小燕子的羽毛已经出齐，正从缝隙中探出白色的下颌。这种状况一直持续到27日，雏燕日长夜大，越来越活泼，似乎很快就会展翅高飞。我还没看到母燕带着孩子绕着教堂学飞的样子，它们却在第二天不辞而别了，而通常第一窝小鸟总得先跟母燕学习飞行。31日，我带人搜遍屋檐，只在燕窝内发现两只死燕子，羽毛尚未长全，已经发臭。第二个巢就搭在死鸟的上方。这一双燕窝里残留着许多燕虱蝇油黑发亮的硬壳。

此事非同寻常，不过我们可以由此断定：首先，过了8月初，虽然雨燕并不情愿继续留在本地，但它肯定还可以再多待些日子。其次，此事仍属于例外，它起因于第一窝雏燕的不幸夭折。这也再次证实了我从前的论断，也就是雨燕一年通常仅繁殖一窝。否则的话，上述事例亦无任何新奇可言了。

又及：1782年，迟至9月8日，有人曾在路特兰郡的林敦城看到过一只雨燕。

吉尔伯特·怀特的墓

/ 第53封 /

听说您在打听数种昆虫的事宜，我将在信中描述一种昆虫，我从来未曾料想到在英国居然也会出现这种虫子。我发现到了秋季，攀缘在园墙上的葡萄藤上有一层黑黑的东西，就像蒙上了灰尘。苍蝇在上面吃得不亦乐乎，叶子却会受损，果子也难以成熟。起初我并不以为那是什么活物，用放大镜去观察，也没有发现任何生命的迹象。进而在一棵大枝的背面仔细查看，才发现那里粘满一层硬壳，四面溢出棉絮般的东西，一大堆虫卵被包在中间，这真让我大吃一惊。这东西模样怪异，不同寻常，我不由得想起曾经听说并读过林奈有关胭脂虫的描述。他说，这种虫子面目可憎，相当难缠，在南欧对葡萄的生长危害极大。读罢相关的资料，我发现这种虫子已经遍布我的葡萄藤。上个冬季特别寒冷，却丝毫未曾遏止这种害虫的疯狂滋生。

那时，我依然认为这种害虫与英国毫无干系，想必它们来自直布罗陀，过去我曾多次收到那里寄来的箱子和包裹，里面装有植物和鸟的标本。生虫的葡萄藤长在窗子下方，而我恰巧常将标本放在窗边。我没从那里收件也有些年头了，不过，我们都知道，虫子会从一个国家向另一个国家蔓延，令人防不胜防。它们的生存能力极强，总能找到合适的场所繁衍生长。我至今仍不得不怀疑，家园里的这种球菌原本来自安达卢西亚。当然，我也得坦承告知，莱特福先生曾经来信说，他在多塞特郡的维茅斯也见到过葡萄藤上长满这种害虫。请注意，那是一个海港小镇，外来的船只很可能捎带球菌。

许多读者可能从未听说过这种奇异的虫子，在此不妨从《直布罗陀自然史》中转录一段相关的描述。此书并未正式出版，作者是兰开夏郡布莱克伯恩德高望重的已故牧师约翰·怀特。

我家东边有棵葡萄，一向长得很好，果实累累。就在1770年，葡萄藤上突然布满了成块的白色纤维物，形状有点像蜘蛛网，或者说更像原棉，黏糊糊的，任何东西碰上它，都会粘得很牢，还能从中抽出许多长丝。一开始，我怀疑是蜘蛛吐出来的，可是一只蜘蛛都没找到。除了许多褐色的椭圆形硬壳，没有发现其他相关的东西。这些硬壳看起来根本不像昆虫，倒是更像葡萄藤干枯的外皮。藤上本已结了不少葡萄，可害虫一来，被这污秽的东西一搅和，果子可就遭了殃。整个夏季，虫子不断滋生，主干和分枝上都成了虫子的地盘。我常常将这些害虫成把成把地从枝干上抹下来，无奈黏性太强，根本没法将它们清除得一干二净。葡萄没法正常成熟，甜度大减，食之无味。后来我查阅了德·雷奥米尔的论著，方知他早就对此做过全面的描述和分析。我所见到的那些硬壳，原来是雌球菌，外面那层棉花状的东西则是用来遮掩保护虫卵的。

对于这段论述，我不妨再补充几句。雌虫性子好静，安居一处后便很少挪动,雄虫则有双翅。我所见到的那堆黑乎乎的东西,无疑是雌虫的粪便,苍蝇和蚂蚁都非常喜欢吃。虽然严冬也没能消灭这些害虫,但是依靠园丁的尽心尽责,一两个夏天过后,总算让我的葡萄完全摆脱了这种污秽的害虫的侵扰。

我们曾说过,昆虫会以难以言明的方式,从一个国家潜入另一个国家。接下来我要谈谈小蚜虫搬家的事情。此事发生在塞耳彭村,时间就在1785年8月1日前不久。

那天下午3点左右,天气很热,村民们惊讶地发现,天上下起了"蚜虫雨"。路上的行人身上粘满了小虫,树篱和园圃内到处都是蚜虫。虫到之处,青菜为之变色。我的那些一年生的蔬果,也被搞得面目全非。直到六天之后,一片田地里的洋葱茎上还是粘满了蚜虫。显然这些虫子正在转移驻地,进行大规模的迁徙。据我们所知,刮了一整天东风,这些蚜虫很可能来自肯特和苏塞克斯①,那里有大片的蛇麻田。与此同时,法恩翰一带,以及从那里通往奥顿沿途的山谷中,人们也看到成群的蚜虫如朵朵云团从天而至。②

---

① 怀特注:昆虫搬迁的方式多种多样。参见达雷姆所著《自然神学》。
② 艾伦注:在一定的条件下,会产生许多会飞的蚜虫,它们是蚜虫群体之母,致使成千上万的蚜虫随风飘扬。

斑尾林鸽

/ 第54封 /

尊敬的先生：

走亲访友，遇到东家的玻璃缸内养有金银鱼，我总会比较兴奋，因为我可以借此机会就近观察鱼儿的习性，在野外可没有这样方便的条件。前不久，我在一个朋友家里逗留了两个星期，他家正好养了一缸鱼，一有机会我就注意观察这片小天地里发生的事情，还真是花了不少心思呢。在这个鱼缸里，我第一次看到了鱼儿濒死的状态。得病的鱼脑袋会越垂越低，渐渐呈倒立状，及至衰弱不堪时，就会彻底失去平衡，尾巴翻转，最后肚皮朝天，漂浮在水面上。鱼死的时候之所以会是这种样子，其原因显而易见，因为腹部的鱼鳍已经不能维持身躯的平衡，鱼背上的肉厚，分量重，鱼的腹腔基本上空空如也，里面装的是让它能在水中上下游动的气囊。背重腹轻，死时自然就肚皮朝上了。据说养鱼不需要喂食，喜欢养金银鱼的人往往对这种说法信以为真。看起来也确实如此，不往鱼缸里投食，鱼也照样可以活得很久。不过，由于经常给鱼缸换水，它们可以靠食用水中的微生物和其他养料来维持生命。虽然看上去好像什么都没吃，水中却也不乏它们的排泄物。说什么鱼儿最爱吃清淡寡味的东西，那也是无稽之谈。如果你往鱼缸里撒一点面包屑，它们就会一拥而上，贪吃得很呢。不过，面包屑不宜太多，那会变馊，污染水质。它们也吃一种叫作浮萍（俗称"鸭肉"）的水生植物，还吃小鱼苗。

鱼儿想挪动一下身子，只需轻轻摆动胸鳍就行，若要向前冲刺，还得依靠强健的尾巴。据说鱼的眼睛不会动，但在必要的时候，这些锦鲤的眼珠显然会前后转动。它们对烛光毫无感觉，即便将蜡烛挨近它们的脑袋，也不会引起什么反应。不过，如果用手拍打一下鱼缸的基座，它们会吓得惊慌失措，到处乱窜。在它们一动不动，似乎在睡觉的时候尤其如此。因为天生没有眼睑，鱼的眼睛总是睁着，说不准它们是睡是醒。

用玻璃缸来养金银鱼最好看，玻璃和水面会对光线形成双重折射，因视角不同，鱼儿戏水时，就会显得千姿百态，色彩缤纷。如果鱼缸配有凹凸玻璃，就会让鱼的身影忽大忽小，变得奇形怪状。若是在鱼缸内放入一点假山水草，置之客厅，那就更能令人赏心悦目。

金银鱼原本产于中国和日本，不过现在已经相当适应本地的气候环境，它们在这里的池塘和鱼池内显得生机勃勃，繁殖力也很强。林奈将这种鱼归类为鲤属，称之为金鱼。

有些人以别出心裁的方式来展示金鱼，他们特制的鱼缸中间有一处凹陷，与水隔断，里面可以养一只鸟，人们能够看到一只红额金丝雀或赤胸朱顶雀似乎在水中跳动，周围有鱼儿戏水。其实普通的鱼缸就挺好，这样搞怪反而显得矫揉造作，怪不得会被斥之为：

Qui variare cupit rem prodigialiter unam.
这种人总爱故弄玄虚，弄巧成拙。

——贺拉斯《诗艺》

长脚秧鸡

/ 第55封 /

1781年10月10日

尊敬的先生：

根据我以往的观察，在10月的第一个星期，毛脚燕基本上都会飞离本地。如今我肯定还有一些出生较晚的燕子会滞留到10月中旬才离开。每隔两三年都会有一次机会看到，在11月的第一个星期还有一些毛脚燕没走，虽然它们最多也就再逗留一天。

在1780年10月，秋风轻拂，气候温和，大约还有150只毛脚燕没有离开。我下决心集中精力去考察这些迟走的燕子，尽可能找到它们的栖息地，并测定它们离开此地的确切时间。要搞清楚这些毛脚燕为何这么晚才离开，此刻去考察它们的生活习性，可谓正当其时。我家和垂林之间有一片绿荫蔽日的区域，这些燕子大白天就在那里悠闲自在地飞来飞去，为了避风而躲在此处的昆虫正好让燕子大饱口福。我的主要目的就是要找到燕子栖息的地点，所以我一直小心翼翼地守候在那里，等它们归巢。我十分欣喜地发现，连续好几个傍晚，才过5点15分，燕子便会迅疾地飞向东南方，如脱弦之箭，一头扎进山脚下农舍上方的灌木丛中。这里地势陡峭，形如屋顶，不易受到雨水的浸扰，被羊啃过的山毛榉灌木，虽然长不高，却异常浓密，枝枝丫丫缠在一起，连小种猎犬也钻不进去。而且，山毛榉冬季不会落叶，地上枝头都有树叶，无疑是最佳的藏身之所，选中这个地方过冬，称得上考虑相当周密。至10月13日和14日，我观察到燕子在傍晚总是行动一致地按时归巢。打那以后，它们的出没就不像之前那样按部就班了，偶尔还能看到个别离群的燕子，10月23日早上，我看到两只燕子从村子上空掠过，我在这个季节的观察也随即结束。

综合分析上述各种情况，基本上可以推测，迟迟未离开的毛脚燕在冬季最终并没有飞离本岛。但愿天遂我愿，让我能在金秋11月再与它们谋上一面，如果配备几个能干的助手，我当能力排众疑，做出定论。11月3日，天朗气清，适宜观鸟，怎奈毛脚燕始终没有出现，我不得不颓然而返。

我还得解释几句，这片灌木丛面积达数英亩，但它并不归我所有。要不然我就可以从从容容仔细搜寻，那样的话，或许能发现那些晚育的小燕子，甚至还可能找到这片地区藏匿在各处的毛脚燕，从而能够断定，毛脚燕冬季就蛰伏在离村子300码的地方，并没有远赴气候温暖的地区。①

---

① 艾伦注：怀特对燕子特别着迷，从这封信的最后一段看，他还在执拗地为虚幻的"燕子冬眠论"声辩。

普通鸭

/ 第56封 /

  撰写自然史的作者常常难以绕开动物本能这个话题,"本能"虽然也有局限,却仍不失其神奇。出于本能,有些禽兽的行为可以高于理性,而另一些生灵反而难以望其项背。哲学家将"本能"定义为某种神秘的力量,天下生灵的行为无时无刻不为其所左右,无须教,不用学,自然而然就会遵循某种特定的方式行事。而理性若无指引,则变化多端,不像本能那样始终如一。如今应用这条原理也得视情况而定,所谓"本能"的行为已不再那么刻板划一,而会因地而宜,因事而易。

  常言道,无论何种鸟,都有其独特的筑巢方式,连小学生也能分辨出不同的鸟巢,田地、森林和荒野上的鸟巢皆无例外。但是伦敦周围村子里的鸟巢并非如此,那里几乎找不到苔藓、蜘蛛网和草本的棉花。所以苍头燕雀筑的巢并不精致,没有乡下饰以地衣的鸟窝那么漂亮。身为"小小建筑师",鹩鹩筑巢的材料也无非是麦秸或干草,根本比不上同类在乡下造的窝那么紧凑圆润。一般而言,毛脚燕造的窝形状像半个球,如果它们把窝建造在橡子、房梁或屋檐上,就会因地而宜,造出来的燕巢呈扁平或椭圆形。

下述事例表明，"本能"的影响一以贯之，始终不易。且以松鼠、田鼠和名为"五子雀"的普通䴓为例，这三种动物都以榛子为主食，它们打开榛子硬壳的手段却截然不同。松鼠先磨掉榛子较细的一头，然后用长长的门牙将硬壳剖成两片，就像人们用刀子切东西。田鼠先用牙齿在榛子的外壳上啃出一个洞，洞口相当规整，就像用锥子凿开一般，洞口极小，不知道它用哪门绝技将果仁从中掏出，这着实令人称奇。普通䴓没有前爪握住榛子，不过，这个小小的工匠心灵手巧，它会将榛子叼到树缝或石头的缝隙里固定住，然后站在上面，用喙在那坚硬的榛壳上凿出大小不一的洞眼。在普通䴓经常出没的地方，我们在门缝里塞上几颗榛子，后来总能看到这些榛子被普通䴓凿空。鸟凿榛壳啪啪响，声音可以传得很远。

为何在音乐会结束数日后，有些人仍会感到旋律依然如在耳畔？先生精通乐理，擅长演奏，望能不吝赐教。下面这些话或许能表达我的理解：

> Praehabebat porro vocibus humanis, instrumentisque harmonicis musicam illam avium: non quod alia quoque non delectaretur: sed quod ex musica humana relinqueretur in animo continens quaedam, attentionemque et somnum conturbans agitatio; dum ascensus, exscensus, tenores, ac mutations illae sonorum et consonantiarum euntque, redeuntque per phantasiam—cum nihil tale relinqui possit ex modulationibus avium, quae, quod non sunt perinde a nobis imitabiles, non possunt perinde internam facultatem commovere.

与人为的歌声和乐器声相比，他更喜欢鸟鸣。音乐并非不能给他们带来愉悦，但挥之不去的旋律会令人神不守舍，难以安眠。鸟儿的歌声出之天然，不易模仿，所以也不会像人为的音乐那样，扰得听众心神不宁。

——迦桑迪《佩雷斯克传》

这段引文十分有趣，引起我深深的共鸣，道出了我平时心有所动却无法表达的感受。听罢优美的音乐，那旋律每每萦绕心际，日思夜想，欲罢不能，睡梦初醒之时尤其如此。优雅的乐章诱人想入非非，难以忘情，甚至在考虑正经事时也会受到影响。沉湎于声乐而不能自拔，给我造成的困扰甚于它所能带来的欢愉。

游隼

/ 第57封 /

　　近来一只罕见的小鸟频繁造访我的菜圃，我有把握断定这是一只白喉林莺。在英国某些地区，可以经常看到这种鸟。我曾多次收到过寄自直布罗陀的白喉林莺标本。这种鸟很像灰白喉林莺，只是前胸和腹部的灰白色更为显眼。它像柳莺那样生性调皮好动，常在枝头跳来跳去，四处觅食。它会攀上皇冠花的长茎，将脑袋探入花冠，吮吸每朵花瓣中的蜜汁。有时也会像林岩鹨一般，在草地或修剪过的牧场上蹦蹦跳跳寻找食物。

　　我有一个邻居相当聪明，也敏于观察。他曾告诉我说，5月初，一天晚上8点50分左右，他看到一群家燕栖息在詹姆斯·耐特池塘畔的一棵柳树上，数量不少，他估计有将近30只之多。鸟鸣声最先引起他的注意，他发现一根柳枝上小鸟站成一排，脑袋朝着相同的方向，一动不动，它们的体重把树枝都压弯了，几乎触及水面。他一直在那里观察，直到鸟儿飞走。在春秋两季，这种情景常有所闻，这就令我们不由得推测家燕十分恋水，而且并非为了寻觅食物。虽然它们不会潜入水中，但在寒冷的冬季，或许也可能藏身于池塘边或河岸。

沃尔墨林地的一个守林人曾在林地边上射杀一只正在吃林鸽的游隼，他把游隼送给我了。这种隼又名"野隼"，在南方各郡相当罕见，为隼中名品。1767年冬季，邻近的法灵顿教区也曾击落过一只同样的游隼，被我送给了彭南特先生①，当时他正住在北威尔士。打那以后，我一直没见过这种鸟，现在才再次看到。前面提到的那只游隼被保存得非常好，枪弹并没对它的外表造成多大的损伤。它的双翅平展长达42英寸，从喙至尾长约21英寸，体重为2.5磅。这种隼身强体壮，天生擅长掠杀。它的前胸肌肉发达，大腿又粗又长，强健有力，小腿甚短，结构匀称，一对长长的隼爪十分尖利，令人望而生畏。眼睑和蜡膜呈黄色，黑幽幽的虹膜，黑色的喙呈钩状，相当厚实。脸部上颌处有一对突出的肉团，相对身躯而言，尾巴显得稍短，不过，收紧的双翼并不能盖住尾梢。别人不让我剖开它，从外表看，个头不小，体形秀美，估计应该是只雌隼。猛禽通常较瘦，这只隼倒是比较丰满。鸷鸟不食五谷，它的胃里却有不少大颗的麦粒，很可能是吃林鸽时一起吞下去的，因为它们噬取猎物时，对骨头、羽毛从来不加选择，无论什么东西，一概收入腹中。这种隼通常生活在威尔士北部和苏格兰山区，那里最近纷降大雪，气候恶劣，或许这正是驱使那只隼飞临此地的原因。

---

① 怀特注：参见本人致这位绅士的第10和第11封信。

白尾鹞

/ 第58封 /

我的近邻中，有一位东印度公司职员。这个年轻人曾从中国广州带回两只狗，一雌一雄，体形近似中等个头的长毛犬，当地人将这种狗养肥后吃狗肉。这对狗毛色浅黄，鬃毛粗糙，两耳直竖，尖嘴猴腮，样子很像狐狸。与一般的狗不同，它们的后腿笔直，关节处也没有什么弯曲，疾走时显得相当笨拙。它们跑动时像猎狗那样，尾巴高高翘起。两侧腰腿之间不长毛发，与其他狗不一样，看起来也不像是因为什么意外造成的。眼睛不大，黑溜溜的，目光逼人。唇和嘴色泽相似，舌面泛青。母狗的两条后腿上都长有一只悬蹄，公狗没有。将这两只狗带到田野时，嗅到灰山鹑的气味，母狗便露出好猎的天性，它伸出舌头紧追不舍，惊得一窝山鹑拼命逃窜。南美洲的狗不会叫，这两条狗爱叫，叫声短促沙哑，就像狐狸，动作也相当粗野。这种狗从来就没有被驯化过，只是圈养起来，喂以五谷，养大后供人食肉。这两只狗才断奶便被人带上了船，尚未能从老狗那里接受过任何教诲，可到了英国后还是不喜欢吃肉。太平洋岛屿上的狗自幼就习惯于吃素，异国他乡的来客喂以肉食，它们碰都不碰。

我们认为，在自然状态中，所有的狗都有像狐狸那样坚挺的耳朵，人们所欣赏的那种双耳下垂的狗，只不过是人类长期培育驯化所造成的。与这两条来自广州的狗一样，在《伊斯布兰特从俄罗斯到中国游记》的铜版画中，奥比河边鞑靼人的雪橇狗耳朵也都很尖。库克船长著有《新环球旅行记》，其中一幅精致的铜版画中同样可以看到，卡姆沙特戴尔人也驯养这种尖耳尖鼻的狗来拉雪橇。

既然讲到狗，不妨在此多说几句。猎人都知道，出自天性，猎狗非常喜欢追逐灰山鹑和雉鸡，但对于扔给它们的野鸡骨头则不屑一顾。我养的杂种狗也是这副德行，虽然它擅长捕猎。这两条中国狗却截然不同，它们不仅贪吃野鸡骨头，甚至会把盘内的残渣都舔得一干二净。

猎狗必须经过训练，熟知猎物的气味，才会情不自禁地猛追猛咬。但是，哪怕饥肠辘辘，它们还是讨厌猎物的骨头，绝不会去碰一下。

狗不喜欢抓鸟，不爱吃鸟骨头，这不足为奇。令人费解的是，它们对自己乐于追杀的猎物也不爱吃。追逐猎物的目的，难道不就是为了吃掉它吗？狗还不愿吃腐臭的水鸟和其他已死的野禽。有些野鸟以垃圾和下水为主食，对于它们散发着恶臭的尸体，猎狗避之唯恐不及，这种厌恶确实出自天性。同为大地餐桌上的食客，以上帝之意，秃鹫[①]、鸢、渡鸦似乎就是大自然的清洁工，专门负责清除地球表面令人厌恶的腐尸。

[①] 怀特注：哈塞尔奎斯特在他所著的《利凡特之行》中描述道：在开罗，狗与秃鹫相处甚欢，常在同一个地方抚养幼崽。

欧歌鸫

/ 第59封 /

埋在沃尔墨林地沼泽中的木化石还没被挖光,因为挖泥炭的人偶尔还会挖到一根。日前我亲眼看到一截木化石,那是橡树村一个工人卖给我们这里一位木匠的。这根木化石长约5英尺,直径为5英寸,是一段小橡树的残株。它黑如紫檀,十分沉重,看来是被斧子紧贴着树根部砍下来的。我问那人买这木化石有何用,他道是要送给在法恩翰当细木工的兄弟,将乌木与较白的木料相嵌,用来做柜子。

在春天和夏天的傍晚,习惯于这时出门的人经常会听到夜行的鸟儿从头顶振翅掠过,并叫个不停,声音相当急促。我也早就注意到这种夜鸟,但吃不准这究竟是什么鸟,直到最近,我总算搞清楚了它的种类。现在,我可以肯定,这是一种石鸻。每天入夜之后,就有许多石鸻从北面的田野和小山顶上飞来,经过我家,飞往多顿。那里溪流纵横,草木丰茂,有足够的食物供它们享用。在黑夜里飞行的鸟注定爱闹出许多声响,不停的叫声是信号,也是口令,让众鸟相随而行,不会在黑暗的旅途中迷失方向,彼此失散。

秋天的黄昏，秃鼻乌鸦的行径非常有趣，令人发噱。经过一整天的觅食，夜幕将临，它们排成一行往回飞。上千只的秃鼻乌鸦聚集在塞耳彭的山冈上，它们时而盘旋，时而俯冲，一边嬉戏，一边发出阵阵沙哑的叫声。由于村子在山冈的下面，听到的鸦啼声已变得嘟囔不清，或者说，更像悦耳可心的喃喃细语，勾起人们的幽思遐想。那声音像深谷丛林中的狗吠，如疾风摇撼大树，似惊涛拍击石岸。随着最后一丝天光的消逝，这场盛典也曲终幕落，鸟儿退入提斯泰德和罗普利的丛林深处栖息。记得有一个小女孩对神学精义灵犀相通，她总会在入睡前说：秃鼻乌鸦在祈祷。孩子尚年幼，并不知道《圣经》记载上帝曾言："他喂养呼唤他的乌鸦。"

/ 第60封 /

　　《论气候》一书见解独到，议论精当，那是赫胥厄姆博士在普利茅斯时所著。在阅读时，我发现其中有一份有关1727年至1748年间的气候报告。从中可以看出，那时德文郡雨水频繁，降雨量却不大，个别年份还相当小。比如，1731年的降雨量仅为17.266英寸，1741年为20.354英寸，1743年为20.908英寸。沿海地区多云，微风细雨，空气比较潮湿。不过，云雨不会深入内地，海边雨量不大，湿度却比较高。根据赫胥厄姆博士的测定，普利茅斯最潮湿的年份降雨量也不过36英寸，其次便是1734年的37.114英寸。相比我的短期观察，这么少的降水量还不到塞耳彭地区的一半。赫胥厄姆博士认为，小雨频频，空气湿润。大雨迫使地面的水汽难以蒸发，空气反而变得干燥。他还指出，干旱的季节天空显得浑浊不清，那是因为能折射光线的水汽不足，能见度大受影响。他发现在空气湿度较高的时候，一些天体的能见度要比干燥时更为清晰，但从未在雨季的天空中观察到类似的现象。

　　山冈那边有个朋友，曾将三门旋转式机关炮搬到我的后门外，炮口朝着垂林的方向。他以为这样就会产生很好的回声效应，结果事与愿违。于是，他又将三门炮移至垂林中的凹陷处。这一来效果极佳，顺着石地和峡谷林传来了洪亮的回声。不过，最令人闻声而喜的地方还数普莱厄里，石地间回声轰鸣，似乎要将所有的榉树连根拔起。转向左边，回声弥漫于峡谷林塘上方的山谷。轰鸣声此伏彼起，一直延伸到哈特利垂林的四周，最后才在沃德勒罕的灌木丛和小树林中渐渐消散。过去，人们就把这个地方喻为多回声的亚拿突①，很适宜做这类实验。或许，我们还可以补充几句：回声时断时续，恰如音乐稍息复起，给听众带来意外的惊喜，令闻者思绪飞扬。

前面提到过那位绅士家住纽顿·瓦伦斯，最近他刚在客厅里安装了一个气压计，里面的水银就是在塞耳彭装的。我们小心翼翼地装了两次，才让那支水银柱的刻度与我的气压计相等。回到纽顿后，他又重新装了两次，因为他家地势较高，水银柱的刻度比在本村时低了3/10英寸，如果气压更低，误差还会加大。现在纽顿气压计上的刻度已低至27，因为在暴雨天，水银柱通常会降到28以下。我们曾经以为他在纽顿的房子比我家高200英尺，但如果确认"高度增加100英尺，水银柱的刻度即下降1/10英寸"，那么，气压计在纽顿的读数就低于塞耳彭的3/10英寸。由此可见，与此刻我正在写信的房子相比，他在纽顿的房子高出不止200英尺，而应是300英尺。

在此不妨再补充一点，气压计的刻度在塞耳彭比在南兰白斯低3/10英寸，由此可以推断，前者的海拔比后者高300英尺。因为源自本地的溪流是从魏桥注入泰晤士河，然后才流向伦敦，可见这样的推断言之有据。从塞耳彭到南兰白斯的地势显然是越来越低，溪流蜿蜒于两地之间的距离，想必都不会少于100英里。

---

① 译者注：希伯来语"亚拿突"有"回声"的意思。《圣经》记载：亚拿突是便雅悯境内利未人居住的城市，先知耶米利的出生地。

/ 第61封 /

在我多年的观察中，会注意到一些独特的自然现象，如超乎寻常的霜冻和酷暑。一个地区的自然史无疑要涉及该地区的气候状况，接下来的四封信将谈及这方面的情况，其理由也就无须在此赘述了。

1768年1月的霜冻持续时间虽不算很久，但严重的程度为多年来所罕见，常青树因此受到重创。谈谈这场严酷的霜冻，论述一下灾难的成因，对喜欢植树栽花的人士或许不无益处，其实用价值也将传之久远。①

去年最后几天，下了一场大雪，积雪很深，铺满大地，将那些低矮的植物包得严严实实。从元旦起，雪一连下了五天，后来天气完全转好，日日晴朗，正午的阳光将庇荫处也烤得很暖和。

正是在这种情况下，笔者②的常青树每天白昼化冻，夜晚结冰，三四天下来，我的那些棉毛荚蒾、冬青、月桂和杨梅树都变得一片枯黄，如同被火烤焦了一般。而邻居家同样的植物，因为地处高寒，雪不易融化，反倒安然无恙。

由此可见，对于植物而言，寒冷尚不可怕，最致命的是反复的解冻和结冰。③多年辛劳，毁于数日，希望破灭，任何一个种植者若要避免这类惨剧，理当主动采取一些措施来应对危机。所种植物的面积如果

---

① 艾伦注：此为怀特首次表白，他有意将书信结集出版。
② 艾伦注：在这里以及后面的一些信件中出现"笔者"一词，由此可见，这些信是后来"虚拟"的。
③ 艾伦注：怀特观察所得的结论已被后人反复证实。本人曾在芬雷郡海拔800英尺的海恩德海德山巅进行考察，看到那里的树和灌木经过寒冷的冬天，却并没有受到什么损伤。在同一座山低于700英尺的坡上，因积雪化而复冻，同样品种的树和灌木却难逃一劫。

不是很大，可以用草席、布、豆秸、稻草、芦苇之类的东西暂时遮盖一下。灌木丛如果面积太大，则可以让人用草耙、叉子之类的工具，将树枝上的积雪轻轻扫落。不沾雪花的枝叶更能适应环境的变化，而经残雪融化后又遭冰冻的树木则更难存活。

气候较热的地区显然不适宜比较娇嫩的树种和灌木的生长，表面上看，这样的论断似乎有点自相矛盾，其实不然。原因不仅如前所述，更因为在温暖的气候下，这类植物在春天发芽比较早，入秋暂停生长的时间又较迟，所以也就更容易受到迟去或早到的霜冻的侵害。同样的因素，来自西伯利亚的植物难以适应这里的气候，刚刚入春，它们便抽枝发芽，在三四月，难免惨遭寒夜的摧残。

来自北美的灌木更为娇嫩，福泽吉尔博士等人都曾领教过种植时的难处，所以他们后来将这种灌木都栽在北墙下。或许，在东面也应该有一堵墙，这样才能挡住那个方向刮来的刺骨寒风。

同样的道理，在动物身上也可以得到验证。精明的养蜂人现在已经知道，在冬季不能让蜂房受到阳光的暴晒，因为不合时令的温暖会过早惊醒正在沉睡的生灵。蜜蜂过早活动，一旦寒潮重降，它们的麻烦就大了。

霜冻期虽然不长，但冷得厉害，马都染上了瘟热，许多马匹呼吸系统受损，有的还病死了。好多天晚上，床底下都冷得结冰，许多人得了感冒和咳嗽。肉都被冻得硬邦邦的，根本没法用炙叉叉住，只能存放在地下室。寒霜冻死了好几只白眉歌鸫、欧亚红尾鸲和欧歌鸫。在茅屋和谷仓的房檐下，灵巧的大山雀仍在抽取长长的稻草，它们这样做的目的何在，前信已有记述①。

1月3日，本杰明·马丁的室内温度计显示②，夜间温度降至20℉，次日降至18℉，到7日降至17.5℉。客厅门窗紧闭，室温却降得如此之

---

① 怀特注：参见致彭南特的第41封信。
② 怀特注：本杰明·马丁是科学仪器的制造者。

低,这可是主人在这个时节从来未曾遭遇过的。让他感到遗憾的是,没法测到当时的室外温度。那段时间,天天刮北风和东北风,但是到1月8日,一直躲在窝里闷声不响的公鸡突然放声报晓,小嘴乌鸦也开始呱呱乱叫,这预示着气候即将转暖。而且鼹鼠也变得忙碌起来,预示着冰雪即将消融。由此可知,因为温暖的水蒸气上扬,地底下最先开始解冻,要不然藏身于地下的动物何以早就知晓天将转暖?而且,我们经常注意到,冷气似乎总是从高处往下沉。在有霜冻的夜间,观察置于室外的温度计,每当天上飘来云团,温度会陡然上升10°F。及至云朵飘散,温度又会降至原先的水准。①

综上所述,看来似乎可以认为,霜冻的过程通常是渐进的,而解冻的发生却往往来得很快,就像病情一下子转好了。

值得赞许的是,葡萄牙月桂和美洲刺柏,它们经受了严重的霜冻,却安然无恙。十年一遇的寒霜也许不期而至,它所造成的损失可能终生难以弥补。打算植树美化家园的人须知,这些树种能抗突如其来的严寒,让你不会因寒潮造成的损失而后悔莫及。

事后来看,冬青类的植物受到的伤害最严重,扁柏死了一半,杨梅不死不活地拖了一些日子,最终还是没能熬过这场灾难,冬青、棉毛荚蒾和月桂等无不倒地而亡,原来生于炎热地区的野冬青也蒙受重创,树叶全都秃光。

直到1月14日,积雪才全都融化。除了朝阳的地段,蔓菁并没有被冻伤,都开始发芽抽枝,麦子一片翠绿,园子里的菜蔬也完好无损,因为积雪犹如一袭斗篷,将幼苗护得严严实实。若非老天垂怜,白雪呵护,北方的蔬菜难以熬过严冬。不过,4月的瑞典,依然还是银装素裹,白雪皑皑,但两个星期后,那里的田野就会开遍鲜花。

---

① 艾伦注:正是怀特首先揭示了辐射的重要性,并指出云层就像覆盖大地的毯子,对温度的影响不可忽视。延达尔后来从理论上使之臻于完善。

普通潜鸟

/ 第62封 /

1776年1月天寒地冻，如此严霜委实难得一见，在此再谈谈当时的一些情形，想必您不会嫌我话多吧。

习惯于将所见所闻随时笔录，所以摘抄我当时的日记最为可靠。不过，首先必须说明，那年1月的第一个星期气候格外潮湿，大雨滂沱，到处都是湿淋淋的。由此可以推断，雨水浸泡大地，气温下降，然后才会出现严酷的霜寒。[1]所以说秋旱之后，严霜罕至。

1月7日，从早到晚一直在下雪。接下来几天，雨雪交加，不是霜冻，便是大雪漫天，直到12日才稍停。雪花飘洒，堆积在门楣上，填满深陷的车辙，厚厚的积雪掩埋了人类活动的所有踪迹。

14日那天，我不得不外出办事，心想如此酷寒，堪比冰天雪地的西

---

[1] 怀特注：1768年1月之前的秋天气候非常潮湿，尤以9月为甚。路特兰郡的林敦地区降雨量高达6.5英寸。1739年至1740年的霜冻特别严酷，持续的时间也特别长。在此之前也曾经历过一个多雨的秋季，当时泉水涨得很高。

伯利亚，实为笔者平生罕见，今后恐怕也难得一遇。一条条狭窄的小道，积雪没过了路边的篱笆，构成光怪陆离的景色，令人又惊又喜，叹为观止。家禽被吓得躲在窝里不敢动弹，外面晶莹的雪花非常刺眼，会将它们搞得头晕目眩，若是无人照料，顷刻就会殒命。野兔蜷缩在洞里，闷闷不乐，除非饿得受不了，决不离巢一步。可怜的动物心知肚明，雪地留痕将暴露自己的行踪，许多同伴因此丢了小命。

从14日开始，雪越下越大，道路受阻，车马难行，西去的道路堵塞尤为严重，那里的积雪似乎比南边更厚。有一批人来自巴斯，原来打算去参加女王的生日典礼，结果被堵在路上。几番折腾，从巴斯和更远的马尔巴罗前来的驿车都在这里陷入困境。女士们焦虑万分，愿意出高价雇工铲雪，打通前往伦敦的道路。然而严寒无情，厚实的积雪根本铲不干净，18日都过了，这批人被搞得焦头烂额，只能寄居在附近的城堡和旅店内。

霜雪连天，直到20日，太阳才总算露脸。我曾提到过，这样的气候对植物颇有利。这段时间天气并不十分寒冷，温度计显示，一般在28℉、29℉和25℉左右。21日，气温降至20℉。此时，鸟儿的境遇就惨了，饿得饥肠辘辘。气候的变化让云雀变得性情温驯，它们看到地面已经裸露出来，纷纷飞到城区的街道。秃鼻乌鸦开始频频光顾屋旁的粪堆。乌鸦眼睛紧盯着来来往往的马车，贪婪地啄食上面掉下来的东西。此时，野兔钻入菜园，扒开积雪，找到植物便大嚼一顿。

22日，我去伦敦办事，沿途是一片拉普兰似的狂野而莽苍的景象。与乡村野趣相比，大都市的景象则别有一番风味。伦敦的街道铺满厚厚的白雪，车轮和马蹄根本触不到地面，马车悄无声息地来来往往，一反往日的喧嚣。这并不让人觉得欣喜，反而感到多少有点异样，似乎弥漫着一股凄凉之情：

    ...Ipsa silentia terrent.

死一般的寂静，令人心悸。

——维吉尔《埃涅阿斯纪》第2卷

27日，整整下了一天雪，到了傍晚，霜冻越发厉害。此后接连四晚，南兰白斯的气温逐日下降，先后为11℉、7℉、6℉、6℉。塞耳彭的气温为7℉、6℉和10℉。1月31日破晓之前，树和温度计的玻璃管上都蒙上了一层白霜。水银柱恰好降至零，即冰点之下32度。可是到了上午11点，即便将温度计置于背阴处，温度还是陡然升至16.5℉。英国南方的寒冬，这样的温度可不同寻常。[1]连续四个夜晚，寒气袭人，温暖的内室和床底都会结冰。白天寒风凛冽，哪怕身强力壮，也没几个人能抗得住这般酷寒。泰晤士河的桥上桥下一下子全都结了冰，你来我往的路人只能在冰上行走。街道上积雪成堆，车碾人踩，白雪变成了土灰色，就像成片的海盐。房顶上的雪却相当干燥，整整积了26天。那里最老的管家也从来未曾见过积雪时间竟有如此之久。夜晚的温度一天比一天更低，人们从种种现象推断，以为这酷寒至少还得持续好几个星期。不料才到2月1日，没有任何先兆，雪就突然开始融化了，那天傍晚还下了一场雨。这就证实了我过去通过观察所做的结论，即温度一升，积雪往往说化就化。2月2日，雪继续融化。3日，南兰白斯的庭院里已经可以看到成群活蹦乱跳的小虫，它们似乎已经感觉不到一丝霜寒。如此细足小虫，身上的体液为何不会被冻住？这个问题倒是颇值得探究。

冷酷的霜冻往往发生在局部地区，而且是一阵阵降临。因为就在发生霜冻的同时，路特兰郡的林敦的气温为19℉，兰开夏郡的布莱克伯恩也是19℉，曼彻斯特为21℉、20℉和18℉。可见温度的高低并不完全取决于纬度，某些未知的因素也起到很大的作用，所以有时南方反而比北

---

[1] 怀特注：虽然有人说肯特郡的一个村庄温度曾降至-2℉，也就是冰点以下的34度，但据我所闻，塞耳彭的冬天肯定比其他地方更冷。我在塞耳彭所用的温度计是由本杰明·马丁制造的。

方更冷。

　　严寒过后，冰雪融化，汉普顿的小麦反而长势喜人，新生的蔓菁也安然无恙。月桂和棉毛荚蒾则有所损伤，好在仅限于那些长在温度较高地段的。冬青也熬过了寒冬，受损的程度还不及1768年1月的一半。南面的月桂叶子稍微有点枯萎，北面的则完好无损。邻居种在朝北高处的月桂篱笆郁郁葱葱，生机盎然。葡萄牙月桂也和以往一样长势良好。

　　至于鸟，欧歌鸫和乌鸫几乎都在劫难逃，由于恶劣的气候，灰山鹑都瘦得很，加上偷猎，能幸存下来明年产卵的也寥寥无几。

/ 第63封 /

1784年12月的严重霜寒实在是非同寻常,所以我还想再详述一下当时的情况,但愿您不会嫌烦。不过,写毕此信①,我保证不再多谈这场寒冬。

12月的第一周天气潮得很,气压也相当低。7日一整天大雪纷飞,气压计的读数为28.5℉。雪不停地下,一直到次日子夜才稍有歇息。到9日早晨,到处都盖满了白雪,街道上铺满了积雪,冻得严严实实,厚度可达12~15英寸,致使道路阻塞,车马难行。9日傍晚,温度骤降,寒气渗骨。出于好奇,我们将两支温度计挂到室外,以便观察温度的变化。一支是马丁制作的,另一支为道龙所造。气温的变化果然如我们所盼,到了晚上10点,温度降至21℉,到11点我们准备上床睡觉时,已经降至4℉。10日上午,道龙造温度计的读数降至-0.5℉,马丁造的那一支有违常理,刻度仅标到4℉,管子内的水银全都缩到了黄铜球内。此时观察温度变化最为有趣,可是这支温度计显得毫无用处。10日晚上11点,虽然没有一丝微风,道龙温度计上的读数却已降至-1℉!这里的天气冷得如此异常,不知道附近地势较高的牛顿地区情况如何,我很想搞清楚。于是在10日早晨,我们给住在牛顿的某位先生写信,恳请他将一支亚当造的温度计挂到室外,早晚记一下读数。他家的位置比我的屋子高200多英尺,我们期待那里或许会发生一些奇妙的现象。但是到了10日晚上11点钟,那里的温度仅降到17℉,次日早上又升至22℉,而我们这里仅有10℉!这样的结果与我们的预期完全相反,简直令人难以置信。我们

---

① 艾伦注:怀特还在假装写信,可这一次已经完全蒙不了人了。

还以为是他的温度计有问题，于是就派人送去一支我的温度计。两支温度计测试的结果完全一致。由此可见，至少有一晚，牛顿与这里的温差有18℉。在整个霜冻时期，两地的温差达10~12℉。①寒霜过后的情景则更加证实了这一点，我的棉毛荚蒾、月桂、冬青、杨梅、扁柏和葡萄牙月桂②无不枯萎。连斜坡上的那片月桂树篱也未能幸免，至今想起仍深感悔痛。与此同时，在牛顿那边，同样的植物却连一片树叶都毫发无损！

本地的霜寒一直持续到25日，这里早晨的气温降至10℉，而牛顿则不过降到21℉。严重的霜冻一直持续到31日才出现融化的迹象。1785年1月3日，老天开始下雨，确实开始解冻了。

有件新鲜事，不得不提一下。12月10日，星期五，阳光灿烂，空气中却充满冰花，它向四面八方弥漫，犹如将化为粉尘般的阳光洒入黑暗的屋子。一开始，我们以为是从篱笆高处飘落下来的霜花，但很快便明白根本不是那回事，因为我们在外面看到，篱笆上的霜花不可能飘得这么远。它们是由空气的水汽凝结而成的吗？还是因为积雪的蒸发？

多亏温度计的及时告知，我们赶紧将苹果、洋葱、土豆等搬入地窖和温暖的储藏室。无视预警或无所作为的人就惨了，他们的水果和根菜全被冻坏，面包和奶酪也被冻住了。

还得告诉您一件事。在那两日西伯利亚式的天气里，客厅里的猫身上带有极强的静电，抚摸过猫的人，即使不碰周围的人，他们也能感觉到静电。

刚才我还忘了说一件事，在最冷的两天，有两人在雪地里追捕野

---

① 艾伦注：我在海恩德海德测到的结果与之完全相同，在寒霜夜，那里测到的温度要高于低谷的温度。

② 怀特注：米勒先生在他所著的《园丁词典》中讲得十分肯定，1739年至1740年的霜冻虽然很严重，但他的葡萄牙月桂花安然无恙。看来，若不是这位向来仔细的先生观察有误，便是1784年的霜冻比上面所说的那年更加严重，更具有破坏性。

兔，结果给冻伤了脚。另有两人在谷仓打谷子，那里不像外面这么冷，可他们的手指还是被冻伤了，好几个星期都难以痊愈。

　　这场霜雪毁坏了荆豆和大部分常春藤，好多地方的冬青树都掉光了叶子。还不到旧历的11月底，寒霜便匆匆降临。或许可以说，它所导致的后果，堪称1739年至1740年以来最为严重的霜冻灾情。

杂种雉

/ 第64封 /

在英国北部地区，异常炎热的气候并不多见。这里的夏季并不很热，难以指望靠阳光来催热田里的果实。前面信中描述严寒时节的详情略显啰唆，所以我在讲述酷暑的情况时力求简明扼要，以补前愆。

1781年和1783年的夏季特别炎热干燥，有关这两年夏天的情况我将参照日记的内容，不再回述更为久远的事情。1781年，赤日炎炎，我的桃子和油桃都遭了殃，果子的外皮都被晒裂了，后来连果树也日渐枯萎。勤劳的园丁或许可以吸取这个教训，用草席或木板遮挡一下墙边的果树。这花不了多少劳力，因为夏日的烦恼通常不会延续太长时间。也正是在那年夏天，我发现树上的苹果被晒蔫了，滋味尽失，根本无法保存过冬。我不由得想起旅行者曾经说过，他们从未在南欧尝到过味道鲜美的苹果和杏子，因为那里的天气太热，致使果子索然无味。

黄蜂在果园中为害最甚，在果子行将成熟的时候，它们会毁掉所有好果子。1781年未见蜂害，1783年黄蜂却多得成灾。多亏我们曾让几个小伙摘除蜂窝，并在榛树梢上用粘鸟的网捕捉成百上千的黄蜂，否则园中的果子肯定被黄蜂糟蹋殆尽。①打那以后，每年春季，我们都会雇几个小伙去杀灭那些大量繁殖的黄蜂。用这办法来对付那帮强盗还挺有效，这些害虫不得不束手就范。上述两年的情况可以证实，黄蜂在炎热的夏季施虐，但也不是每逢酷暑必会成灾。

1783年的夏季十分闷热，树上不时渗出许多蜜露，把我美丽的果园搞得面目全非，简直不堪入目。忍冬在一周前还显得那么甜美可爱，赏心悦目，这一来却被包上一层外衣，上面爬满了乌黑的蚜虫和苍蝇，实在太恶心了。这种湿漉漉、黏糊糊的东西之所以会产生，或许是因为天气炎热时，田野、牧场和园圃中的花会散发出阵阵异味，在白天随着水汽蒸发到空中，晚上花粉夹杂在露水中撒向地面，因此夏日的空气中常常含有浓郁的花香。植物身上这些甜腻的糊糊是蜜蜂的最爱，因为在宁静温暖的清晨，总是这些东西最先映入我们的眼帘，所以可以断言，它们是在夜晚降落下来的。②

在白垩土质和沙地上，还有伦敦周围的村庄里，温度计的读数往往可以蹿到83℉~84℉。我们这里的村庄傍山依林，气温几乎从来没有超过80℉，触及80℉的日子也很少见。我认为，其中的原因在于，这里的土质又黏又稠，地面绿树成荫，不像上述那些地方热量可以轻易渗透。山势起伏，容易产生气流，带来阵阵微风，林地发散的潮气也冲淡了热量，对温度有所调节。

---

① 艾伦注：现在将这种黄蜂称为"母后蜂"——这些怀孕的蜂后熬过严冬后，就会在来年春季成为蜂群之母。所以若能在早春时节杀死这些母蜂，就等于灭掉了整窝的黄蜂。

② 艾伦注：如今已知蜜露主要是由蚜虫产出。怀特在讲到蜜露时，也多少提到了蚜虫，但并没注意到两者之间的因果关系。植物自身也能分泌出些许蜜露，但绝大部分无疑是由枝叶上的蚜虫所分泌的。

塞耳彭教堂

/ 第65封 /

凶兆频现,怪事连连,1783年的夏季真的十分恐怖。流星坠落,电闪雷鸣,全国各郡的百姓无不处于惊恐之中。连续数周,一种怪异的雾气弥漫在本岛,进而发散到欧洲各地,甚至飘到更远的地方,这种现象极为罕见,尤其令人不安。检阅日记,发现本人注意到这种乖戾的现象时间是在6月30日至7月20日。在此期间,风向时东时西,变幻莫测,风力却始终如一。正午的太阳显得暗淡无光,好像朦胧的月亮,洒落在地上和房间地板上的阳光则呈铁锈色。朝阳如火,夕阳似血,酷热始终不见消退。①当天屠宰的鲜肉，很快就会变质，不可食用。小巷和篱笆上到处都是密密麻麻的苍蝇，把马都快逼疯了，骑手不胜其烦。看着那阴沉的红日，愚昧的农夫心生敬畏，有识之士则泰然处之。他们知道事出有因，因为近期卡拉布里亚和西西里岛的一些地方发生了强烈地震，大地为之开裂。与此同时，挪威附近的海洋中又发生了火山爆发。此时此刻，弥尔顿《失乐园》中描绘太阳的宏大场面不时浮现在我的脑海中。用他的诗句来形容这般场景真是十分贴切，在这卷诗行将收尾时，作者以隐喻手法指出，异象令人生畏，迷信加深恐惧。

> 犹如透过天际层层阴雾，
> 那黯然失色的朝阳。
> 犹如日食昏天黑地，
> 月亮背后溢出
> 几丝可怖的幽光。
> 天变可畏，
> 几多君主无比惊慌。
> ——弥尔顿《失乐园》第1卷

---

① 艾伦注：这些现象与后来爪哇的喀拉喀托火山大爆发时所观察到的现象十分相似，这也就表明它们爆发的起因相当接近。由于怀特特别注意到欧洲火山活动与日落时的血色之间的相关性，使得这种相似性具有更大的可能。不过，由火山灰所造成的现象无疑源自某些欧洲之外的火山口，它们的活动恰巧与欧洲的火山爆发同时发生。

/ 第66封 /

塞耳彭，1787年6月25日

  我们这一带很少受到雷雨的惊扰，这似乎有点难以置信，却是不争的事实。产生于南方的雷雨几乎从不涉足本村，在抵达这里之前，雷雨往往会或东或西扭转方向，有时还会一分为二，各奔东西。1783年的夏天就发生过这样的事情。根据我的日记记载，雷雨通常起自南方，当时周围所有地区经常受到雷雨的侵袭，我们这里倒是一次都没挨着。我对此唯一的解释是，这里和大海之间群山连绵，有诺尔山、巴尼特山、布策山和鲍兹冈。可能就是这些山挡住了雷雨，使之改变方向。人们经常注意到，隆起的海岬和高地往往会吸引云雨，当山巅和树梢与乌云相遇时，能消解其汹汹的来势，位于低处的山谷也因此避开了雷雨。

  我说过南方的雷阵雨很少影响到本地，但这并不意味着这里从未遭到过雷阵雨的蹂躏。1784年6月5日，早晨温度高达64℉，中午上升到70℉，气压计的读数为29.5℉，刮着北风。我注意到斜坡的树林上空飘浮着蓝色的雾气，发出一股浓烈的硫黄味，这似乎预示着一场雷雨行将降临。下午2点，有人叫我进屋，所以没有亲眼看到北方乌云密布的景象。当时在室外的人告诉我说，场面之可怖为平生所罕见。下午2点15分左右，哈特利教区开始下起雷阵雨，然后渐渐由北向南压过来，席卷了诺顿农庄和格兰治农庄。先是大滴大滴的雨点，转眼间便下起了冰雹，冰雹的颗粒周长有3英寸。冰雹来势凶猛，好在持续的时间不长，覆盖的面积也有限，否则周围所有的地区都难免遭殃。在哈特利教区，有个农庄遭受到一定的损失，而位于风暴中心的诺顿，损失极为惨重，旁边的格兰治农庄也未能幸免。风暴恰巧刮到我们村子的中部，我家的北窗玻璃、花园里的灯具、我的放大镜和左邻右舍的窗户都被冰雹砸坏。雷阵雨波及的范围长约2英里，宽1英里。当时我们正准备吃晚饭，刚刚就座，突然听到屋顶上的瓦片发出哗啦哗啦的声响，还夹杂着玻璃的碎裂声，搞得大家再也没有心思吃晚饭了。就在这时，上面提到的农庄上空下起了瓢泼大雨，顷刻间，洪水暴发，淹没了草场，冲走了休耕地的土壤。因为地势较低，前往奥顿的道路被冲得面目全非，不加修复根本就没法通行。大水甚至挪移了重达2英担的石头。人们惊讶地看到大块的冰雹坠入池塘，溅起的水花竟有3英尺之高。伴随着阵阵咆哮，冰雹猛然砸向地面，真令人不寒而栗。

在冰雹肆虐的当口，虽然伦敦附近南兰白斯上空云清风淡，既看不见暴雨，也听不到雷鸣，空中却带有很高的含电量。地面一台电机上的警铃一直响个不停，并发出强烈的电火花。

当初开始这项工作时，原来打算加一篇关于每个月的自然史志，从而将我在那些信中未曾提及的事情增补进去。鉴于沃灵顿的爱肯[①]先生近来刚刚出版了一本体例相仿的书，而且考虑到我的信连篇累牍，您的耐心亦已备受考验，有关自然史的话题且就此打住吧。

致以由衷的敬慕和真切的问候

您最谦卑的仆人

吉尔·怀特

[①] 译者注：约翰·爱肯（1747—1822），医生，作家，著有《自然历》，怀特去世后，他编有《一个博物学家的历书》。

塞耳彭自然史

格兰治农庄

附录：手稿摘录

/ 观鸟手记 /

概论

在恶劣的气候条件下，田鸫、白眉歌鸫、云雀和草地鹨经常光顾潮湿的草地，在那里寻找食物。草地鹨踩着浸在水面中的野草，肚皮沾着水，到处觅食虫蛹。水边的雪地上有不少小虫，为鸟类提供了部分的食物。

这些鸟往往根据颜色来选取食物，红色的醋栗是它们首选，虽然白色的醋栗味道更甜，它们却总是先扫光红色的果子，才会去碰白色的。

每逢4月，欧亚红尾鸲、斑鹟和黑顶林莺便会早早光临。在冬季看不到这些小鸟的身影，由此可见，它们应该是候鸟。须知迁徙之路充满艰险，即使是体格强健意志坚毅的鸟也视为畏途，这些小鸟长得如此娇弱，又是如何顶着暴雪骤雨，克服艰难险阻，完成长途迁徙的呢？可它们视若等闲，无惧风霜，按时来去。短翅夏候鸟的迁徙堪称一大自然之谜。

每当男孩们送来马蜂窝，我的矮脚鸡都会吃得津津有味。它们将蜂房撕得粉碎，吞食蜂蛹，显得异常兴奋。爱吃昆虫的鸟都是这副吃相，雷先生曾在鹰巢内发现一些蜂房，他便将这种鹰命名为"蜂鹰"，目光之精准，令人叹服。因为里面没有发现任何蜂蜜，鸢之所以将蜂房叼入鹰窝，显然不是为了吃蜜，而为了吃蜂蛹。猛禽有时也会吃昆虫，我曾看到一只驯养的鸢大吃满肚卵子的母蚂蚁，吃得津津有味。

秃鼻乌鸦

秃鼻乌鸦生性好斗，总爱捣毁彼此的鸟巢，将对方的窝撕得稀烂。相邻而居却不相容，真是太不近情理。如果一对秃鼻乌鸦在一棵树上筑巢，很快就会遭到劫掠，家室顷刻毁于一旦。筑巢于树，栖息枝头，它们掉下的残枝便成了穷人的柴火。有些成对的秃鼻乌鸦很不幸，如果别的同类没搭好窝，那就决不允许它们完巢。它们才垒起几根树丫，一群恶鸦便扑过来，将尚未完工的鸟窝强行拆除。搭好鸟窝，在雌鸦产卵之前，雄鸦会给雌鸦喂食。这时，雌鸦拍打着翅膀，发出嗲声嗲气的颤音，就像无助的雏鸟，极尽娇媚，以此来回报雄鸦的施舍。雄鸦殷勤喂食，整个孵卵期从不间断。秃鼻乌鸦交配不在树上，也不在窝内，而是在开阔的田野上。

鸫

大旱时期，鸫常常抓蜗牛，撕烂后喂小鸟，这对菜圃果园大有好处。不像其他鸫类鸟，槲鸫从不糟蹋园中的果子，只是吃槲寄生的浆果，春季则以常春藤上成熟的果实饱腹。在夏季，当小鸟羽翼丰满后，它们便举家出走，迁居到牧羊冈或荒野上。

雌性鹨鸲生性凶猛，勇于护家，但还是免不了幼鸟正育雏的喜鹊偷袭。也许是为了免此凌辱，鹨鸲筑巢喜欢选址在民居或人来人往的道路或园圃附近。

鸫吃蜗牛，是我亲眼所见，绝非虚言。

1797年的早春，每到清晨，就有一只鸫飞临我窗边的大榆树，站在树冠上放声歌唱，音色动人，令我心喜。也许是因为附近常春藤上的果实已经成熟，将它们吸引来的吧。

我在前面讲述过鸫的巢穴遭袭，记得多年前还看到过这种事情。当时一对鸫鸟不停地飞上飞下，向一只体形更大的鸟发起攻击。它们发出一阵阵狂怒的尖叫，显然是因为园中的鸫巢遭到了大鸟的侵扰。后来，我还多次看到鸫尖叫着抗击那些入侵的喜鹊。

家禽

很多动物天生精明，知道怎么做才对自己有利，如何才能得到厚报，其聪明睿智往往出乎人们的意料。比如我邻居家鸡鸭便是如此，它们一看到运麦子的大车过来，就跟在车后，捡食车上颠簸下来的麦粒。我弟弟养的猫也很聪明，一看到他抓起枪要去打麻雀，就跑在前面，随时准备扑向被击落的鸟。

众所周知，鸡形目鸟类生性偏好栖于高枝，由此可见，其内心深处对天敌充满着恐惧，它们担心夜晚在地上栖息会遭遇不测。家禽也深谙此道，冬季如果没有棚舍，它们就会跳上紫杉或冷杉上，火鸡和珠鸡虽然笨重，也会攀上苹果树。为了防备狐狸，森林中的雉鸡入夜也睡在树上。为了保命，哪怕天寒风大，蓝孔雀也要爬上主人屋旁的大树上过夜。灰山鹑白天喜欢在灌木丛中活动，因为那里容易藏身，不易受到猛禽的伤害。它们没有栖息在树上的本领，晚上只能歇在地面上，为了防备貂和鼬的偷袭，它们就远离灌木丛，在大田的中央挤在一起睡觉。

鸭和鹅双脚带蹼，十分笨拙，无法栖于枝头，在暗夜或遇到危险时，就会跳进水里，浮在湖塘的中央，如定锚的小船，安然无恙地度过静静的长夜。

母山鹑

沟里跳出一只母山鹑，它边跑边抖动着翅膀，发出声嘶力竭的尖叫，好像已经受伤，没法逃脱我们的追捕。母山鹑陷入绝望之时，随从的童仆却看到，几只还不会飞的小山鹑迅速钻进堤坝下的老狐狸洞。本能的力量竟如此之大，着实令人称奇。

杂种雉

斯陶威男爵从霍尔特林地的小屋寄来一只模样奇怪的鸟，让我鉴定一下。鸟的翅膀被子弹击中，看林人的猎狗从灌木丛中将它叼了出来。它的体形、外观、习性以及猩红色的眼圈与雄雉比较吻合，脑袋、脖子、胸膛和腹部却乌黑油亮。体重为3磅又3.5盎司，与成年的雄雉不相上下。不过，它的腿上没有成年雄雉那样的长长的鸡距，腿足无毛也足以证明它不属于松鸡类。它也不像雄雉那样尾巴上有作为雄性标志的弯弯的羽毛，尾巴比雌雉更短，尾梢方而不尖。它的背部、翅膀上的毛和尾羽呈淡褐色，纹路斑驳，有点像雌山鹑的上半身。我认为这很可能是一只杂种的雌鸟，是雄雉和某个家禽乱交的产物。然后我将鉴定的结果和这只怪鸟一并物归原主。我与带鸟来的护林员交谈时得知，去年夏天，在发现这个杂种的灌木林里，人们曾经看到过几只雌孔雀。

法翰姆的艾尔默先生以擅长动物画名世，我们聘请他将这只罕见的杂种雉临摹下来。

长脚秧鸡

有人送给我一只长脚秧鸡,这种鸟在本地十分罕见,只有在秋季才难得看到一两只。相关著述均将它归属为候鸟,不过,它的体形似乎不太适合长途迁徙。它的翅膀很短,偏于前端,以致重心不够平衡。所以在飞行时两腿下垂,动作显得十分笨拙。它奔跑的速度倒是相当快,简直难以再次起跳,好像跑起来比飞起来更快。

我们把它开膛剖肚,发现内脏又软又嫩,也许可以像处理丘鹬的肠子那样,洗净后加以烹煮。它的嗉囊细长,内含黏液,砂囊则相当厚实,里面全是吃下去的小蜗牛,有些还是整个的没消化,大多数则已经被肠胃的蠕动磨烂了。胃内的食物中没有发现沙砾,也许蜗牛的壳互相磨擦,起到了沙砾或碎石的助消化功能。在北威尔特郡克里斯蒂安·马尔福镇又低又湿的豆田里,在牛津郡天堂园附近的草地上,以往曾经有很多秧鸡,我在那里时,常常听到它们"crex, crex"地叫得欢。上面说到的这只秧鸡重7.5盎司,体肥肉嫩,味若鹬。鸡肝甚大,味道很鲜。

斑尾林鸽的食物

某日黄昏,一只斑尾林鸽打完食,在回窝的途中,被邻居一枪射落。他老婆将林鸽拔毛剖膛,发现嗉囊里全是蔓菁的嫩叶。她将这些上好的嫩叶洗干净,加以烹饪。以如此出奇的方式选取的食材,居然做成了一盆鲜美可口的绿色佳肴。

由此可见,如果吃不到谷物,食草的禽鸟也能靠吃菜叶来维持生计。若无菜叶充饥,想必它的健康会出问题。以谷物为主食的火鸡也爱吃卷心菜、莴苣和菊苣等各色菜蔬,家禽也会吃许多草,鹅群在公地上连续数月以食草为生。

> 天生万物皆有用，
> 荒野莽莽草无穷，
> 牧童驱羊上山冈，
> 饱食肥鹅乐融融。
>
> ——菲利普斯《苹果酒》

白尾鹞

一位乡绅在麦茬田里惊起一只雉鸡，随手放了一枪，尽管听到枪声，一只蓝灰色的白尾鹞依然奋起追击雉鸡，好在后者逃得快，迅速溜进了灌木丛。这位乡绅又在麦田里先后惊飞两只野鸡，结果都逃掉了。他在田里搜索时，白尾鹞始终在上空飞来飞去，显然已经意识到田里藏有它中意的猎物。有鉴于此，我们可以得出如下的结论：腹中空空的猛禽胆子极大，敢于冒险，但是，白尾鹞要捕获猎物也并非每发必中。进而言之，雉鸡个头不小，白尾鹞目光锐利，当鹰在麦田的上空盘旋时，想必不难发现目标，可是它不会轻易扑向地面上的猎物，因为田里的雉鸡会拼命抵抗。枪和网的发明由来已久，这对禽鸟构成全面的威胁，尽管如此，雉鸡还是习惯于躲藏在田里，除非被脚踩到，它不会轻易动弹，显然它觉得这种方式最能保证自身的安全。

普通潜鸟，又名"潜鸟"

一个老乡从博拉姆肖特出发，途经沼泽，在横穿沃尔墨林地时，发现一只罕见的大鸟。那只鸟身上并没有伤，却在石楠地里拍打着翅膀挣扎。老乡活捉了大鸟，将它带回了家。经鉴定，这正是林奈命名的普通潜鸟，又称潜鸟。威鲁比所著《鸟类学》中相关的描述非常精彩。

它身体的各个部位和相互间的比例与其生活习性相当般配，契合之妙简直无与伦比，由此可见上帝造物之无上智慧。尖尖的脑袋比脖子更细，有助于跃入水里。翅膀靠前，重心向下（其用途稍后再详述），大腿紧贴着肛门，便于潜水。小腿扁平，形若刀片，以便轻巧地拨水。双脚呈蹼状，收放自如，戏水时展开，冲刺时收紧到与胫骨一样细。两个外脚趾偏长，指甲又平又宽，很像人的指甲，游水时便于发力。双脚张开后与大腿和身躯并不形成直角，而是外部斜向鸟头，与身体呈锐角，其目的在于行动不仅仅靠腿部用力，而是腿脚配合与身体形成一股合力。

大多数的人略加观察便知，鸟在河塘里两脚一前一后交替踩踏，如同在水中行走。据我所知，迄今为止还不曾有人指出，潜鸟游泳时不仅依靠双脚的蹬踏，还会划动双翅向前推进。鸭子被狗撵入清澈的池塘时，翅膀和双脚并用，凡是见过这种情形的人都会相信确有其事。也不曾有人解释过，为什么潜鸟的翅膀长得这么靠前。它的作用显然不是为了加快飞行的速度，因为这样的位置只会阻碍飞行，却是能有助于在水中加快速度，四把桨一齐划自然比两把桨更有力。至于陆地上的鸟，如果翅膀和双脚靠得太近，则非但无助，反而会阻碍行动。

潜鸟看上去像个大块头，体重却还不到3磅。从嘴尖到尾端不是很长，才2英尺左右，至趾尖为2英尺又4英寸。双翅平展，宽度可达42英寸。曾有人试尝潜鸟，发现和其他食鱼的鸟一样，其肉甚老，其味颇臭，实难下咽。潜鸟通常在欧洲最靠北的一带生儿育女，不过，在寒冬时节，我们村庄附近也能看到它们的身影。在泰晤士河区域，这种鸟特爱吃西鲱，所以人们称其为"西鲱潜鸟"。

潜鸟的双腿长得偏后，显得重心不稳，在陆地上步履维艰。因为它走起来趔趔趄趄，如铐脚链，所以林奈将它命名为 *Compedes*（意为桎梏）。

石䳭

1788年2月11日，听到石䳭啼鸣声。3月1日，入夜后感觉村子上空有鸟掠过，叫声短促而尖厉，由此可知应是石䳭。它们披星戴月，长途迁徙，为了防止迷失方向或同伴离散，往往通过彼此叫唤互通口令来保持联系。

由此可见，无论石䳭在冬季藏身于什么地方，它们总会在春天到来时回迁。在夏候鸟中，看来它们是最早归来的。今年气候温暖，或许能加快它们回归的步调。

石䳭白天在高地或牧羊冈上活动，但是高处无水，为了解渴它们晚上经常出没于溪畔或低洼。

最小的柳莺

最小的柳莺，名"叽喳柳莺"，是我们注意到的第二名回归的夏候鸟。它们时常会发出两声刺耳的尖叫，在空寂的林中尤其显得响亮，激起一阵回声。一般在3月20日左右，人们能听到它开嗓啼鸣。

欧夜鹰

农家村夫有一种观念，他们深信欧夜鹰会对刚断奶的小牛构成严重的威胁。人们称欧夜鹰为"搅奶枭"或"黄昏枭"，也有人干脆将它称为"脾脱疽"。他们认为遭到欧夜鹰侵袭的牛羊会染上恶疾，兽医将这种病叫作"脾脱疽"。意大利人称其为"吮羊奶者"，他们认为这种鸟会吮吸母羊的奶头。我们英国人则传言，欧夜鹰会将一种致命的疾病传染给牛羊。这鸟真是倒霉，平白无故被蒙上两大恶名。真正的罪魁祸首其实是一种叫牛皮蝇的双翅目昆虫。它们沿着牛的脊背产卵，卵孵化为蛆后咬穿牛皮，钻入肉内，在里面越长越大。我刚和一个人交谈过，他说曾多次给死于痛疽的牛剥皮，病因就在脊椎骨，背上的肉全肿了，满是脓水。我也曾亲眼看到人们从牛背上挤出毛茸茸的蛆，个头还真不小。

埃塞克斯的人把这种蛆叫作"牛皮虫蝇蛆"。

欧夜鹰昼伏夜出，自食其力，爱吃金龟子之类夜间活动的昆虫。在7月，许多地区金龟子大量繁殖，也就成了欧夜鹰的主食。所以只要略加观察，应该就能明白这种鸟对牛羊毫无伤害。我们曾剖开欧夜鹰的肚子，发现嗉囊里面经常塞满肥大的夜蛾，还有蛾卵和金龟子的残肢。这鸟长得如此弱小，也没有尖齿利爪，怎么可能侵害牛羊？除非它具有动物玄虚的魔力，能飞到牛背上跳来跳去恶意施法。

今天傍晚（8月27日）一只夜鹰绕着我的那棵枝叶四展的大橡树飞了20圈，它主要在低空盘旋，几乎贴近草皮，偶尔也会从树枝间穿梭而过，好像在炫弄它那罕见而有趣的特技。橡树上有各种各样的蛾子，这可爱的鸟儿是在捕食橡树上特有的蛾子幼虫。我认为，欧夜鹰所展示的飞行技能要比燕子更胜一筹。

如果有人在黄昏时分靠近欧夜鹰活动的区域，它们就会在不速之客的头顶上不停地盘旋，就像人称"重击者"的鸽子那样，扬起双翅猛烈拍击，发出啪啪的声响。从它们发出的拍击声和动作看，或许是唯恐幼鸟受到侵害，故意摆出耀武扬威的架势。

欧夜鹰特别亲近橡树，这无疑是为口腹之便。次日傍晚，又见到一只夜鹰在那棵大橡树的枝干间飞进飞出，不过这回它没像上次那样贴近地面绕树低飞。橡树上有它们爱吃的食物，5月有鳃角金龟子，盛夏有夏至金龟子。能够观察这种特殊的鸟的时间相当有限，一天24小时中仅有两小时。一小时在日出之前，另一小时则在黄昏时分。

1789年7月14日，有个女人给我送来两枚夜鹰蛋，它产在茅屋左侧，垂林边上山毛榉灌木的地上。这个妇女似乎对这些夜行鸟很熟悉，原来她的家就在垂林下方。她说夜鹰每次产两枚蛋，就生在裸露的地面上，这一带经常能看到夜鹰蛋。夜鹰蛋呈椭圆形，两头大小相同，颜色微黑，上有条纹，色泽与成年鸟的羽毛相仿。发现这枚蛋时，母鸟正孵在上面，壳内已经有胚胎，大约再过一个星期，小鸟就能出壳。由此可见，夜鹰的繁殖期与雨燕正相同，它们飞临的日子也不相上下。两种鸟都是5月初现身，都是在夏季产一次卵，而且都是只有两枚。

1790年7月4日，那个妇女又给我送来两枚夜鹰蛋，去年7月14日她曾给过我两枚。今天拿来的蛋有一个看来是今晨才生的，因为昨晚还只有一枚。发现鸟蛋的地点与去年相同，就在茅屋上方的垂林附近，山毛榉灌木那边的裸露的地面上。记得去年那两个蛋内已经含有胚胎，小鸟行将破壳。

欧夜鹰属于候鸟，昼伏夜行，堪称奇特，了解了上述这些情况，我们就能掌握它们产卵和孵化的具体时间。就像沙锥、石鸻之类，夜鹰不在树上筑巢。在地面上居住的鸟，对筑巢与否并不十分在乎。

崖沙燕

这个星期，一位绅士正在造访维夫里，那里有许多崖沙燕的洞，他便于1788年3月23日那天，顺便探查了一些崖沙燕的洞穴。这些洞无疑是崖沙燕打的，它们显然也是在里面繁殖的，所以他抱有很大的期望，以为燕子会藏在里面，自信能将正在冬眠的燕子惊醒过来。像我过去的经历一样，他挖来挖去，结果发现这些洞穴弯弯曲曲一直向平行的方向延伸。燕子窝位于地洞的最底端，去年夏季里面曾住过小燕子。他挖开了十几个洞，却并没有在那里发现冬眠的燕子。多年前，另一位绅士也曾来此探查，结果无功而返。

这个洞大致有2英尺深。

1790年3月21日，有人在荒野发现一只孤独的崖沙燕在绕着沙坑盘旋嬉戏。每到夏季，这里有不少崖沙燕。

1793年4月9日，有个农夫为人朴实，他今天十分肯定地告诉我，他曾经在海德利和佛林斯翰之间的维什汉格公地看到过好几只燕子，它们飞来飞去玩得正欢，有时还倒挂在沙丘的洞口。崖沙燕通常在沙丘上筑巢。

崖沙燕总是在同科鸟中最早现身，我曾猜测它们冬天并不飞离夏季时常出没的地方，而是藏身于悬崖断壁的洞穴内。农夫所言再次证实了我的猜测。

考虑到此时天气相当寒冷，难以想象，这些燕子会顶着寒风冰霜，从热带早早飞临此地。如果说它们能像蝙蝠或苍蝇那样隐身于秘密的洞穴之中，数月不食，冬日长眠。一旦天气转暖才苏醒过来，这似乎更符合情理。

维什汉格有一个大池塘，对崖沙燕很有吸引力，所以它们经常在那里出没。我曾经指出，燕子喜欢在江河湖泊附近活动。

家燕的聚集与消失

时至暮春，寒风未消，既无昆虫可食，也见不到燕子的身影，此时此刻，不知家燕靠什么来维持生计。如果说燕子会像蝙蝠那样退隐到洞穴中，以沉睡来度过这段艰难的时光，但这仅仅是主观猜测，尚无证据予以确认。山谷临河，可以避风，或许昆虫较多，不知燕子会不会也在那里。唯一可以确证的是，在这一时期，好多天都难以看到一只燕子。

1791年9月13日，成群的燕子聚集在教堂和尖塔上，那场面真是令人赏心悦目。稍有惊扰，屋顶上的燕子便一哄而起，顿时飞燕满天。不一会儿，燕子又纷纷降落，或梳理羽毛，或支起双翅晒太阳，似乎挺享受这温暖的天气。在迁徙之前，大白天它们就这样相聚在屋顶，好像在商讨何时动身，行将飞往何地。教堂这边的燕群主要由崖沙燕组成，大约有400只。不过，眼下这个季节，村庄周围还有好几处燕群的聚集点。

值得注意的是，虽然大多数燕子都栖息在屋檐或房顶上，有时也有一些燕子会用爪子抓住墙面，悬挂或攀附在墙面上。平时可不曾看到它们会有这般举动。

家燕似乎更喜欢在树上聚集。

10月11日迄今，在塞耳彭还没见到过一只家燕。今天（1789年11月3日）上午在牛顿的牧师住宅看到两只家燕，它们时而盘旋，时而栖落在房顶和外屋上。值得一提的是，在燕群飞走几个星期后，偶尔还能看到几只燕子，有时是在11月的第一个星期，但至多就是一天而已。难道这段时间它们没有远徙，而是躲在某个地方沉睡？若说它们为避寒远赴热带后，某一天又突然归来，那是说不通的。设想它们就像蝙蝠一样，苏醒后出来觅食，是否更符合情理呢？春秋两季，气温高达50°F时，鞘翅类昆虫和飞蛾活动频繁，就会有蝙蝠现身。

那些家燕看起来像是雏鸟。

鹡鸰

牛群在湿润的牧场吃草，旁边总是围着许多白鹡鸰。这些鸟有的凑近牛鼻，有的钻到牛肚下面，啄食牛腿上的蚊虫，也有些鹡鸰从被牛踩碎的地面上寻找蚯蚓和幼虫。大自然珍惜万物，截然不同的动物，居然也能互相利用。

利之所趋，自可形成怪异的友谊。

蚁䴕

蚁䴕在牧羊冈和草地上行走，时而蹦蹦跳跳，时而用鸟喙啄破草皮，找东西吃，我断定蚂蚁是它们的主食。它们将喙插入土中，用舌头勾出猎物。长舌居然可以绕过脑袋。

锡嘴雀

B先生打到一只雄的锡嘴雀,他注意到这只鸟在他的果园里进进出出已达两个星期。一开始,我误以为这种鸟会蹂躏周围果园里的樱桃、醋栗和墙果的花苞。剖开嗉囊后才发现,里面并没有花苞,只有一团果仁。B先生说这鸟时常光顾他的李子树,嘴里含有很硬的东西,好不容易扳开,发现那是李子核。它坚硬的大嘴能咬碎果核的硬壳,吃里面的仁,所以鸟类学家用拉丁语将它命名为 *Coccothraustes*,意为浆果"破樱桃者"。在英国难得看到锡嘴雀,偶有所见也仅限于冬季。

记四足动物

绵羊

今年（1769年）冬天，山冈上的绵羊惨不忍睹，因为掉了好多毛。牧羊人说，每逢潮热的冬季，羊身总会长虱，瘙痒难忍，所以它们用嘴巴和羊角将身上的毛扯得乱七八糟。

剪去毛后，母羊和小羊变得面目全非，老少之间彼此都不认识了，吓得惊慌失措，咩咩直叫。剃了毛的羊外貌自然与过去不同，但它们的困惑主要是因为身上的气味发生了变化，而不仅仅是没毛的问题。它们是根据身上的气味来认识彼此的，而刚刚涂在羊身上作为标志的沥青所散发出来的味道则更加重了它们的困惑。牲畜识别对方主要靠味觉，而非视觉。辨别异同，更依靠鼻子，而非眼睛。洗过澡后，羊也会互不相识，也是出于同样的原因。

兔子

兔子能营造出上乘的草皮，品质之高简直无与伦比。与较大的四足动物相比，兔子食草更为细密，而且遏制了硬草梗的生长，所以说兔子能为花园营造出最为精致的草皮。绵羊根本不吃硬草梗。

猫和松鼠

一个男孩从松鼠窝里掏出三只小松鼠，当地人称松鼠窝为"德瑞"。他让一只最近丧子的老猫来抚养小松鼠。结果发现，老猫对幼鼠视同己出，细心喂养，关爱有加。有关野兽哺育弃儿的传说，许多人认为过于荒诞，我却以为有此可能，这件事多少证实了我的猜想。这种他人看来难以置信的传闻逸事，有些作者也曾认真地加以描述，上述事例也再次证明所言非虚。猫养松鼠，引来不少人的围观，养母开始担心幼鼠的安全，把它们藏到天花板上，有一只小鼠不幸夭折。由此可见，猫妈妈对几个小幼崽关爱有加，看来是把它们当成自己的孩子。母鸡孵出小鸭后，同样是百般爱抚，待若亲子。

马

一头专司狩猎的母马患了重病，它从公地跑入村子，似乎是在向人求救，当天夜晚即倒毙于街头。

猎犬

皇家猎鹿犬来到了奥顿，相伴而来的有一位猎手和六个近卫军的轻骑兵，他们佩带号角，前来猎鹿，很久以来一直有牡鹿在哈特利林地一带活动。猎犬在前面搜索，尾随其后的有数百人，他们或骑马，或徒步，很想看到牡鹿从藏身之处被驱赶出来。他们搜遍哈特利林地、长矮林、灌木林和坦普尔垂林，却一无所获。打道回府时，再度搜索了哈特利林地和沃德勒罕垂林，却还是没见到一头牡鹿。

皇家猎犬并不擅长林中搜索，也缺乏兴致，它们久已习惯追逐别人赶到它面前的猎物。现场许多人都察觉到了情况确实如人所言。不久前曾有人在哈特利林地撞见过一头牡鹿，当时为了追寻一只折翅的雉鸡，他在浓密的树丛中与这头野鹿不期而遇。

/ 关于昆虫和蠕虫 /

昆虫

　　昼夜交替，日复一日，一年到头总有昆虫轮番登场。在凤蝶、苍蝇和蜂之后，又有蛾子、螳螂和土鳖等昆虫相继亮相。暮色沉沉之时，甲虫一旦开始嗡嗡浅吟，松鸡便会放声高歌，双方不约而同，从不误时。

　　常春藤的花为双翅目和膜翅目昆虫提供了最晚的食料。到11月，如果天气晴朗，攀有常春藤的树上便会聚集许多昆虫，如果虫子不见了，很可能是藏在藤叶之下，躲在常春藤条和其攀缘的树枝之间。

　　冬季如果气候比较温和，蜘蛛、土鳖、抽屉和食糖里的衣鱼、舞虻、蚊蚋、苍蝇、树上的蛾子和蚯蚓等虫子便会蠢蠢欲动，正好为终年常住本地的细喙鸟提供了食物。

　　冬季天晴的日子里，在灌木丛中的常青树枝头总会有成群的昆虫飞来飞去忙忙碌碌，它们到处撒卵，好像生儿育女之事还在继续。人们通常称这些昆虫为"蚊蚋"，我看它们是大蚊和舞虻。由此可见，大多数长翅膀的昆虫都会冬眠，而这些双翅类的昆虫（它们的个头显得与众不同）在冬季却不入眠。到晚上和在起霜或刮风下雨的时候，它们似乎又躲到树叶下，逢到起雾天又会现身。

空中蜂鸣声

　　夏日炎炎，在村子的牧羊冈上传出阵阵嗡嗡的蜂鸣声，却看不到群蜂狂舞。闻其声而不见其影，这种自然现象固然有趣，但不明白个中原委,却也令人有点纳闷。整个公地,从"钱谷"到怀特先生家临街的大门口,蜂鸣声清晰可辨。听到这声音,人们还以为大群的蜜蜂在活动,在自己的头顶上乱舞呢。上个星期,也就是6月28日,蜂鸣声再度响起。

> 蜂鸣声声,
> 回响在生机盎然的大地,
> 为午间沉思的诗人,
> 捎来几分喜气。
> 远方阳光缕缕,
> 群蜂狂舞,
> 左右盘旋,上下翻飞,
> 那是嗡嗡一族,
> 正在玩耍嬉戏。
> ——汤姆逊《四季》

金龟子

金龟子不太会大量繁殖,三到四年间,难得发生一次。不过,一旦大量繁殖,成群的金龟子就会到处施虐,将树木和篱笆搞得不堪入目,成片的橡树林被它们啃得光秃秃的。

火鸡、秃鼻乌鸦和家麻雀爱吃金龟子。

夏至金龟子最早出现在6月26日左右,每年它们总能准时到达。这种昆虫个子很小,大小仅为五月金龟子的一半,有些地方,人们把它叫作"蕨草金龟子"。

梳角细脉窃蠹

梳角细脉窃蠹的幼虫呈蛆状，它们会破坏木质家具，在桌子、椅子和床架上咬孔，尤其爱啃噬多汁的木头。这种虫子很可能是在家具的表面产下卵，寄生在上面的幼虫则朝木头里面钻孔。

幼虫在蛀洞里生长化蛹，到7月中旬飞出来，如若有窗框床帷之类的家具挡住它们的出路，它们便会用利齿咬开一条通道。

看来它们最喜欢在榉木上产卵，所以榉木器材或家具很不耐久。既然它们爱在木制家具表面产卵，经常擦拭是为防范之道。

东方蜚蠊（蟑螂）

一个邻居满腹怨气，说她家简直成了蟑螂的天下。她把蟑螂叫作"黑跳虫"，拂晓起床，便会发现厨房间爬满这种黑黑的虫子。

此后没过多久，我在自家黑幽幽的烟囱管里发现一只不同寻常的虫子。打那以后，一入夜，这种虫子就成群结队地在我的厨房里肆意妄为。经过验证，我很快就断定这就是林奈所谓的东方蜚蠊，毛菲特则称其为黑蜚蠊。雄虫长有翅膀，雌虫的翅膀却未成形，有点像没有完全发育的幼虫。

这种虫子来自美洲比较暖和的地区，后来随海船抵达东印度，由于商业往来，它们在俄国、瑞典等欧洲北部地区迅速繁殖。我不知道它们在英国施虐的时间有多久，我只是在最近才发现它们如此猖獗。

这种虫子喜欢温暖，经常在烟囱管和火炉后面活动。波达认为它们与家蟋蟀互不相容，但正如林奈所言，事实并非如此。蟑螂和蟋蟀都属于夜行昆虫，天黑人静之后，它们才出来活动，看到烛光便溜之大吉。它们的触须又长又细，相当柔韧。

1790年10月，佣人上床后，厨房和壁炉前马上爬满了小蟋蟀和小蟑螂，大大小小一起上阵。这两种小虫似乎可以和睦相处，不会相互残杀。

1792年8月，我们剿杀了几千只黑蜚蠊，没过多久，又发现来了一群老蟑螂。天气转热后，蟑螂更多。邻居家蟑螂甚多，傍晚开着窗，雄蟑螂便从他家飞入我的窗框。雌蟑螂翅膀没有发育完整，搞不清楚它们又是怎样挨家挨户串门的。和许多昆虫一样，如果感到居所过于拥挤，蟑螂有足够的本领开辟新的领地，搬迁他处。由于杀死了不少蟑螂，蟋蟀的数量开始激增。

家蟋蟀

11月，仆人们入睡后，厨房的灶台上爬满了蟋蟀的幼虫，它们才孵化出来没多少时候，长得比跳蚤还要小。到了冬季，它们的昆虫兄弟们有的死了，有的进入冬眠状态，以沉睡来熬过严寒的日子。此刻，家蟋蟀们却在忙于生儿育女，因为它们一直可以享受着温暖的炉火，根本不在乎冬夏之变。

入夜后，家蟋蟀在房间里爬来爬去，如果受到烛光的惊吓，它们就会发出两三声清脆的鸣叫，好像在用叫声警示同伴，有危险！快点藏到壁缝和地洞里去。

条蜂缘蝽

1775年8月12日，在池塘和湖面上，条蜂缘蝽此时正热衷于交配。雌虫比雄虫个头更大，在水面上来回穿梭，背上趴着雄虫。雌性欲摆脱雄虫时，便像一匹桀骜不驯的小马，高耸前腿，然后猛地将雄虫颠下背来，被甩的情侣很快便能找到新的对象。情欲得到满足后，雌虫就会退隐到僻静处，悄悄地产卵。可见，不进行交配的时候，雌雄独自行动，各处一方。小小的幼虫成千上万，显然都是胎生的。

橡树蛾

毛毛虫肆虐，我们的橡树纷纷掉叶，变得光秃秃的，霍尔特林地也遭了殃。这种蛾子呈淡黄色，它虽然显得非常弱小，但数量惊人，足以将成片的树林或整个地区的植物毁于一旦。这个季节它们正化蛹，成群的飞蛾落满树林和树篱。

我在格雷特翰的田地上看到一群雨燕，它们正在捡食地面上虫子。我发现它们捕捉的就是橡树蛾。虫蛹乌黑发亮，卷在一片树叶中，为了防止虫蛹掉下来，两端用丝网紧紧包住。

蜉蝣

1771年6月10日，奥莱斯福河的上空首次出现无数的蜉蝣，遮天蔽日到处飞舞。翅膀沾上水后，蜉蝣飞不起来，在水中挣扎，结果被大鳟鱼吞入腹中。

目睹这种情景，不禁使我想起斯科波利的精彩描述，据他记载，卡尼奥拉地区的河面上曾出现过成千上万的蜉蝣。蜉蝣飞行的动作相当奇特，它能垂直升降，上下可达数码。

野蜂

花园里的剪秋萝经常遭到野蜂的叮咬，这种野蜂很可能是为了采集剪秋萝上的茸毛用来做巢。它们采茸毛的样子非常好玩，从树枝的一头跑到另一端，就把枝条上的茸毛剃光了，就像剪毛工一样心灵手巧。采集的茸毛粘成一团，差不多有自身大小后，它就用下巴和前腿夹住毛团，空运而去。

卡伯恩山坐落在苏塞克斯郡路易斯城附近的牧羊冈上。站在山顶俯瞰全镇，乡野美色尽收眼底，还能远眺海上胜景。有一种野蜂经常在高突的海岬顶端和丹麦军营的战壕那里活动，它们的蜂巢就筑在白垩土里。野蜂十分警觉，一旦有人靠近，它们就会嗡嗡乱叫，声音充满敌意。与此同时，群蜂向入侵者的头部和面孔发起猛烈攻击。好几次当我为壮观的景色心醉神迷之时，野蜂突然出现，顿时让我的兴致索然，还险些被刺中。

胡蜂

远离村庄的荒野林地聚集着很多胡蜂。它们以采食野花为生，也会捕捉飞虫和毛毛虫，运回巢穴喂养幼蜂。胡蜂筑巢，取材于好木头上锯下来的木屑。大胡蜂做窝则取材于用嘴咬下来的朽木。它们用自身分泌的唾沫黏合木屑，筑成蜂巢。

如果胡蜂在花园里找不到可供食用的果子，它们就吃飞虫，或者采花蜜，常春藤的花或其他伞形植物的花都可以，它们甚至还会到屠宰场捡食肉屑。

狂蝇

狂蝇将卵产在马的腿和侧面腹上，一根马毛粘一个蝇卵。蛆虫不会钻进马的皮肤，而是撒落在地上。湿润和长有苔藓的区域蛆虫最多，高处偶尔亦有所见。

马鼻蝇

马鼻蝇在6月初最为猖獗，它们总是想方设法钻入马的鼻孔和耳朵，在里面产卵，让马匹吃尽苦头。蝇施虐的时候，林地里的马都显得非常烦躁，它们不停地摇晃着脑袋，相互蹭鼻子，根本不听主人的使唤，常常引起事故。白昼最热的时候，农夫只得暂停耕作。在这种季节，那些坐骑也不得安生。所以村民把这种虫叫作"马鼻蝇"。

姬蜂

日前我看到一只小小的的姬蜂在草径上袭击一只蜘蛛，那蜘蛛要比姬蜂个头大好多。蜘蛛一挣扎，姬蜂便将尾巴凑过去猛刺，蜘蛛很快就死呆呆了。于是姬蜂便倒着身子将蜘蛛从草径拖入茂密的草丛，动作相当敏捷。死蜘蛛会被存放在某处虫穴中，姬蜂将在那里产卵，孵化出来的虫蛆也就有了现成的食物。

或许在叮刺的时候，姬蜂已经将卵排入蜘蛛的体内，姬蜂会将卵子产在蛾子和蝴蝶的蛹内。

中蜂虻

每年4月到5月初是中蜂虻最多的时节，不久，它们渐渐消失了。中蜂虻有点像熊蜂，身上多毛，仅有两片翅膀，嘴又直又长，便于吮吸初开的花朵。雌蜂产卵时，飞行时用尾巴点地，或触碰路上的草，动作非常迅速，多次反复。

蝇

晚秋时节，早晚天气转凉，蚊蝇纷纷躲入室内，窗台上挤满了虫子。

刚开始时虫子显得机警而活泼，后来就变得越来越呆滞。只见它步履维艰，连腿都迈不动了，好像被粘在窗玻璃上，就这样待在原地，渐渐死去。

蝇的品种甚多，各不相同，有的脚上除了长有钩状的利爪，脚掌上还有一层膜，凭借空气的压力，可以依附在玻璃和其他光滑的东西上，还可以倒挂在天花板上爬来爬去。天气暖和时，虫子身手敏捷，动作相当轻便，到了年末天寒，虫子体力不支，撑不住自身的重量，每挪一步，如涉泥潭，显得十分费劲，趴在玻璃上连空空的脑袋瓜都抬不起来。

男孩子们做游戏，将湿的皮贴住石头，就可牵动皮上的绳索，拉起沉重的石块。蝇子能在玻璃上行走自如，也是同样的原理。

大蚊

5月的傍晚，上百万只大蚊出现在天空，群蚊乱舞，遮天蔽日。此时此刻，它们嬉戏交配，一入夜便销声匿迹。大白天它们藏身于树篱，傍晚出动，势若云烟，汹汹来袭。

除了在埃利岛的沼泽地，我从未在其他地方看到过如此大规模的蚊群。它们主要出现在草地上。

蚜虫

8月1日下午3点半左右，塞耳彭的上空降下一阵"蚜虫雨"，搞得村民大惊失色。蚜虫粘满路人的衣裳，撒在树篱和菜园里，沾上虫子的蔬菜颜色为之变黑。那天风向朝北，这成群的蚜虫很可能来自肯特郡或苏塞克斯郡成片的蛇麻地。蚜虫大军无疑是在举家搬迁，更换居所。与此同时，在法恩翰周围和前往奥顿沿途的谷地上，人们也看到了"蚜虫雨"。

蚁

8月23日，众多蚁丘呈现一片乱象，群蚁仓皇出逃。飞蚁争先恐后离家出走，成群结队在空中乱飞，燕子趁机大饱口福。幸存的飞蚁四处离散，不回故居，寻找新的居所，开辟新殖民地。此时，雌蚁已经全都怀孕，没被燕子吃掉的雄蚁则到处流浪，直到客死他乡。

10月2日，无论雌雄，飞蚁大规模的迁居一般都在8月或9月天气晴朗的日子。但是，今天我的花园里却有大批的飞蚁在迁移。成千上万的飞蚁显然来自果园墙下的排水沟，天空布满了飞蚁，附近的树林和灌木丛也全是这些虫子。它们迟至今日才举家迁移，很可能是因为气候过于潮湿。第二天，这些飞蚁全都不见了踪影。

蚂蚁回到了老巢，也运回了捕来的飞蝇和劫来的蚁蛹。

萤火虫

通过观察两只安置在花园后面田里的萤火虫，我们发现这小精灵仅在11点和12点才发光，夜晚其余时段则熄灭萤火。

烛光闪烁，会将雄萤火虫诱入客厅。

蚯蚓

蚯蚓往往在三四月天气暖和的日子里蜕皮，入冬后，它们不会冬眠，若无霜冻，就会爬出来，多雨的夜晚，也会到处乱爬，泥地上留有弯弯曲曲爬行的痕迹，看来它们是出来寻找食物的。

蚯蚓在晚上爬到草地上，尽管将身子伸得很长，尾巴那头却还是扎在洞穴内，略有动静就急忙缩回洞中。它们不挑食，小草叶子、稻草、树叶，找到什么东西就吃什么，都可以吃得津津有味。还常把食物的残根拖入洞穴。别的虫子交配必须双方有身体接触，蚯蚓则不然，它们不必离开洞穴，因为蚯蚓是雌雄同体，交配根本不成问题，非其他昆虫所能相比。

蜗牛和蛞蝓

人们把"蛞蝓"视为没壳的蜗牛，冬季气温稍暖，它们就会蠢蠢欲动，爬出来蹂躏菜园里的植物，糟蹋麦苗，人们却常把这罪过归咎于蚯蚓。蜗牛带壳，人称"负屋者"，它们往往要到4月10日以后才会冒头，入秋后，又早早退隐，藏身于可防霜冻的角落，并用唾沫凝成一层厚厚的盖子，从而屏蔽来自外界的险情，可保安然无恙地过冬。蛞蝓身上包有黏液，就像鲸鱼的外皮富于脂肪，所以比带壳的蜗牛更能抗冻。

蜗牛大致在盛夏时节交配，随后不久，就会将脑袋和身子全都钻入土中，躲在那里生育后代。所以若要消灭蜗牛，最好抓紧时间，在它们产卵之前加以灭杀。

窖蜗牛个子较大，呈灰色，它们蛰伏的时间与生活在露天的蜗牛相同，看来天气的转凉并非它们进入冬眠的唯一因素。

蛇蜕

> ……蛇蜕下它那油光发亮的外皮
> ——莎士比亚《仲夏夜之梦》

大约就在本月（9月）的中旬，我们在树篱旁边的大田里发现一张很大的蛇皮，看来是最近才刚刚蜕下的。从外表看，它似乎是从里向外翻的，就像脱长袜或女式手套。不仅蜕下了全身的外皮，连鳞片也脱了下来，粘在头部，好像戴着一副眼镜。在更换外衣时，这条长虫将蛇身子与草绞在一起，凭借皮肤与草茎和叶子的摩擦，巧妙地完成了蜕皮。

>...Lubrica serpens
>Exuit in spinis vestem
>……油滑的大蛇
>在荆棘丛中，
>抛下它的外衣。
>——卢克莱修

蛇换外套，手段如此巧妙，如果谁能亲眼看到这一幕，那真是太有趣了。蛇皮眼鳞上原先凸出的地方，现在已经陷下去了，这一点就表明蛇皮已经以新换旧，何况蛇皮里面的色泽也比外面的更深。如果你能像爬虫那样，从眼鳞凹陷处向外看，就会发现物体都会变小。如前所述，蛇蜕皮的过程始于嘴部，终于尾部，就像厨娘剥鳗鱼皮。当蛇的眼鳞松弛，长新皮的时候，它肯定看不清东西，动作会变得十分笨拙。

/ 关于植物 /

落叶的迟与早

胡桃树是最早掉光叶子的树种之一,其次为桑树、梣树(多挂翅果的更易落叶)和七叶树。修剪过树,长出新枝,上面的叶子不易掉落。直到11月底,苹果树和梨树才开始落叶,此前一直枝繁叶茂,绿意葱茏。到了春季,小榉树萌生新叶,陈叶自行脱落。入秋后,山毛榉的树叶变成深褐色。到10月底左右,大榉树开始凋谢。

大小与栽培

斯特拉顿镇位于诺里奇城附近,镇上的马沙姆先生曾来信写道:

"很久之前,我就开始栽树。1720年曾种过一棵橡树,如今已长成大树,离地1英尺处,周长可达12英尺6英寸,离地14英尺的中段,周长为8英尺2英寸。按照木材商人的算法,如果包括树皮,原木可得木材为116又1/2英尺。植树人犹在,橡树已经长得如此高大,在您看来,或许也算得上闻所未闻了吧。如我在《哲学通报》中所述,为了栽培这棵树,我勤于浇水,并估计树根延伸的范围时常松土,撒上草木灰为它施肥。看着它长得如此健硕,我自然十分得意。您很喜欢榉树,它也是我的最爱,当年本该多种榉树,那样的话,如今看到手植的榉树长大成林,岂非一大快事。可惜我迟至1741年才播下种子,栽培榉树,虽然也曾松土、浇水,勤于护养,至今最大的那棵,距离地面5英尺处的腰围才6英尺3英寸,四方展开的树冠直径为20码。"

本人亲手种植的树，1790年测量，高于地面1英尺处的周长分别为：

树种	种植年份	尺寸
橡树	1730年	4英尺5英寸
梣树	1730年	4英尺6½英寸
大冷杉	1751年	5英尺
最大的榉树	1751年	4英尺
榆树	1750年	5英尺3英寸
欧椴	1756年	5英尺5英寸

霍尔特林地有一棵大橡树，高于地面7英尺处的周长为34英尺，马沙姆先生认为那是本岛最大的树。这棵老树曾掉下过几根很粗的枝干，已经渐渐枯萎。这棵橡树高达14尺5英寸，马沙姆先生估计，仅从高达14英尺的树干算起，就可产出1000英尺的木材。

人们通常以为树木的生长，只是在于树梢每年往上长。但是，我有一个邻居长年在同一个地方工作，他告诉我，树干的下端其实也在向上生长。他的依据是，初夏，他的一棵杉树的树梢从对面的屋顶探了出来，在树木长高的季节尚未结束之时，他坐在自家的长椅上居然可以看到三四处老干抽出新枝的接口。由此可见，即使将每年夏天长出来的新枝去掉，树木仍然可以长得很高。

树液的溢出

如果在晚春爆出嫩芽之前剪下葡萄的枝干，就会溢出很多汁液。等到叶子长出来之后，修剪枝叶就方便多了。要剥去橡树皮，最好在它新芽初萌之际，一旦新叶成形，就很难剥下树皮。因为树皮和干枝之间的树液相当润滑，而叶子长成后，汁液会通过树叶蒸发。

树叶的更新

仲夏时节,被金龟子啃光叶子的橡树很快就能披上新衣——一套美丽的绿装。不过,如果桦树、七叶树和枫树一旦被这些虫子破了相,整个夏季再难恢复往日的美丽。

桦树

许多桦树每年果实累累,但也有些桦树一颗果子也不结。前者树叶稀少,其貌不扬,后者枝繁叶茂,翠色长存,美丽动人。

榉树

榉树喜欢长在草木丛生之处,它能扎根于最浓密的灌木林中,悄然无声地滋长,最终木秀于林,冠绝时辈。栽种榉树来修补高高的树篱最为适宜。

悬铃木

5月12日,悬铃木又名"大枫树",近来花开得正盛。在这个季节,犹显花色美丽,香气似蜜,为蜜蜂提供了极佳的养料。它的叶子也很好看,适宜栽种于门口出入处,作为装饰。枫树无不有甘甜的汁液。

黑杨的虫瘿

在黑杨叶子的叶柄和叶脉上,往往会长有一颗凸起的瘤子,呈椭圆形,就像浮雕。好奇的人总以为这玩意是树上长的果子,其实是树瘿,里面藏满虫子,有些虫子有翅膀,有些没有,它们是瘿蜂生出来的。园子里有几棵长满虫瘿的黑杨。

胡桃木

木匠约翰搞回家几根很长的胡桃木,上面有几处啄木鸟啄过的疤痕。胡桃树的皮和木材和橡树非常相似,不仔细查看就会搞混。胡桃木质地较脆,树心处的木质最易碎,人称"破杯"(如易碎的玻璃杯),所以树心处的木头没什么用。有人买来胡桃木做桶,不过也只能做一般提桶之类的用具。胡桃木的价格只值橡树的一半,不过,有时也能蒙混过关,当作橡木被运往国王的造船厂。

欧椴花

钱德勒先生告诉我们,在法国南部,人们深信用欧椴花泡的水是一剂良药,可以治咳嗽、喉哑,还能退烧。他看到尼姆城大道两旁的欧椴树被采花人搞得枝残叶落,不堪入目。这些贪婪的人疯狂采花,就是为了晒干做药。

听了这话,我们也泡了几杯椴花茶,试饮下来,味道甜醇可口,很像甘草汁。

黑刺李

朔风凛冽的季节,黑刺李花开得正盛,因此村民将这寒冷的气候称为"黑刺李冬天"。

常春藤的浆果

在春季和冬季，对鸟儿来说，常春藤的浆果可谓是老天赐予的食粮，弥足珍贵。因为所有的山楂都难免毁于第一场霜冻（有时在11月中旬就会降临），而常春藤的果实却不会被冻坏。

蛇麻（啤酒花）

维吉尔在诗中描绘过如何栽培葡萄，无非是多松土、勤除草，用杆子绑定嫩枝，剪除赘枝，这些做法与当代种植管理蛇麻的方法几乎完全相同。日前我还看到一个新的场景，一个村民用一架小型的三角犁在蛇麻垄间耕作。他用一匹马拉上犁，手握两个犁柄进行调控，这情形让我想起维吉尔的诗句：

> ……母牛在葡萄园俯首耕作。
> ——维吉尔《农事诗》

蛇麻属于雌雄异株的植物，为了方便授粉，本当在园圃中特意保留几棵雄株，只是没人这样做。没有雄株配对，有违天道，雌株也长不好，怪不得蛇麻田经常会歉收。在人工栽培的作物中，经常最易歉收的就数蛇麻。

6月5日的一场冰雹使两个蛇麻园子损失惨重，时至今日（9月2日），那两片蛇麻却长势喜人，又大又壮，在本教区首屈一指。蛇麻园的主人似乎确信，那是因为冰雹打掉了主茎的顶芽，致使侧茎茂盛。既然如此，试问：当蛇麻长得十分粗壮的时候，是否应该给它打尖呢？

休眠的种子

垂林曾经裸露的地皮上如今长满各种蓟草。在榉树浓荫的遮蔽下，这些草种很可能已沉睡多年，没有阳光和空气种子是不会发芽生长的。老林中的榉树被伐完后，只需一两年的时间，裸露的地面上就会长满草莓之类的植物，这些草种休眠在地下至少也有30年了。垂林中间的山沟上长着高高的榉树，已有将近一个世纪之久。人们把这条山沟叫作"草莓沟"，虽然谁也记不清那里曾经长过草莓。不过，可以肯定那个地方曾经盛产草莓，如若将树木砍光，想必草莓又会在那里疯长。

鸟播豆种

入秋后，我的田间小路上长出许多蚕豆，现在已经长得颇高。去年夏天，埃维尔种过这种豆子，很可能我田里的豆种就是来自那里。可是两地相隔甚远，不太可能是老鼠搬运过来的。很可能是野鸟搞来的，松鸦或喜鹊的可能性最大。也许它们将豆子贮藏在草丛和苔藓里，然后又忘记了。出于上述同样的原因，那些地方有时也会长出许多豌豆。

蜜蜂成全黄瓜

蜜蜂是成全黄瓜最好的媒婆。如若事情进行得不够顺利，不妨在黄瓜的雌花和雄花上点几滴蜜，将蜜蜂吸引到花上。授粉完成后，蜜蜂会在天窗周围急切地盘旋，直到玻璃窗打开。

小麦

在英国，人们通常认为，夏季天气炎热，小麦的产量高，品质好。

可是在1780年和1781年，天气很热，小麦却发了霉，收成大减。难道是因为在麦秆灌浆的时候，天气太热，收干了里面的汁液，致使麦秸和叶片长上锈斑，为之变色，农作物大受损伤？

松露

8月，一个村民上门兜售他挖的松露，袋子里好几个大大的松露是在村子周边挖到的。他说通常在长有树篱的山沟和灌木丛中才能找到这么大的松露，密林深处反而挖不到。他告诉我们，有些松露长在地底下，深达2英尺，有些就长在地面上。但长在地面上的不多，味道也差，而且容易被狗发现。就这几个松露，他开价半克朗。在潮湿的冬季和春季，较难挖到松露。不过，它们生长的旺季一年至少有九个月，在不同的地方都可以找到这些东西。

地藻耳

虽然近期天气干燥，灼热逼人，但是下了两三天雨以后，小路上又长满了这种果酱般的东西。

仙女环蘑菇

仙女环蘑菇形状多变，生长的地方亦经常改变，有时呈环形，有时呈弧形，有时呈不规则的块状，或斑斑点点地分布在地面上。我园中的草径上长满这种蘑菇，而那里的草皮是从牧羊冈上移栽过来的，由此可见，无论怎么称呼这种东西，仙女环蘑菇是生长在草皮中，草皮移栽在哪里，它就会在哪里出现。长满仙女环蘑菇的地方会有许多马勃，它们的种子想必是随着草皮而来的。

/ 气象记 /

气压计

1768年11月22日,英国各地的气压计的指针都降至低位。塞耳彭也无雨天也无风,唯见天际层云密布,状若巨石。

局地霜情

冬季日出之前,农民早早就出工在外。有的地方的人说霜很重,有的地方的人却说根本没有什么霜情。个中原因显而易见,因为这时雾气的分布因地而异。大雾笼罩的地区,不易结霜,甚至完全无霜。天气晴朗的地区,却会出现霜冻。所以在山顶和山谷之类湿气不易凝聚的地方常有霜冻。

解冻

虽然雨量甚小,解冻的速度却会很快,大大出乎人们的意料。难道此时热量的传递是自下而上的吗?严寒时分,冷气的传递似乎是自上而下的。且看寒冷的夜晚,如果天上出现了云层,室外的温度计马上就会上升整整十度。解冻的迹象最早出现在地下室或地窖里。

经历霜冻之后,哪怕地面很干,一旦化冻,田地和路上都会变得泥泞湿滑。村民们说这是因为霜吸潮气。其实根据科学的原理,那是因为地下的水汽不断向上升腾,到地面上凝结成霜,待到解冻时节就化成水了。此时满地泥泞也就不足为奇了，因为1英亩地每天蒸发的水汽容量之大令人吃惊。

冻雨

1月20日，H先生的仆人告诉我，今天他在海克伍德园的一条小巷旁抓到许多秃鼻乌鸦。这些秃鼻乌鸦企图从树上飞走，结果却纷纷坠落，因为它们的翅膀沾上雨雪后，被冻住了。他说有好几十只秃鼻乌鸦被冻住了翅膀，再也飞不起来了。

雾状物，人称"伦敦烟"

这是一种蓝色的雾状物，含有一股煤烟味，它经常随着东北风飘到我们这里，想必是来自伦敦。其味甚浓，据说会引起植物枯萎。这种雾状物出现之后常常会发生干旱。

雾中倒影

夜晚在浓浓的白雾中行走，如果手提灯笼，背对着光，反射在雾中的影子就会显得格外巨大。还不曾有人注意，这个现象意味着此时大气的浓度极高。

蜜露

1783年6月4日，这个星期蜜露极多。其原因在于天气很热，水汽含有花朵浓郁的香味，在向上蒸发的过程中混为一体，酿成蜜露，到夜间又飘散落地。

这东西湿漉漉黏糊糊的，却正是蜜蜂的最爱，所以它们乐此不疲勤于采集。不过，蜜露对树会造成损害，它粘在树上，堵住了树叶的气孔。闷热的天气蜜露最多。风大能够吹散蜜露，露水多可以冲淡蜜露，这样才会减轻损害。雾蒙蒙的热天，降落的蜜露量最多。

清晨的云彩

一夜晴朗，晨露浓浓，至上午11点或中午12点，天空通常多云，近黄昏时，天气复又转晴。其中的原因似乎在于：露水蒸发上天，聚而成云，至黄昏时分，日光渐弱，水汽渐沉，复降于地，化为露珠。傍晚风停，气候转暖，此时观云于天际，当可看到云彩渐渐消散。

旱后细雨

经过酷热的旱季之后，十来天的绵绵细雨对牧草和庄稼的生长功莫大焉。凡是注意观察这种现象，并加以记录的人对此都有深切的感受。例如，今年（1776年）夏季，在5月30日之前，冒芽的麦子还不到一半，大田泥土裸露，一片焦黄。可是现在（6月10日）却长势喜人，丰收在望了。

北极光

1787年11月1日，这次北极光的出现非同寻常，它像一片火红的飘带，由东向西高悬于苍穹，场面极其壮观，亦令人望而生畏。时至10点，一轮明月俨然从东方升起，北极光悄然遁形。

黑色的春季，1771年

约翰逊博士曾言："斯凯岛1771年的春季极为寒冷，后人称之为'黑色的春季'。那里常年不太下雪，可这一年却大雪纷飞，积雪覆盖大地，时间竟长达八个星期。很多牛羊被冻死，幸存下来的也个个憔悴不堪，到了发情的季节，本该叫春，却毫无性欲。"我们南方也同样糟糕。那段凄暗的日子过后，时值春季，许多母牛却不怀孕，奶牛场内几乎看不到小牛出生，如此惨状，真是前所未见。

到3月底，田野上看不到麦苗，看不到青草，看不到蔓菁，唯见黄土裸露，毫无生机。牛羊饥肠辘辘，食品全都涨价。天不赐雨，农民无从播种。

冬日偶见阴沉、干燥、温暖的天气

风被牢牢地捆住了双翅，
在囚禁它的洞穴中昏睡。
风向标性本轻浮，
忽南忽北，
此刻却不再东摇西摆，
指针久久低垂。
天地万物如饮蒙药，
脑袋低垂昏昏欲睡。
地上河面湿气浓重，
蒸腾向上，
在苍穹筑起
"沉郁的天花板"，
白昼为之变色，

天下一片昏暗。
薄雾轻纱,
在天空中飘浮,
在青草间延伸,
如起伏的大网,
田野一片白茫茫。
沉重的空气
撬动呆滞的水银柱,
在气压计的管子中,
一步一步往上爬。

木鹨迷人,性偏高冷,
展翅九天,独自隐身,
千回百啭,唯闻鸣声。
黑帽引吭高歌,
林中传出回响。
暖风轻拂,大地回春,
秃鼻乌鸦独得风气之先,
围绕着大树忙进忙出,
或为寻情侣
四下奔走,
或勤于修补
风暴撕裂的柳条鸟巢。
望着肥沃的田地,
憧憬丰收的美景,
农夫不禁心中窃喜。
看着苗圃水汽氤氲。

园丁眼露喜色,
连病躯也感到片刻的舒缓。

开心的学童取出
久已闲置的鞭子
猛抽那轻灵的陀螺,
在白色的小路上
滚起铁环,
在尘土飞扬的泥地里
玩起石弹游戏,
玩得多欢。
贤士达人依旧不动声色,
徘徊于野外小径
低头沉思,
能否有幸发现
是什么原因
扼制了风暴的横蛮,
肃杀的冬季
为何笑逐颜开。
日复一日,周复一周,
气候安详依旧。
终于几点水滴
预示即将变天。
光线折射,劈开阴霾,
变幻无常的天空,
又见阳光灿烂。
晚风呜咽,

天际阴沉晦暗，怒容满脸，
阵雨从天而降，
小径沦为泽国，
田园泥泞不堪。

他的魂，捺印在草木鸟兽上

——《塞耳彭自然史》编后

花城出版社要出《塞耳彭自然史》新的中文译本，邀我编辑审稿，在译稿即将付梓之际，责任编辑又嘱我作跋，贸然允诺。及至提笔，心里头却打起鼓来。卷首艾伦的《导言》和周作人的推文，让我陡生"眼前有景道不得"的惶惑。关于怀特，其人其事其书，两位大师已做详尽梳耙和评价。在此，便谈谈我的编辑随感与名物审校体会吧。

一

在博物学史上，18世纪、19世纪是一个群星璀璨的时代。

约翰·雷（John Ray, 1627~1705），英国博物学家，被誉为现代博物学之父。他信奉自然神学论，开启了人类认识自然界的新视角；其关于物种适应性的观点，影响了达尔文进化论思想的形成；他开拓性地提出对物种进行分类，为林奈的研究奠定了基础。

林奈（Carlvon Linné, 1707~1778），瑞典博物学家。站在约翰·雷的肩上，构想出定义生物属种的原则，建立起动植物的分类体系，创造出统一的生物命名系统。今天，我们为物种命名时仍然使用林奈所创立的拉丁文双名法。

布丰（Georges Louis Leclerc de Buffon, 1707~1788），法国博物学家。毕生经营巴黎植物园，著成百科全书式的36卷巨著《自然史》，他的思想对后两代博物学家影响深远，其关于地球与生物起源的论述是达尔文形成进化论思想的源泉之一。

怀特（Gilbert White，1720~1793），英国博物学家，本书《塞耳彭自然史》的作者。他对塞耳彭村鸟兽草木的观察，将自然万物视为一个有机系统，重塑了看待人与自然的关系的新视角。

班克斯（Joseph Banks，1743~1820），英国博物学家。曾登上库克船长的奋进号环绕地球采集动植物标本，任英国皇家学会主席达40余年，极力推动博物学融入帝国扩张和商业发展，促进了科学、贸易和国家之间的联系。

洪堡（Alexander Humboldt，1769~1859），德国博物学家。他以大自然为实验室，深入南北美洲、西欧、北亚，进行过几次史诗般的科学探险，界定了地质学、地理学、生物学、生态学、气象学、海洋学等自然科学领域，他几乎就是他那个时代的科学知识的化身。

达尔文（Charles Robert Darwin，1809~1882），英国博物学家。他追随洪堡的脚步，随英国海军小猎犬号环球科学考察，提出著名的生物进化论学说，摧毁了神造论与物种不变论，其影响在当时是石破天惊的，进化论因此被列为19世纪自然科学三大发现之一。

法布尔（Jean-Henri Fabre，1823~1915），法国博物学家。他抛弃实验室的死标本，致力于在自然环境下观察与研究昆虫的本能与习性，著成十卷本《昆虫记》，被誉为"昆虫界的维吉尔"，成为现代昆虫学的先驱。

上述博物学家无不具鲜明的个人特色，约翰·雷尤其值得特书一笔。他是西方现代博物学的奠基者，谈西方博物学史，他是一个绕不开的人物。

人类自诞生起，便与自然结下不解之缘。在长达250万年的时间长河里，人类通过采集与狩猎维生，动植物既为远古先民提供果腹蔽体等生存保障，也是原始族群信仰崇拜的图腾，寄托着对未来生活的期望。当原始农牧业出现后，动植物也是食物的重要补充来源。然而，随着人类文明向前发展，人类一步步凌驾在了自然之上，成为万物的主宰，以居高临下的姿态对待大自然，人与自然的关系有极强的功能性、实用性、功利性，自然的价值在于充饥饮食、宗教巫术、娱乐装饰、岁时物候，等等。如《圣经·创世纪》："神祝福他们，并告诫他们……要主宰大地上一切移动的生灵，无论是水中的鱼，还是空中的鸟。""……任何移动的活物都是你们的肉食。"董仲舒（前179~前104）《春秋繁露》："天地之精，所以生物者，莫贵于人。"

人类一直在认识与解释自然，当古希腊哲人亚里士多德（Aristotle，前384~前322）的一百多种百科全书似的著作问世，他的思想被奉为圭臬，成为所有知识的源泉。进入漫长的中世纪，自然万物的价值仅仅体现在宗教意义上，人们对自然界的认识不依靠逻辑和常识，充满迷信、恐惧和隐喻。比如，中世纪的大量寓言集将动物学与基督教理论相混杂，动物的价值与自然界无关，仅关乎传播宗教教义。

14世纪，文艺复兴运动兴起，呼吁思想解放。16世纪，开始宗教改革运动，打破了天主教的束缚。然而，直到17世纪启蒙运动兴起，才开始出现质疑之声。英国哲学家培根（Francis Bacon，1561~1626）认为，真正的知识是从观察和实验中得来的，实验和证据才是可靠的知识来源。约翰·雷紧随其后，摆脱先验神学的桎梏，成为自然神学论的首批信奉者。他果敢地抛弃神启、寓言、传说与迷信，第一个以科学思维来看待自然界。

雷构建关于上帝的教义，不依赖于信仰或神启，而仅仅凭理性和经验，从而开启了认识自然界的一个新视角，第一次将博物学与世界观联系起来。雷试图调和自然科学与宗教权威，他赞美上帝创造了万事万物，并将大自然提供给人类使用，但这一切常常是以密语形式呈现的，密语需要解密、翻译和释读，他身体力行，深入大自然中，通过观察与实验，寻找关于事物存在方式的普遍解释，思考生物学中一些基本问题。

以鸟类学为例，雷开辟了野外鸟类学与鸟类分类学两条路径，开启了现代鸟类学研究，雷因此成为鸟类学史上一座里程碑。野外鸟类学分支源自雷的《上帝的智慧》，强调在自然状态下研究鸟类的行为与生态。鸟类分类学分支源自雷的《鸟类学》，主要是在博物馆里给鸟类分类与命名。

雷与英国博物学家威路比（Francis Willughby，1635~1672）一起在英伦三岛及欧洲大陆进行过几年的动植物考察，留下了大量考察笔记。威路比英年早逝后，雷将笔记整理成一部百科全书式的《鸟类学》以及一部被视为第一本现代植物学教科书的《植物通史》。在这两部书中，雷对每个物种进行描述，以种、属、科的方法进行分类并命名，第一次给出了关于物种的探索性定义，并构建了第一个鸟类分类系统。

雷对18世纪、19世纪博物学家的影响是深远的。雷的田野观察的理念影响了布丰、达尔文等后来者，也影响了英国好几代牧师——博物学家，并形成传统，怀特是其代表性人物。雷的自然神学论关于适应性的理论内核，使达尔文认识到自然选择比上帝能更好地诠释物种起源与进化，助力了进化论思想的形成。林奈则沿着雷的物种分类的理念拓展，将雷等前人的冗长的描述性命名进行精简和整理，创立了拉丁双名法。

二

可以说，现代意义的自然观察发轫于怀特。

人类自古以来就在以各种方式观察自然，然而，从大历史的维度来看，没有任何功用目的，纯粹为了认识、理解、欣赏而观察自然尤其是鸟类，则出现于现代西方社会。它始于何时？标志又是什么呢？一般认为，它始于怀特，以《塞耳彭自然史》的出版为标志。

当西方从中世纪走出来，历经文艺复兴、宗教改革、启蒙运动、科学革命，由中古跨入近代，再跃至现代，完成了对自然界的去神秘化，理性主义传统复苏并发展，普遍开明的氛围形成，科学家与科学探究受到推崇，接近自然被视为美德，人类对待自然的态度开始发生转变，不再是单向索取一个向度。与此同时，相关的自然知识与经验在不断增长，自然观察的知识基础逐渐夯实。怀特恰好处在这样一个变革的时代，引现代自然观察之滥觞，可谓水到渠成。

怀特的自然观察是对雷的田野观察理念的继承、扬弃与发展，当然，雷的物种分类理念对怀特的影响也是深刻的，在谈到鸟类时，怀特时常引用雷的分类与命名及其鸟种描述。读《塞耳彭自然史》，雷总是如影相随。

怀特观察自然，不需要像雷一样是为了解读上帝的密语，也不是以无益之事遣有涯之生，没有占有欲，也没有万物为我所用的功利。老实说，前述所列博物学家跋涉全球采集或科考，宗教神性的影子虽已祛除，但多少掺有征服自然或者服务国家的因素。还有前述未提及的英国博物学家威尔逊（Ernest Henry Wilson，1876~1930），四次来中国西部考察植物，将1500多种植物引种到英伦的皇家园林和私人花园，共计采集植物标本6.5万余份，恨不得将西南山地所发现的植物悉数搬去大英帝国，他因此有植物猎人之称。威尔逊为植物着迷，愿意为植物数度风餐露宿于至今仍人迹罕见的高山。他也为植物自豪，当自家后院那株采自打箭炉的香海仙报春开花时，恰巧长女呱呱坠地，便为女儿取名报春。然而，身为猎人，他对待自然的态度当然是为用，植物不过猎物而已。

中国也有着悠久的博物学传统。古训说"一物不知，君子之耻"，在风土志、地方志、异域志、草木志中，在《诗经》《楚辞》等文学作品中，在文人们留下的笔记野史中，有不少关于山川草木鸟兽虫鱼的记载，但大多是粗浅的、零碎的、陪衬的。比如，"葛之覃兮，施于中谷，维叶萋萋。黄鸟于飞，集于灌木，其鸣喈喈"（《诗经·葛覃》），动植物描写虽然占整首诗的一半篇幅，不过借物起兴的"物"之用，诚如孔夫子所言，学诗的功用在"迩之事父，远之事君"，是

"多识于鸟兽草木之名"的，仍脱不了为用二字。

怀特观察自然，纯粹因为一种与生俱来的对大自然的迷恋，是被求真的科学精神所驱使，正如现代鸟类学家与观鸟爱好者詹姆斯·费舍所说："于怀特而言，自然研究者与自然爱好者的身份是合二为一、浑然一体的。"因此，怀特对待自然的态度是平等的，友善的，怀揣一颗赤子之心，了解自然，理解自然，学习自然，融入自然，实现与自然的和谐。

然而，实现人与自然和谐谈何容易。怀特在田野观察中，对鸟类着力尤多，可以说现代意义的观鸟自怀特始，他被誉为现代观鸟之父。怀特之后影响较广的观鸟者，当推美国博物学家奥杜邦（John James Audubon, 1785~1851），他著的《美洲鸟类》一书被誉为鸟类圣经，历史最悠久的非营利性民间自然保育组织奥杜邦学会，建立于1886年，以奥杜邦为名就旨在纪念他。奥杜邦对鸟类的观察是细致入微的，然而，他对待鸟类是有些野蛮的，在为《美洲鸟类》画插图时，为了逼真地还原每种鸟，他用枪打下若干只鸟，然后钉在架子上作为模特儿。以科学之名，仍行坑鸟害鸟之事。

怀特观察自然，是将塞耳彭的自然万物纳入观察范围，草木鸟兽，气候物候，地质地貌，环境生态，无所不包。怀特没有像其他博物学家那样从世界遥远的角落搜集外来物种进行研究，而是每天漫步在闭塞的小乡村，以科学家的态度，几十年如一日，持续不断地，细致入微地，观察自然生态。观察毛脚燕每年的到来、育雏、离开，观察林中小水塘随季节与气候的变化而消涨，观察蟋蟀从卵到若虫到成虫的变态过程，观察状如蛛网的纤维物覆于葡萄藤上结出的葡萄则汁不饱味不足，观察无壳蜗牛在冬日好天气里出来破坏菜园……他观察到，塞耳彭的自然万物构成一个有机的整体，所有动植物都有自己的位置，物种之间相互依存，相互联系，缺少任何一环，和谐就会被打乱。

倾注人文关怀，视大自然为各要素构成一个有机整体的生态系统，这样的自然理念,在此之前是没有的,或者说多少是模糊的,是怀特为英国近代生态思想奠下第一块基石,影响了后来的达尔文、斯宾塞、赫胥黎等一代思想巨擘。

怀特追求"天地与我并生,而万物与我为一",视自己为大自然中的一员,他观察,他思考,他写作,他的魂是捺印在草木鸟兽上的。

如今,随着城镇化进程的加速,人们尤其是孩子离大自然越来越远,与大自然的联系是断裂的,普遍有自然缺失症,比如,对周边环境缺乏兴趣,不认识身边的动植物,不能理解自然的美好,等等。为重建人与自然的连接,自然教育开始出现在大众视野中。所谓自然教育,就是让公众在自然环境中进行自然观察和自然体验,学习自然,感受自然,从而实现人与自然的良性关系,保护自然,发现自我。近几年,自然教育在我国发展势头迅猛,自然教育论坛已举办六届,越来越多的环境机构、教育机构、自然保护区等参与到自然教育之中,不少市场化自然教育机构运作良好。在此背景下,怀特的生态自然理念的价值再次凸显出来。今天,在实践自然教育时,该怎样去观察自然,感受自然,怀特将给我们有益的启示。

三

可以说,现代意义的自然随笔肇始于怀特。

怀特继承了雷的科学遗产,却留下了独特的文学遗产。

怀特日复一日在塞耳彭村及周边观察草木鸟兽,留下了大量笔记,并以信札形式与彭南特与巴林顿两位博物学家交流。《塞耳彭自然史》呈现为尺牍体,每封信札却是一篇篇随笔,详细描述对自然的观察与感受。怀特无意插柳,开启了自然随笔这种新的文学表达形式。

17世纪之前,大量涉及自然的读物,不是基于观察,而是基于猜测与假设,把自然现象描述成对人类充满启示的神造物,充斥着道德说教与民间传说，诸如此类的读物早已被扫进历史的垃圾堆。在博物学的黄金时期，也留下了浩繁的博物学著作，比如面孔古板的科学报告，或者晦涩难懂的学术论文，今天也基本湮没无闻，惟怀特的《塞耳彭自然史》等少数著作仍为今人所乐于阅读。

究其原因，正如艾伦在《导言》里所说，因为科学在不断进步，再好的论著，也会随着时光流逝沦为明日黄花。今天若要认识草木鸟兽，了解岩层化石，掌握自然法则，恐怕没有人会指望从18世纪博物学家的论著中寻找答案。既然如此，现代读者谁堪忍受学究式故纸的刻板与枯燥呢？

《塞耳彭自然史》则不同于上述博物学读物。怀特描述自然，是把观察过程当作文学作品徐徐展开的情节娓娓道来的，观察对象的每个细节都详尽描述，不用华丽的辞藻，而是带着温情，由探究自然而思考生命，并上升至美学与哲学的高度，故其能从众多博物学著作中脱颖而出，且葆有恒久的生命力。这样的自然随笔，既是科学的，也是文学的，既是美学，也是哲学的，读来有牧歌的趣味，又能收获博物学知识。正是这样的自然随笔，给怀特带来殊荣，让他青史留名，其观察自然的小乡村也成了自然爱好者心中的圣地。

怀特的文学遗产滋养了后世，19世纪涌现出的一大批自然随笔，比如，梭罗的《瓦尔登湖》、约翰·缪尔的《我们的国家公园》、利奥波德的《沙乡年鉴》等等，与《塞耳彭自然史》是一脉相承的，其中法布尔的《昆虫记》被誉为"科学与文学完美结合的典范"。

我们也有陈色十足的博物学著作的，比如明成祖朱棣的胞弟朱橚（1361-1425）著的《救荒本草》。周定王府所在的开封一带是著名的黄泛区，黄河水患时常引起饥馑，朱橚编撰这本草木志，是为指导黎民百姓辨别野菜，在荒年采食救饥，不至饿殍盈于野。书中记载414种植物，全部来自直接观察。朱橚将王府花园辟成草木园，种植开封本地以及来自周边地区的野生可食用植物，包括一些须经加工方能食用的有毒植物。他亲自观察和实验，然后用简洁通俗的文字描述每种植物，包括植物别名、生长环境、识别特征、形态性味、加工烹制、药用价值等。论人文情怀，《救荒本草》浓于《塞耳彭自然史》，但其局限于微观层面谈植物本身，缺乏宏观层面的生态理念，而且不像怀特那样记述观察过程，仅白描观察结果，是一部优秀的植物学著作，却不能当文学作品来读，传播范围及其影响便不如《塞耳彭自然史》。

《塞耳彭自然史》耐读，或许还因其类似《归园田居》的人生态度。与陶潜一样，怀特早年便从城市退隐，回归乡间，过起"山气日夕佳，飞鸟相与还"的日子，不汲汲于功名利禄，不被尘世的龌龊玷污自然天性。怀特一生都践行一种简朴生活方式，心远地自偏，有忘机的天真意趣，有富足的精神追求。如艾伦在《导言》里所说，怀特的这些信札是过去业已消失的乡绅生活的鲜活画卷，安宁，富足，闲暇，文雅，有科学趣味，身居小屋一隅，心系大地万物。编《塞耳彭自然史》让你不禁掩卷沉思，今时今日，物质为上，时间就是金钱，这样的慢生活成为一种奢望，狼奔豕突的我们，是否可以放慢脚步，发出灵魂追问，我们到底要过什么样的人生，自然界的真谛是什么，人生的真谛又是什么。

四

《塞耳彭自然史》于1930年代始为我国读者所知。1934年3月，李广田在《大公报》发文介绍。同年6月，周作人在《青年界》发文，不吝赞美之辞，周氏还节译过部分章节，比如《蜗牛与蛞蝓》，并遗憾不能全译出来。1960年代，叶灵凤列举"当译而未译的书"，本书也是其中之一种，并期望"一位翻译好手和一位学贯中外的自然学家合作"，将本书翻译成中文。此书之难译，由此可窥一斑。

自周作人开始鼓与呼，几十年光阴倏乎而逝，第一个中文译本于

2002年终于面世，由花城出版社出版。译者缪哲，确是一位翻译好手，也是学贯中外的学者。按严复的信达雅的译事准则，他的译文不悖原文、文辞畅达自不必说，其译文的雅，遣词造句近乎洁癖，高古，典雅，洗练，隽永，有余音绕梁之意味深长。缪哲译本作为破冰之译，便树立起一座陡峭的高峰。花城出版社推出的第二个中文译本，译者张和声，同样是学养深厚的学者，译有多种西方经典名著。其译文通俗晓畅，并请专业人士对动植物名做了提升。后浪未必逐前浪，毕竟文字风格各异，两个译本各有千秋，于阅读者则多了一种选择。

《塞耳彭自然史》直至新世纪初年才出现第一个中文译本，原因或如叶灵凤所言，动植物名称是翻译中的一大障碍吧。

人类自古就对物种进行命名和分类，只是在不同文化里呈现出不同的方法和语言表达，世界上数以千万计的物种并没有统一的名称，即使在同一种文化里，同名异物或异名同物也非常普遍，往往同一个物种有几个名称，或者几个物种用同一个名称。当人类进入地理与物种大发现时代，不同地区的交流变得频繁，物种名称不统一，常常造成混乱。生物学家们一直在探索创立世界通用的生物命名法，直到1768年，林奈在《自然系统》一书中正式提出科学的生物命名法——双名法，物种名称混乱的状况才逐步走向终结。按照双名法，每个物种的科学名称即学名由两部分组成，第一部分是属名，第二部分是种加词，种加词后面还应有命名者的姓名，有时命名者的姓名可以省略。双名法的生物学名部分均为拉丁文，并为斜体；命名者姓名部分为正体。拉丁学名代表着物种的身份唯一性。从此，我们为物种命名开始使用拉丁文双名法。

在怀特的时代，生物命名法正由探索走向统一，动植物名称仍然百花齐放。他书中的动植物名称，有俗名，有学名，有约翰·雷的命名，有林奈的命名，还有许多不知名学者的命名。那些从民间汲取乡土知识的俗名，虽然通俗形象，却无从知晓到底是何物。雷的命名，即使知其学名，也难以对应上中文名。一些林奈的命名，由于生物科学的发展，科属分类发生了变化，从一个科或属分离至另一个科或属，或者从亚种独立成种，或者改了种名。而一些动植物，中国根本没有。

在中国，我们的祖先早就根据观察对物种作了粗略分类，并造出相应汉字分别命名。在第一部辞典《尔雅》里，关于动物有《释鸟》《释兽》《释畜》《释虫》《释鱼》五篇，关于植物有《释草》《释木》两篇。以鸟类为例，共有一百多个带鸟旁的汉字，用来给鸟命名，有些鸟名沿用至今，如鸸鹋、鸴鸴、鹡鸰等，有些却被俗名替代，比如古雅的鸲鹆早已尘封古书中，广为人知的俗名是八哥。《尔雅》里收录均为雅言，民间多用俗名，且同一种鸟在不同地区的叫法五花八门，如夜鹭，别名有水洼子、灰洼子、苍鳽、星鸦、夜鹤等，广东称夜游鹤，川东称夜洼子。20世纪初年，随着西方物种分类法进入中国，华夏大地上大部分鲜为人知的鸟类由欧洲人发现，并按双名法命名，中国第一批鸟类学家在确定其中文名称时，用上了古书中的鸟名，以及民间流行的俗名，以前不曾被发现的鸟则赋予新名，鸟类名称并不统一。1947年，鸟类学家郑作新整理的《中国鸟类名录》发表，鸟类名称才趋向规范并逐渐固定下来。然而，有研究者称，自1976年郑作新编著的《中国鸟类分布名录第二版》出版迄2006年，先后有十多种中国鸟类名录的专著问世，一些鸟类的中文名称仍然不甚统一。

进入新世纪，随着动植物分类学的发展，物种名称逐步规范化，生物学知识亦逐步向大众普及，动植物名称的壁垒不再高不可企，但仍是翻译中必须啃的硬骨头。

五

野外观鸟十载，我大脑里储存有千余种鸟类的识别特征，拿到译稿后，其中一个审阅重点就是对照原书逐一核对鸟名。查阅的主要参考资料如下：① *Birds of the British Isles*，©2005 Angus Books Ltd；② *Collins*

Bird Guide—The Most Complete Guide to the Birds of Britain and Eruope（2ND edition），©2011 Lars Svensson；③ 郑光美主编《中国鸟类分类与分布名录》第三版，科学出版社2017年版；④ 马敬能等著《中国鸟类野外手册》，湖南教育出版社2000年版；⑤ Oriental Bird Images，http://orientalbirdimages.org；⑥ Avibase，http://avibase.bsc-eoc.org；⑦*The Birds of Great Britain* by John Gould，http://www.panteek.com。

确定鸟名的原则是，不管怀特采用的是俗名，还是雷或者林奈或者其他人的命名，一律译为规范的中文名称，且以《中国鸟类分类与分布名录》第三版为准，此名录能涵括怀特书中所谈到的鸟类。之所以这么做，是考虑到，如果译本中仍保留各种称谓的鸟名，容易给读者带来困惑，甚至传递错误的信息。

例1. 民间观鸟者一般是采用《中国野外鸟类手册》的鸟名，本译本一律统一为《中国鸟类分类与分布名录》第三版的名称，比如，不用"普通楼燕、欧亚夜鹰、欧石鸻、水蒲苇莺"等鸟名，而用"普通雨燕、欧夜鹰、石鸻、蒲苇莺"等。

例2. Cuckoo，指大杜鹃。杜鹃科杜鹃属的鸟类，在英伦三岛只有这一种，而在中国则有五种，如果译为中文俗名布谷，模拟其鸣声，形象，有朴质的乡土气。可是，问题也接踵而来。在我们老家川东一带，被称作布谷的鸟包括大杜鹃和四声杜鹃，芒种时节，四声杜鹃大声催促农人——快种苞谷，大杜鹃也大声应合——播谷。那么，这布谷到底是指谁呢？大杜鹃古称子规，在不同地区还有喀咕、郭公、获谷等俗名，那么，用其他名称又何尝不可呢？

例3. Redbreast。也称Robin、Robin Redbreast，正式英文名为European Robin，中文名欧亚鸲，在文学作品里一般译为知更鸟。这种鸟儿是欧洲常见的优势鸟种。美国作家哈珀·李创作的小说*Kill a Mockingbird*（《杀死一只知更鸟》），获1961年普利策奖，小说中的知更鸟却不是一只鸲，而是一只嘲鸫。

由是观之,《塞耳彭自然史》不是虚构类作品,它是严肃的科普读物,中文鸟名应该具有身份的唯一性,不引起歧义,因此,中译本宜采用通行的规范性中文名称,而非具地域色彩的俗称或其他。

那么,如何核实每种鸟的身份呢?英文名与拉丁学名一直沿用至今的,查核中文名称即可。如果不是,则采用如下几种方法:

一是读原著注释。

《塞耳彭自然史》第一版付梓于1789年,出版者是怀特的兄弟,在伦敦做书商的本杰明。到两百年后的今天,译成各种语言的版本估计达两百种吧。比较理想的英文底本有福斯特本和艾伦本,福斯特本的注释很周详,艾伦本有大量插图。

福斯特是怀特研究权威,对书中的鸟类作了细致考订,一些俗名补充了拉丁学名,一些英文名或者学名已改变的,注明新的英文名与学名。福斯特的注释可谓功德无量,如果没有他的训诂式注释,只看原著,好些鸟名让人气馁,毫无头绪,根本不知从何查起。

例1. *Sylvia salicaria*:这是林奈的命名,怀特有时又用雷的命名 *Passer arundinaceus minor* Raii。福斯特注释道,它是学名为 *Acrocephalus schoenobaenus* 的Sedge Warbler。中文名为蒲苇莺。

例2. Willow-wren:林奈命名为 *Motacilla trochilus*,雷命名为 *Regulus non cristatus*,怀特在观察中听其叫声,确定它们是不同的三个种,分别称之为Large Willow-wren、Middle Willow-wren、Smallest Willow-wren,有时又用Second Willow、Langhing Wren、Middle Yellow Wren来指称其中一种。福斯特注释道,这三种鸟无疑是学名为 *Sylvia*(*Phylloscopus*)*sibilatrix* 的Wood Warbler(林柳莺)、*Sylvia*(*Phylloscopus*)*trochilus* 的Willow Warbler(欧柳莺)、*Sylvia*(*Phylloscopus*)*collybita* 的Chiffchaff(叽喳柳莺),怀特是第一个区分这三种柳莺的人。在田野中区分这些鸟,最好的办法是听声音。书中经常出现这几种鸟,怀特对其叫声作了描述,小柳莺叫声短而尖利,中柳莺

叫声轻快甜美，大柳莺会发出咝咝颤鸣。如果没有福斯特的注释，这些名称在书中交替使用，会被绕得晕头转向的。观鸟界有大鹰小莺难辨之说，柳莺属几十种鸟儿外形特征差不多，即便是柳莺研究专家，在野外也主要凭鸟声来辨识。听音辨鸟的方法，也可追溯至怀特吧。

二是看图识鸟。

艾伦本配有40余幅鸟类插图，灰度，印刷略模糊，但逼真度还在，鸟种识别特征大致可辨，据此看图识鸟是没有障碍的。

英国博物学家古尔德（John Gould，1804~1881）为继奥杜邦之后最伟大的鸟类插图画家，他的五卷对开本《大不列颠的鸟类》于1863~1873年在伦敦发行，共收录367幅彩绘鸟图。图上标有的鸟种拉丁学名，大多数为最初的林奈的命名。惜乎，上网搜索却苦于翻不了墙，仅从一家名Panteek的古董画网页上寻得十余幅鸟图。如果手头有此书的全本，第三种确名方法便无用武之地了。

例1. Brambling：今为燕雀的英文名。怀特在书中描述为白色的云雀，本南德的《不列颠动物志》里称之为Snow-fleck。它不是燕雀，也不是叫雪花的云雀，艾伦本插图是一只带雪花斑的鹀——雪鹀，现在英文名为Snow Bunting。

例2. *Passer torquatus* Raii：这是雷的命名，这鸟儿像蒲苇莺一样栖于芦苇丛中，粗喙，艾伦本插图是一只芦鹀，生境和嘴形都符合怀特的描述。

例3. Brown Wood Owl：怀特有时又称之为Brown Owl。前者中文名为褐林鸮，后者现在的英文名为Tawny Owl，中文名为灰林鸮。查英国鸟类名录，只有灰林鸮；查世界鸟类名录，褐林鸮分布的西界大致在中亚；艾伦本插图为一只灰林鸮；可互证这是异名同物。

例4. Thrush（*Turdus musicus*）：古尔德插图为一只欧歌鸫，图下标有学名*Turdus musicus*。现在更名为Song Thrush（*Turdus philomelos*）。

三是抽丝剥茧。

随着鸟类分类学的发展，鸟名在不断修正，有如下几种变化情况：（1）英文名、属名不变，种加名变了。例如灰白喉林莺，原名Whitethroat（*Sylvia cinereal*），现名Common Whitethroat（*Sylvia communis*）。（2）英文名、种加名改变，属名不变。例如黍鹀，原名Bunting（*Emberiza alba*），现名Corn Bunting（*Emberiza calandra*）。（3）英文名、属名改变，种加名不变。例如林岩鹨，原名Hedge-sparrow（*Sylvia modularis*），现名Dunnock（*Prunella modularis*），由林莺科林莺属分离至岩鹨科岩鹨属。（4）英文名不变，属名与种加名变了。例如赤胸朱顶雀，原名Linnets（*Fringilla linota*），现名Eurasian Linnet（*Carduelis cannabina*），由燕雀属分离至金翅雀属。

如果无注释与插图可资参考，要弄清楚鸟儿的身份，就必须像福尔摩斯探案一样，循着蛛丝马迹，抽丝剥茧。

例1. Whitethroat。

查*Birds of the British Isles*与*Collins Bird Guide*，*Sylvia*属有两种Whitethroat，即Common Whitethroat（*Sylvia communis*，灰白喉林莺）与Lesser Whitethroat（*Sylvia curruca*，白喉林莺）。书中的Whitethroat（*Sylvia cinereal*），其名称与其中哪一种都不完全符合。

于是在Oriental Bird Images上搜索两种鸟的别称，结果显示，灰白喉林莺别称Whitethroat、European Whitethroat、Greater Whitethroat，白喉林莺别称Whitethroated Warbler、Common Lesser Whitethroat。初步可圈定怀特的"白喉"是灰白喉林莺。

再看书中的描述，这是一种夏候鸟，每年4月末5月初迁来，9月末10初开始迁离。常单独或成对活动，也常与黑顶林莺混群，在篱笆和灌木丛上跳来跳去寻找昆虫，忽高忽低，动作怪异。叫声单调，嘶哑难听，一边叫一边还扇动翅膀，扭捏作态。生性好斗，鸣叫时常常摆出一副怒发冲冠的架势。但在育雏期，显得既狂躁又羞怯，会避开其他鸟类,如孤独的幽灵在小径和公地间时隐时现,苏塞克斯山坡上草木丛生,却看不到它们的身影。时值七八月,则带着小鸟儿一起出来了,菜圃果园中的蔬果难免遭到一场浩劫。我曾在巩乃斯的白杨林里见过它唱歌,高昂着头,露出喉部蓬松的白羽毛,那样子的确霸气。怀特对其栖息环境、叫声、习性、迁徙状况等的描述,与灰白喉林莺完全符合。

而且怀特还提到,他的兄弟约翰从直布罗陀寄给他一只与"白喉"长得极相似的小嘴鸟,只是胸与腹的灰白色更为显眼,也一样调皮好动,常在枝头跳来跳去,四处觅食。这两种外表极易混淆的"白喉",下体羽色是辨识特征之一,灰白喉林莺的胸部灰白色染淡粉,而白喉林莺的胸腹部为灰白色。至此,可以确认Whitethroat就是灰白喉林莺。

例2. Grasshopper Lark(*Alauda locustae*)。

在*Birds of the British Isles*与 *Collins Bird Guide*上查*Alaudidae*(百灵科),英格兰共有Common Skylark(*Alauda arvensis*,云雀)、Wood Lark(*Alauda arbore*,林百灵)、Horned Lark(*Eremophila alpestris*,角百灵)三种。云雀与林百灵,书中已有描述,可以排除。剩下一种角百灵,冬候鸟,主要在地面活动,鸣声清脆婉转,常在空中鸣叫;而Grasshopper Lark为夏候鸟,据怀特的描述,它常常钻进浓密的灌木丛中,发出咝咝的叫声,只有在悄无人迹的清晨,才会在枝头放声歌唱。从季节、生境、习性、叫声等看,两者相差甚远,而且,怀特在比较Grasshopper Lark与林鹨时,特别提到前者背部的黑斑,如果是角百灵,怀特是不会忽略它头侧两小撮突起如角的黑色羽簇的。因此,角百灵也可排除在外。

再查*locustellidae*(蝗莺科),英格兰有Grasshopper Warbler(*Locustella naevia*,黑斑蝗莺)和Savi's Warbler(*Locustella luscinioides*,鸲蝗莺)两种。黑斑蝗莺在外形、习性、叫声、迁徙、生境等方面完全符合怀特的描述。鸲蝗莺极似黑斑蝗莺,但体无斑纹。因此,可初步确定此鸟为黑斑蝗莺。

再查询http://avibase.bsc-eoc.org，英文名带Grasshopper的除了几种蝗莺，还有Grasshopper Buzzard（蝗䴔鹰）和Grasshopper Sparrow（黄胸草鹀）。后两者在英伦没有分布，显然不是怀特所描述的神出鬼没于灌丛中浅吟低唱的小鸟儿。

通过层层抽丝剥茧，至此可以确定，Grasshopper Lark就是黑斑蝗莺。

我们对怀特是满怀景仰的，《塞耳彭自然史》的翻译和编辑，也是严谨认真的，不敢稍有懈怠。虽已竭尽全力，但囿于才疏学浅，力有所不逮，书中疏漏与错讹恐在所难免，敬请读者朋友批评指正。

是为记。

邹靖华
2020年夏于花城